Selma Lagerlöf

Der Kaiser von
Portugallien

Selma Lagerlöf

Der Kaiser von Portugallien

Aus dem Schwedischen von
Pauline Klaiber-Gottschau

Urachhaus

Die Originalausgabe erschien erstmals 1914 unter dem Titel
Kejsarn av Portugallien im Albert Bonniers Förlag, Stockholm.

In deutscher Sprache erschien der Roman erstmals 1915
bei Albert Langen, München, unter dem Titel *Jans Heimweh*,
übersetzt von Pauline Klaiber-Gottschau.

ISBN 978-3-8251-7941-0
Erschienen im Verlag Urachhaus
www.urachhaus.com

© 2015 Verlag Freies Geistesleben & Urachhaus GmbH, Stuttgart
Umschlaggestaltung: Rothfos & Gabler, Hamburg
Umschlagabbildung: © Lee Avison/Trevillion Images
Gesamtherstellung: CPI – Clausen & Bosse, Leck

Inhalt

Erster Teil

Das klopfende Herz	11
Klara Fina Gulleborg	17
Die Taufe	20
Das Impfen	23
Der Geburtstag	26
Der Weihnachtsmorgen	28
Das Scharlachfieber	34
Der Besuch in dem Bauernhof	38
Das Schulexamen	41
Die Wettprüfung	45
Der Fischfang	50
Agrippa	55
Verbotene Frucht	59

Zweiter Teil

Lars Gunnarsson	67
Das rote Kleid	71

Der neue Herr 74
Der Storsnipa 80
Der letzte Abend 84
Auf dem Landungssteg 87
Der Brief 90
August Där Nol 94
Der erste Oktober 97
Der Beginn des Traumes 104
Erbkleinode 108
In Seide 113
Sterne 115
In Erwartung 118
Die Kaiserin 121
Der Kaiser 124

Dritter Teil

Das Kaiserlied 131
Der siebzehnte August 136
Jan und Katrine 141
Das Begräbnis 146
Das sterbende Herz 153
Absetzung 156
Die Hauschristenlehre 163
Ein alter Troll 170
Der Sonntag nach Johanni 177
Sommernacht 190
Die Frau des Kaisers 197

Vierter Teil

Der Willkommensgruß 203
Die Flucht 210
Zurückgehalten 217
Die Abschiedsworte 222
Katrines Tod 226
Des Kaisers Begräbnis 228

Erster Teil

Das klopfende Herz

So alt Jan Andersson in Skrolycka auch immer wurde, nie wurde er müde, von dem Tag zu erzählen, an dem sein kleines Mädchen zur Welt kam.

In aller Frühe war er aufgebrochen, die Hebamme und noch andere Helferinnen zu holen; aber dann hatte er den ganzen Vormittag und noch ein gut Stück in den Nachmittag hinein auf dem Hauklotz im Holzschuppen gesessen und hatte gewartet, gewartet.

Draußen regnete es in Strömen, und auch Jan Andersson blieb nicht ganz verschont von dem Regenwetter, obgleich er sozusagen unter Dach saß. Es drang als Feuchtigkeit zwischen den undichten Wänden zu ihm herein, und jetzt eben schleuderte der Wind auch noch eine ganze Sturzsee durch die türlose Schuppenöffnung.

»Ich frage mich eben, ob wohl irgendjemand meinen kann, ich freue mich über die Ankunft des Kindes?«, murmelte er, und zugleich stieß er mit dem Fuß so heftig nach einem kleinen Holzscheit, dass es bis in den Hof hinausflog. »Das größte Unglück ist's geradezu, das mir hätte widerfahren können. Als Katrine und ich heirateten, geschah's nur, weil wir es überdrüssig geworden waren, noch länger als Knecht und Magd bei Erik in Falla aus und ein zu gehen. Wir taten's, weil wir die Füße unter den eigenen Tisch setzen wollten, aber doch gewiss nicht, um Kinder zu bekommen.«

Er verbarg das Gesicht in den Händen und seufzte tief. Die Kälte und die Feuchtigkeit und das lange peinliche Warten hatten allerdings das Ihrige zu seiner schlechten Laune beigetragen, aber die eigentliche Ursache waren diese Unannehmlichkeiten keineswegs. Es war ihm vollkommen Ernst mit seiner Klage.

›Arbeiten‹, dachte er, ›arbeiten muss ich alle Tage vom Morgen bis zum Abend, aber bisher hatt' ich dann wenigstens bei Nacht

Ruhe. Nun wird das Kind wahrscheinlich recht viel schreien, und dann bekomme ich auch da keine Ruhe mehr.‹

Nach diesem Gedankengang überkam ihn noch größere Verzweiflung. Er nahm die Hände vom Gesicht und rang sie so heftig, dass die Gelenke krachten.

›Bis jetzt ist auch alles ganz gut gegangen, weil Katrine, gerade wie ich auch, auf Arbeit ausgehen konnte. Aber jetzt muss sie ja daheimbleiben und das Kind warten.‹

Er starrte geradeaus in die zunehmende Dunkelheit hinein, mit einem Ausdruck, wie wenn schon die Hungersnot über den Hofplatz dahergeschlichen käme und ins Haus eindringen wollte.

»Ja, ja«, sagte er, und jetzt schlug er, wie um seine Worte zu bekräftigen, mit beiden Fäusten hart auf den Hauklotz. »Ja, ich sag' nur so viel, wenn ich damals gewusst hätte, dass dies hier die Folge sein würde, als Erik in Falla zu mir kam und sagte, ich dürfe mir ein Haus auf seinem Grund und Boden bauen, und mir überdies auch noch alte Balken zum Bau überließ, wenn ich das damals gewusst hätte, so hätt' ich alles miteinander ausgeschlagen und wär' meiner Lebtage in der Stallkammer auf Falla geblieben.«

Das waren starke Worte, er fühlte es wohl; aber er hatte keine Lust, sie zurückzunehmen.

»Wenn es je geschehen sollte ...«, begann er wieder; denn er war nun so weit, sagen zu wollen, es wäre ihm gar nicht unlieb, wenn dem Kind auf irgendeine Weise etwas zustieße, ehe es das Licht der Welt erblickte. Aber er kam nicht dazu, diesen Gedanken auszusprechen; denn eben jetzt drang ein piepsendes Stimmchen durch die Wand an sein Ohr, und da hielt er jäh inne.

Der Holzschuppen war mit dem Wohnhaus zusammengebaut, und als er hinhorchte, drangen die piepsenden Laute immer wieder zu ihm heraus. Jan Andersson wusste natürlich sofort, was das bedeutete, und nun blieb er lange ganz still sitzen, ohne ein Zeichen von Kummer oder Freude an den Tag zu legen.

Schließlich zuckte er leicht die Schultern und sagte: »Ja, jetzt ist's also gekommen, und jetzt werd' ich doch wohl in Gottes Namen ins Haus hineindürfen und mich wärmen.«

Aber auch diese Erleichterung wurde ihm nicht so schnell zuteil, sondern er musste abermals Stunde um Stunde warten.

Der Regen strömte noch immer mit gleicher Heftigkeit hernieder, der Wind nahm zu, und obgleich es erst dem Ende August zuging, war die Luft so rau wie an einem Novembertag.

Und um das Maß vollzumachen, verfiel Jan Andersson nach einer Weile noch auf einen Gedanken, der ihn noch niedergeschlagener machte, als er schon vorher war.

Er fühlte sich allmählich missachtet und zurückgesetzt.

»Drei verheiratete Frauen sind außer der Hebamme bei Katrine drinnen«, sagte er halblaut. »Die hätten sich doch wirklich die Mühe machen können, oder wenigstens eine von ihnen, herauszukommen und mir zu sagen, ob es ein Junge oder ein Mädchen ist.«

Er horchte nach der Hauswand hin und hörte, wie auf dem Herd Feuer gemacht wurde. Dann sah er die Frauen an der Quelle Wasser holen; aber keine schien ihn auch nur zu bemerken.

Da schlug er plötzlich die Hände vors Gesicht und wiegte den Oberkörper hin und her.

»Mein guter Jan Andersson«, begann er, »wo hapert's denn eigentlich bei dir? Warum geht bei dir alles schief? Warum bist du immer so niedergedrückt? Ach, warum hast du denn nicht ein schönes junges Mädchen heiraten können, sondern nur die alte Stallmagd Katrine bei Erik auf Falla?«

Er war ganz aufgelöst vor Kummer. Zwischen den Fingern quollen ihm sogar ein paar Tränen hervor.

»Warum bist du im Dorf so wenig geachtet, mein guter Jan Andersson? Warum wirst du immer andern gegenüber zurückgesetzt? Du weißt, es gibt andere, die ebenso arm sind wie du und ebenso schwach bei der Arbeit, gerade wie du auch, aber keiner wird so übersehen wie du. Wo hapert's denn nur bei dir, mein guter Jan Andersson?«

Das war eine Frage, die sich Jan Andersson schon oft gestellt hatte, aber immer vergeblich. Er hatte auch gar keine Hoffnung, dass er je die Antwort darauf finden würde, und wenn er alles in allem betrachtete, so haperte es vielleicht überhaupt nirgends. Vielleicht war die richtige Erklärung, dass Gott und die Menschen ungerecht gegen ihn waren?

Als er bei diesem Gedanken angekommen war, nahm er die Hände vom Gesicht und versuchte, eine kecke Miene aufzusetzen.

»Wenn du je wieder in dein eigenes Haus hineindarfst, dann wirst du nicht einen Blick auf das Kind werfen, mein guter Jan Andersson«, sagte er. »Du wirst nur stillschweigend an den Herd gehen und dich wärmen.«

»Oder wie wär's, wenn du jetzt auf und davon gingest – –«, fing er wieder an. »Du brauchst ja gar nicht länger hier sitzen zu bleiben, jetzt, wo du weißt, dass alles überstanden ist. Wie, wenn du Katrine und den andern Weibern drinnen zeigen würdest, was du für ein Mann bist – – –«

Er wollte eben vom Hauklotz aufstehen, da erschien die Hofbäurin von Falla unter dem Eingang des Schuppens. Sie verneigte sich gar zierlich und lud ihn ein, jetzt ins Haus hereinzukommen und sich das Kind anzusehen.

Wenn es nicht die Mutter in Falla selbst gewesen wäre, die diese Einladung vorbrachte, dann ist es nicht gewiss, ob Jan Andersson in seiner aufgebrachten Stimmung hineingegangen wäre. Aber mit ihr ging er natürlich, doch ohne irgendwelche Eile an den Tag zu legen. Er gab sich alle Mühe, die Miene und Haltung anzunehmen, die Erik in Falla hatte, wenn er auf dem Rathaus nach der Wahlurne ging, um seinen Wahlzettel hineinzulegen, und es gelang Jan Andersson jetzt auch ganz gut, ebenso feierlich und finster auszusehen wie jener.

»Bitte, Jan!«, sagte die Mutter in Falla, und damit machte sie die Türe weit auf. Zugleich trat sie zur Seite und ließ Jan vorausgehen.

Jan sah auf den ersten Blick, wie fein und sauber alles in der Stube gemacht worden war. Die Kaffeekanne stand zum Abkühlen auf dem Rand der Herdplatte, und der Tisch am Fenster war mit Mutter in Fallas Kaffeetassen und einem schneeweißen Tuch gedeckt. Katrine lag im Bett, und zwei andere Frauen, die auch zur Hilfe da waren, drückten sich an die Wand, damit er einen freien Blick über alle Anordnungen haben könnte.

Dicht vor dem Kaffeetisch stand die Hebamme mit einem Bündel auf dem Arm.

Jan Andersson drängte sich unwillkürlich der Gedanke auf, dass es aussehe, als sei er hier bei dieser Sache einmal die Hauptperson. Katrine sah ihn mit einem freundlichen Blick an, wie wenn sie fragen wollte, ob er zufrieden mit ihr sei. Und alle die andern hielten auch ihre Augen auf ihn gerichtet, gleichsam Lob erheischend für alle die Mühe, die sie sich seinetwegen gemacht hatten.

Aber es ist nicht so leicht, frohen Herzens zu werden, wenn man einen ganzen Tag draußen gesessen und gefroren hat und schlechter Laune geworden ist.

Jan konnte Erik in Fallas Miene nicht aus seinem Gesicht verbannen und blieb, ohne ein Wort zu sagen, mitten im Zimmer stehen.

Da machte die Hebamme einen Schritt auf ihn zu. Und die Stube war nur so groß, dass sie mit diesem einzigen Schritt ganz dicht zu ihm hinkam und ihm das Kind in die Arme legen konnte.

»Da kann Er ein kleines Mädchen sehen, das überdies ein Prachtkind ist«, sagte sie.

Da stand nun der arme Jan und hielt zwischen seinen Händen etwas, das sich warm und weich anfühlte und in ein großes Tuch eingewickelt war. Das Tuch war so weit zurückgeschlagen, dass Jan das winzige, runzlige Gesichtchen und die verschrumpelten Händchen sehen konnte.

Er stand unsicher da und fragte sich, was denn die Frauenzimmer erwarteten, dass er mit diesem Ding, das ihm die Hebamme in die Arme gelegt hatte, anfangen werde, als er plötzlich einen Stoß erhielt, bei dem er und das Kind zusammenzuckten. Keines von den Anwesenden hatte ihm diesen Stoß versetzt, aber ob er von dem kleinen Mädchen zu ihm kam oder von ihm zu dem kleinen Mädchen, das konnte Jan nicht herausbringen.

Unmittelbar darauf fing das Herz in seiner Brust so heftig an zu klopfen, wie es noch nie geklopft hatte, und im selben Augenblick fror Jan nicht mehr, und er fühlte sich nicht mehr verdrießlich noch bekümmert noch ärgerlich, sondern alles war ganz gut. Nur eines beunruhigte ihn noch: Er konnte nicht begreifen, warum es auf diese Weise in seiner Brust hämmerte und klopfte, da er doch den ganzen Tag weder getanzt hatte noch schnell gelaufen oder einen steilen Berg hinaufgeklettert war.

»Legt einmal Eure Hand hierher und fühlt!«, sagte er zu der Hebamme. »Mir ist, als schlüge mein Herz so sonderbar.«

»Ja, Ihr habt tüchtig Herzklopfen«, sagte die Hebamme. »Habt Ihr das öfters?«

»Nein, ich hab's noch nie gehabt«, versicherte Jan. »Noch niemals auf diese Weise.«

»Ist es Euch schlecht? Habt Ihr irgendwo Schmerzen?«, fragte die Hebamme besorgt.

Nein, nein, es sei sonst alles in Ordnung.

Da konnte die Hebamme nicht verstehen, was ihm fehlen könnte, und sie sagte: »Ich will Euch jedenfalls das Kind abnehmen.«

Aber da überkam Jan ein neues Gefühl. Das Kind, nein, das wollte er nicht hergeben.

»Nein, lasst mir das Kind!«, sagte er.

Und in diesem Augenblick mussten die Frauen in seinen Augen etwas gelesen und aus seiner Stimme etwas herausgehört haben, das sie froh machte, denn die Hebamme verzog den Mund, und die andern brachen in lautes Lachen aus.

»Ei Jan, habt Ihr noch nie jemand so lieb gehabt, dass Ihr seinetwegen Herzklopfen bekommen habt?«, sagte die Hebamme.

»Nei–n«, antwortete Jan.

Und nun begriff er plötzlich, was ihm das Herz jetzt eben in Gang gesetzt und so stark zum Klopfen gebracht hatte. Und damit nicht genug, er begann auch zu ahnen, wo es bei ihm zeit seines

Lebens gehapert hatte: Denn der Mensch, der sein Herz weder in Leid noch in Freude schlagen fühlt, der kann sicher nicht für einen richtigen Menschen gerechnet werden.

Klara Fina Gulleborg

Am nächsten Tag stand Jan in Skrolycka mehrere Stunden lang unter seiner Haustür mit dem kleinen Mädchen auf dem Arm.

Auch das war eine lange Wartezeit; aber jetzt war alles ganz anders als gestern. Jetzt stand er hier in guter Gesellschaft, und so wurde er weder müde noch verdrießlich.

Er konnte gar nicht beschreiben, welch ein wohliges Gefühl ihn überkam, während er unter der Tür stand und den warmen kleinen Körper an sich gedrückt hielt. Es kam ihm vor, als sei er bisher auch gegen sich selbst immer recht widerwärtig und bitter gewesen, denn jetzt auf einmal empfand er nur Glück und Wonne in seinem Herzen. Noch nie hatte er gefühlt, wie geradezu beseligt man sein kann, einzig und allein dadurch, dass man jemand so recht herzlich lieb hat.

Jan hatte sich natürlich nicht ohne Absicht unter die Tür gestellt. Während er da stand, musste eine gar wichtige Sache entschieden werden. – Schon seit dem frühen Morgen hatten die Eheleute versucht, für das Kind einen Namen zu finden. Sie hatten es aufs Reiflichste hin und her überlegt, sich aber noch immer nicht für einen von all den vielen Namen entscheiden können.

Schließlich hatte Katrine gesagt: »Jetzt weiß ich mir keinen andern Rat, als dass du dich mit dem Kinde auf die Türschwelle stellst und dann das erste Frauenzimmer, das vorüberkommt, nach ihrem Namen fragst. Den Namen, den sie dir angibt, müssen wir dann dem Mädchen geben, einerlei ob er grob oder fein ist.«

Aber das Häuschen lag etwas abseits vom Wege, und es pflegte nicht oft jemand vorbeizukommen. Jan stand schon sehr lange unter der Tür, und noch immer war niemand vorübergegangen.

Auch an diesem Tag herrschte trübes Wetter; aber es regnete nicht, auch war es weder windig noch kalt, eher etwas schwül.

Wenn Jan nicht mit der Kleinen im Arm dagestanden hätte, so hätte er sicherlich die Hoffnung auf einen Vorübergehenden schon längst aufgegeben, und er hätte zu sich selbst gesagt: »Mein guter Jan Andersson, vergisst du denn, dass du ganz entlegen am Duvsee in Askedalarna wohnst, wo es nur einen einzigen richtigen Bauernhof gibt und sonst nur noch einige kleine Kätnerhäuschen und Fischerhütten umherliegen? Wen gäbe es da wohl mit einem so vornehmen Namen, der dir für dein kleines Mädchen recht wäre?«

Da es sich aber jetzt um sein Töchterchen handelte, zweifelte Jan gar nicht an einen endlichen günstigen Ausgang. Er schaute nach dem Duvsee hinüber und wollte gar nicht sehen, wie verlassen und einsam dieser in seinem Bergkessel dalag. Es könnte ja doch sein, dass eine vornehme Dame mit einem schönen Namen von dem Duvnäser Hüttenwerk auf diese Seite des Sees herüberruderte. Jan war beinahe sicher, dass es nur um des kleinen Mädchens willen so gehen werde.

Das Kind schlief die ganze Zeit, er konnte also ganz ruhig unter der Tür stehen bleiben und warten, so lange er Lust hatte. Schlimmer war es bei Katrine. Sie fragte einmal ums andere, ob denn niemand komme. Denn jetzt könne er wohl nicht länger mit der Kleinen draußen stehen.

Jan richtete seinen Blick auf den Storsnipa, der aus den Birkenwäldchen und Äckerchen in Askedalarna steil aufragte und wie ein Festungsturm Wache hielt, um alle Fremden fernzuhalten. Es hätte ja doch sein können, dass irgendeine vornehme Dame, die auf dem Berge gewesen war, um die schöne Aussicht zu betrachten, auf dem Rückwege die Richtung verfehlen und sich bis nach Skrolycka verirren würde.

Er beruhigte Katrine, so gut er konnte. Es fehle ihnen nichts, weder ihm noch dem Kinde. Da er nun so lange dagestanden habe, wolle er auch noch ein wenig länger warten.

Nirgends war ein Mensch zu sehen; aber Jan war fest überzeugt, dass ihm Hilfe zuteil werde, wenn er nur noch ein wenig wartete. Es konnte ja nicht anders sein. Er hätte sich auch gar nicht verwundert, wenn eine Königin in einer goldenen Kutsche durch Gebirge und Waldesdickicht dahergefahren gekommen wäre, um dem kleinen Mädchen in seinen Armen ihren Namen zu geben.

Wieder verging eine Weile; aber nun fühlte Jan den Abend herannahen, und da konnte er nicht länger draußen stehen bleiben.

Katrine konnte auf der Uhr im Zimmer sehen, wie spät es war, und sagte wieder, er solle jetzt hereinkommen.

»Hab' nur noch einen Augenblick Geduld!«, erwiderte Jan. »Ich glaube, ich kann dort drüben im Westen jemand herankommen sehen.«

Den ganzen Tag hindurch war das Wetter trüb gewesen, aber in diesem Augenblick brach die Sonne durch die Wolken und ließ ein paar goldene Strahlen auf das Kind fallen.

»Ich verwundere mich nicht, dass du dir die Kleine ansehen willst, ehe du dich zur Ruhe begibst«, sagte Jan zu der Sonne. »Sie ist es wert, dass man sie ansieht.«

Die Sonne brach immer heller hervor und warf einen roten Schein auf das Kind und das ganze Häuschen.

»Aha, du willst wohl überdies Patenstelle bei der Kleinen übernehmen?«, sagte Jan in Skrolycka.

Darauf gab die Sonne keine direkte Antwort; in rotgoldener Pracht leuchtete sie noch einmal hell auf, zog dann aber den Wolkenschleier wieder vor und verschwand.

Nun erklang Katrines Stimme aufs Neue.

»Ist jemand da gewesen?«, fragte sie. »Es war mir, als hättest du mit jemand gesprochen. Du musst jetzt hereinkommen.«

»Ja, jetzt komme ich«, sagte Jan und trat auch sogleich herein. »Eine furchtbar vornehme Dame ist eben vorbeigegangen. Aber sie hatte es sehr eilig; ich konnte ihr kaum Guten Tag sagen, da war sie auch schon wieder verschwunden.«

»Ach je, das ist doch recht ärgerlich, nachdem wir nun so lange gewartet haben! Du hast sie wohl gar nicht nach ihrem Namen fragen können?«

»Doch, sie hieß Klara Fina Gulleborg*, so viel hab' ich aus ihr herausgebracht.«

»Klara Fina Gulleborg! Das ist doch wohl ein zu vornehmer Name für das Kind«, sagte Katrine, erhob dann aber doch keinen weiteren Widerspruch.

Aber Jan in Skrolycka war ganz bestürzt über sich selbst, weil er auf etwas so Großes verfallen war, die Sonne als Patin für sein kleines Mädchen zu nehmen. Ja, in dem Augenblick, wo ihm das Kind in die Arme gelegt wurde, war er ein neuer Mensch geworden.

Die Taufe

Als das kleine Mädchen in Skrolycka zum Pfarrer gebracht werden sollte, um die heilige Taufe zu empfangen, benahm sich Jan, ihr Vater, sehr dumm; es fehlte nicht viel, so hätte er von seiner Frau und auch von den Gevatterleuten heftige Schelte bekommen.

Erik in Fallas Frau wollte das Kind über die Taufe halten. Sie fuhr mit der Kleinen im Arm nach dem Pfarrhaus, und Erik in Falla ging selbst neben dem Wagen her und führte die Zügel; die erste Wegstrecke bis zum Duvnäser Hüttenwerk war so schlecht, dass man sie kaum einen Weg nennen konnte, und Erik auf Falla wollte vorsichtig sein, wenn er ein ungetauftes Kind im Wagen fuhr.

Jan in Skrolycka hatte der Abfahrt aufmerksam zugesehen. Er hatte das Kind selbst aus dem Hause herausgeholt, und niemand wusste besser als er, welch prächtige Leute das waren, die jetzt das Kind übernahmen. Erik in Falla war beim Fahren ebenso zuverlässig wie in all seinem anderen Tun, das wusste Jan sehr wohl, und die Mutter in Falla hatte selbst sieben Kinder geboren und

---

* Klara Fina Gulleborg, auf deutsch: Helle schöne Goldborg

aufgezogen, das wusste Jan auch; deshalb hätte er sich also nicht im Geringsten beunruhigt zu fühlen brauchen.

Aber als die kleine Gesellschaft seinen Augen entschwunden war und er sich wieder an seine Grabarbeit auf Erik in Fallas Brachfeld gemacht hatte, da überkam ihn plötzlich eine furchtbare Angst. Wie, wenn nun Erik in Fallas Pferd durchging? Oder wenn der Pfarrer das Kind in dem Augenblick, wo es ihm von der Patin übergeben wurde, fallen ließe? Oder wenn die Mutter in Falla das Kind in so viele Tücher und Decken gehüllt hätte, dass es erstickt war, wenn sie mit ihm am Pfarrhaus ankämen?

Jan sagte sich selbst, es sei sehr unrecht, wenn er sich solche Sorgen mache, da er ja Erik in Falla und dessen Frau als Gevatterleute habe. Aber die Angst ließ ihn nicht los. Und plötzlich hielt er es nicht mehr aus; er stellte den Spaten weg und machte sich, wie er ging und stand, auf den Weg nach dem Pfarrhaus.

Er nahm den Richtweg über die Hügel und lief aus Leibeskräften. Und richtig, als Erik von Falla in den Wirtschaftshof der Pfarrei hineinfuhr, war Jan Andersson von Skrolycka der erste Mensch, den er erblickte.

Es ist ja ganz und gar nicht schicklich, dass Vater oder Mutter dabei sind, wenn die Kinder getauft werden, und Jan sah auch gleich die Unzufriedenheit der Gevatterleute, weil er nach dem Pfarrhof gelaufen war. Erik winkte ihn nicht zur Hilfe beim Pferd herbei, sondern spannte selbst aus, und die Mutter von Falla nahm das Kind hoch auf und ging, ohne ein Wort zu Jan zu sagen, die Anhöhe hinauf und in die Pfarrküche hinein.

Da die Gevatterleute Jan offenbar nicht sehen wollten, wagte er es nicht, näher herbeizukommen. Aber als die Nachbarsfrau an ihm vorbeiging, klang ein leises Piepsen aus dem Bündel heraus an Jans Ohr, und nun wusste er wenigstens eins: Das Kind war unterwegs nicht erstickt. Er fühlte wohl, wie töricht er sich benahm, weil er nun nicht schnurstracks wieder heimging; aber jetzt war er ganz fest überzeugt, dass der Pfarrer das Kind fallen lassen werde, und so konnte er nicht anders, er musste dableiben.

Eine Weile wartete er auf dem Wirtschaftshof, dann ging er nach dem Wohnhaus und trat in den Flur.

Es ist so unpassend wie nur möglich, wenn der Vater des Kindes bei der Taufe mit zum Pfarrer kommt, namentlich, wenn er solche Gevatterleute für sein Kind hat wie Erik von Falla und Erik von Fallas Frau. Als nun die Tür zu der Amtsstube des Pfarrers aufging, nachdem eben die heilige Handlung begonnen hatte, und Jan Andersson von Skrolycka sich in seinem schlechten Arbeitsanzug vorsichtig ins Zimmer hereinschob und also keine Möglichkeit mehr war, ihn wieder hinauszuschicken, da gelobten sich die beiden Gevatterleute in ihrem Herzen, sobald sie nach Hause kämen, Jan wegen seines unpassenden Benehmens ordentlich die Leviten zu lesen.

Alles ging bei der Taufe, wie es sich gehörte, ohne den kleinsten Zwischenfall, und Jan Andersson hatte durchaus keine Entschuldigung für sein Eindringen. Gerade vor Schluss' der Handlung öffnete er die Tür wieder und schob sich sachte in den Flur hinaus. Er sah ja, dass alles ohne ihn wohl und gut ablief.

Nach einer kleinen Weile kam Erik in Falla mit seiner Frau auch auf den Flur heraus. Sie wollten wieder in die Küche gehen, wo die Mutter in Falla das Kind aus allen überflüssigen Tüchern herausgeschält hatte.

Erik in Falla ging voraus und machte seiner Frau die Küchentür auf; aber als er dies tat, stürmten zwei junge Katzen in den Flur herein, und gerade vor den Füßen der Mutter in Falla kugelten sie übereinander; dadurch stolperte die Mutter in Falla und war auf dem Punkt, zu Boden zu stürzen.

Sie kam in ihren Gedanken gerade noch so weit: ›Jetzt stürz' ich mit dem Kinde hin, und es fällt sich zu Tode, und ich werd' unglücklich zeit meines Lebens‹, als sie von einer kräftigen Hand erfasst und aufrecht gehalten wurde.

Und als sie sich umsah, so war der Helfer in der Not niemand anders als Jan in Skrolycka, der im Flur geblieben war, ganz wie wenn er gewusst hätte, dass man ihn hier brauchen würde.

Aber ehe sich die Mutter in Falla wieder von ihrem Schrecken erholt hatte und etwas zu Jan sagen konnte, war er verschwunden. Und als sie mit ihrem Mann nach Hause gefahren kam, stand er wieder draußen bei seiner Grabarbeit.

Nachdem das drohende Unglück verhindert worden war, hatte er gefühlt, dass er nun ruhig nach Hause gehen konnte.

Aber weder Erik noch seine Frau sagten etwas zu ihm wegen seines unpassenden Benehmens. Stattdessen lud ihn die Mutter in Falla zum Kaffee herein, in dem erdigen, lehmbespritzten Anzug, in dem er da draußen auf dem herbstlich feuchten Brachfeld seine Arbeit verrichtete.

Das Impfen

Als das kleine Mädchen von Skrolycka geimpft werden sollte, hatte niemand etwas einzuwenden, dass ihr Vater Jan mitging, als er selbst die Absicht kundtat.

Das Impfen sollte eines Abends Ende August vorgenommen werden, und als Katrine von Hause wegging, war es schon ganz dunkel. Sie war deshalb sehr froh, jemand bei sich zu haben, der ihr über Zäune und Gräben und alle anderen Schwierigkeiten auf dem elenden Weg hinüberhalf.

Die Kinder sollten in Erik in Fallas Haus geimpft werden, und die Mutter in Falla hatte auf der Feuerstelle ein Riesenfeuer angezündet, das ihrer Meinung nach neben einem dünnen Talglicht auf einem Tischchen, wo der Küster seine Arbeit verrichten sollte, zur Beleuchtung vollständig ausreiche.

Die Leute von Skrolycka fanden es, wie alle die andern Anwesenden, ungewöhnlich hell im Zimmer, aber trotzdem war es nicht heller, als dass die Dunkelheit wie eine grauschwarze Mauer vor den Wänden stand und das Zimmer kleiner erscheinen ließ, als es in Wirklichkeit war. Und in dieser Dunkelheit konnte man einen Haufen Weiber unterscheiden mit Kindern, die nicht älter als ein

Jahr waren und die noch auf dem Arm getragen, gestillt und auf jede Weise versorgt werden mussten.

Die meisten waren dabei, ihre Kleinen aus den Tüchern und Umhüllungen herauszuschälen. Dann zogen sie ihnen die bunten Kattunkittelchen aus und lösten die Bänder, mit denen die Hemdchen zusammengebunden waren, damit nachher, wenn der Küster zum Impftisch rief, der Oberkörper des Kindes leicht entblößt werden konnte.

Es war merkwürdig still im Zimmer, obgleich so viele kleine Schreihälse hier beieinander waren. Das gegenseitige Anstarren schien ihnen offenbar Vergnügen zu machen, und so vergaßen sie alles Lärmen und Schreien. Und die Mütter verhielten sich auch still, um besser hören zu können, was der Küster sagte, der die ganze Zeit über mit ihnen redete.

»Es gibt für mich wirklich nichts Angenehmeres, als wenn ich so zum Impfen umherziehe und mir dabei alle die hübschen Kinder betrachten kann«, sagte der Küster. »Nun wollen wir sehen, ob das ein feiner Jahrgang ist, den ihr hier bieten könnt.«

Der Mann war nicht nur der Küster, sondern auch der Schullehrer, und er hatte zeit seines Lebens in diesem Kirchspiel gewohnt. Er hatte schon die Mütter geimpft und unterrichtet, war Zeuge ihrer Konfirmation und ihrer Hochzeiten gewesen, und nun sollte er ihre Kinder impfen. Das war das Erste, was die kleinen Weltbürger mit dem Manne zu tun bekamen, der später eine so große Rolle in ihrem Leben spielen würde.

Der Anfang stellte sich günstig an. Eine Mutter nach der andern kam herbei, setzte sich auf den Stuhl neben dem Tisch und hielt ihr Kind so, dass der Lichtschein auf dessen nacktes linkes Ärmchen fiel. Und während der Küster immer weiter redete, setzte er die drei Schnitte in die glänzende weiße Haut, ohne dass das Kind einen Laut von sich gab.

Dann ging die Mutter mit dem Kind zum Feuer hin und hielt sich eine Weile in der Nähe der Flammen auf, um den Impfstoff eintrocknen zu lassen. Inzwischen dachte sie an das, was der Küster zu ihr und ihrem Kind gesagt hatte, nämlich, dass es groß und schön sei und dem Hofe zur Ehre gereichen und ebenso tüchtig werden solle, wie sein Vater und Großvater, ja vielleicht noch tüchtiger.

So ging es still und ruhig weiter, bis die Reihe an Katrine von Skrolycka war. Als sie mit dem Kinde herbeikam, schrie und wehrte sich die kleine Klara und schlug um sich. Katrine versuchte, sie zu beruhigen, und der Küster sprach sanft und freundlich mit ihr, aber sie war und blieb von wilder Angst beherrscht.

Katrine musste sie wieder wegtragen und versuchen, sie zu beschwichtigen. Darauf wurde ein großer starker Junge geimpft, der nicht einen einzigen Schrei hören ließ; aber als Katrine dann mit der Kleinen wieder herbeikam, erneute sich der vorherige Auftritt. Sie konnte das Kind nicht dazu bringen, so lange stillzuhalten, dass der Küster auch nur einen einzigen Schnitt machen konnte.

Außer der kleinen Klara war kein Kind mehr zum Impfen da, und Katrine war ganz außer sich, weil sich ihr Kind so schlecht aufführte. Sie wusste nicht, was sie tun sollte, als plötzlich Jan ganz rasch aus der Dunkelheit bei der Tür hervortrat.

Er nahm das Kind auf den Arm, und Katrine stand von dem Stuhl auf, um ihm Platz zu machen.

»Ja, versuch du, ob's dir besser geht!«, sagte sie mit leicht verächtlichem Ton in der Stimme, denn sie hielt den kleinen abgearbeiteten Knecht Erik in Fallas, den sie geheiratet hatte, in gar keiner Hinsicht für besser als sich selbst.

Aber ehe Jan sich setzte, warf er die Jacke zurück, und nun zeigte es sich, dass er drüben in der Dunkelheit seinen einen Hemdärmel weit hinaufgekrempelt hatte. Er streckte den nackten Arm vor und sagte, er möchte selbst gern geimpft werden. In seinem ganzen Leben sei er erst einmal geimpft worden, und er fürchte sich vor nichts so sehr wie vor den Pocken.

Als die kleine Klara den nackten Arm sah, wurde sie plötzlich ganz still und sah ihren Vater mit großen klugen Augen gespannt an.

Sie sah auch aufmerksam zu, wie der Küster die drei roten Striche in den Arm machte. Dann sah sie von dem einen zum andern und merkte da recht wohl, dass es dem Vater gar nicht schlecht erging.

Als Jan Andersson fertig war, wendete er sich an den Küster und sagte: »Jetzt ist die Kleine ganz ruhig, nun könnt Ihr's vielleicht noch einmal versuchen, Küster.«

Ja, der Küster versuchte es noch einmal, und diesmal ging es ausgezeichnet. Die kleine Klara saß die ganze Zeit mit derselben altklugen Miene da und stieß nicht einen einzigen Schrei aus.

Auch der Küster schwieg, bis er mit seiner Arbeit fertig war, dann sagte er: »Wenn Ihr das nur getan habt, um das Kind zu beruhigen, Jan, dann hätten wir ja nur so tun können, als wollten wir – – –«

Aber da fiel Jan ein: »Nein, nein, Küster, das wär' nicht gegangen. So ein Kind wie dieses gibt es gar nicht mehr. Dieser Kleinen kann man unmöglich etwas weismachen, was nicht wirklich so ist.«

Der Geburtstag

An dem Tag, wo das kleine Mädchen ein Jahr alt wurde, war ihr Vater auf Erik in Fallas Brachfeld beim Umgraben.

Er versuchte sich klarzumachen, wie es früher gewesen war, als noch niemand da war, an den er bei seiner Arbeit auf dem Felde denken konnte, damals, wo er auch noch nicht das klopfende Herz in der Brust gehabt hatte, wo er noch keine Sehnsucht verspürt hatte und nie beunruhigt gewesen war.

»Wie merkwürdig, dass ein Mensch auf diese Weise leben kann!«, sagte er und verachtete sich dabei selbst. »Ja«, fuhr er fort, »das ist das Einzige, worauf's ankommt. Wenn ich so reich wär' wie Erik in Falla oder so stark wie Börje, der dort drüben seinen Acker umgräbt, so wär' das gar nichts im Vergleich zu dem klopfenden Herzen in meiner Brust.«

Er sah zu Börje hinüber, der ein ungeheuer starker Mann war und ungefähr doppelt so viel Arbeit bewältigen konnte wie er. Während nun Jan zu Börje hinübersah, fiel ihm auf, dass dieser an diesem Tage lange nicht so weit gekommen war wie sonst.

Sie bekamen von Erik Stücklohn, und Börje übernahm immer mehr als Jan; aber beide wurden trotzdem immer ungefähr zur selben Zeit fertig. An diesem Tag aber war Börje merkwürdig langsam vorwärtsgekommen, ja, er hielt nicht einmal gleichen Schritt mit Jan, sondern war weit zurückgeblieben.

Aber Jan hatte auch seine ganze Kraft eingesetzt, um möglichst rasch zu seinem kleinen Mädchen heimzukommen. An diesem Tag sehnte er sich noch viel mehr nach ihr als sonst. Sie war abends meist schläfrig, und wenn er sich nicht beeilte, konnte sie möglicherweise schon fest eingeschlafen sein.

Als Jan fertig war, sah er, dass Börje sein Stück kaum halb fertig hatte. Das war in all den Jahren, die sie nun zusammen arbeiteten, noch nie vorgekommen, und Jan verwunderte sich auch so darüber, dass er zu Börje hinging.

Börje stand in dem Graben und plagte sich eben, eine hartnäckige Erdscholle herauszuheben. Er war auf einen Glasscherben getreten und hatte dabei eine tiefe Wunde im Fuß davongetragen. Es war ihm nicht möglich, den Stiefel anzubehalten, und nun kann man sich wohl denken, wie schrecklich das sein muss, wenn man mit einem verwundeten Fuß den Spaten in die Erde hineinzwingen soll.

»Solltest du nicht lieber aufhören?«, fragte Jan in Skrolycka.

»Nein, ich muss durchaus heut fertig werden«, erwiderte Börje, »denn ich bekomm' ja kein Korn von Erik in Falla, ehe das ausbedungene Stück fertig ist. Und wir haben daheim kein Roggenmehl mehr.«

»Na, gut' Nacht also!«, sagte Jan.

Börje gab keine Antwort. Er war so müde und abgemattet, dass er nicht mehr den gewohnten Abendgruß herausbrachte.

Jan von Skrolycka ging bis zum Rand des Ackers, aber dort hielt er an.

»Was macht's dem kleinen Mädchen aus, ob du zu ihrem Geburtstag heimkommst«, sagte er zu sich. »Sie hat's ebenso gut ohne dich; Börje aber hat sieben Kinder daheim und kein Essen für sie. Willst du sie hungern lassen, nur um heimzukommen und mit Klara Gulla zu spielen?«

Er ging zu Börje zurück, stellte sich neben ihn und arbeitete mit ihm weiter; aber da er schon vorher recht müde gewesen war, ging es nicht besonders schnell vorwärts, und es war schon beinahe dunkel, als die beiden endlich fertig waren.

›Jetzt schläft Klara Gulla schon lange‹, dachte Jan, als er endlich den letzten Spatenstich tat.

»Nun gut' Nacht!«, rief er zum zweiten Male Börje zu.

»Gut' Nacht und Dank für die Hilfe!«, erwiderte Börje. »Jetzt geh ich und hol' mir gleich meinen Roggen. Ich werd's dir schon ein andermal wettmachen, du kannst dich darauf verlassen.«

»Ich will keine Bezahlung dafür. Gut' Nacht!«

»Willst du nichts für deine Hilfe haben? Was ist denn los, dass du so großartig bist?«

»Ach, 's ist ... 's ist heute der Kleinen ihr Geburtstag.«

»Was, und deshalb hast du mir hier beim Umschoren geholfen?«

»Ja, deshalb und auch noch wegen was anderem. Na also, gute Nacht!«

Jan ging hastig fort, um nicht zu einer Erklärung über das »andere« verlockt zu werden; aber es brannte ihm auf der Zunge zu sagen: Heute ist nicht nur Klara Gullas Geburtstag, sondern es ist auch der meines Herzens.

Aber es war gut, dass er nicht dazu kam, dies zu sagen, denn Börje hätte sicher geglaubt, er sei verrückt geworden.

Der Weihnachtsmorgen

Als das kleine Mädchen ein Jahr alt war, nahm sie Jan Andersson am Weihnachtsmorgen mit in die Kirche zur Christmette.

Seine Frau meinte freilich, das Kind sei doch noch recht klein, um schon in die Kirche mitgenommen zu werden, auch fürchtete sie, es könnte sich wieder so ungebärdig anstellen wie damals beim Impfen.

Aber Jan setzte seinen Willen durch, weil es ja nicht gegen die Sitte verstieß, wenn kleine Kinder mit zur Weihnachtsmette genommen wurden.

So machten sich die Leute von Skrolycka mit Klara Gulla am Weihnachtsmorgen schon früh um fünf Uhr auf den Weg. Es war bedeckter Himmel und so finster wie in einem Sack, aber die Luft war nicht kalt, sondern fast mild und dazu vollkommen still, so wie es dort in der Gegend Ende Dezember zu sein pflegt.

Gleich zu Anfang ging es einen engen Pfad zwischen den Äckern und Gehölzen in Askedalarna entlang. Dann mussten die Wanderer dem steilen verschneiten Weg über den Snipahügel folgen, und erst dann kamen sie auf ordentliche Wege.

Das große zweistöckige Wohnhaus auf Falla hatte in allen Fenstern brennende Kerzen; es winkte den Leuten von Skrolycka zu wie ein Leuchtturm, und so konnten sie sich bis zu Börjes Haus hindurchfinden. Dort trafen sie mit ein paar Nachbarn zusammen, die sich am Abend vorher Fackeln zurechtgemacht hatten, mit denen sie sich nun den Weg erhellten; an diese schlossen sich die Leute von Skrolycka an. Jeder Fackelträger ging an der Spitze einer kleinen Schar. Die meisten schwiegen, aber alle waren frohen Mutes. Sie kamen sich vor wie die Weisen aus dem Morgenlande, die beim Scheine des Wundersterns dahinwanderten, um den neugeborenen König der Juden zu suchen.

Als die ganze Schar die Waldhöhe erreicht hatte, musste sie an einem großen Steinblock vorbei, den einstmals ein Riese drunten in Frykerud an einem Weihnachtsmorgen nach der Svartsjöer Kirche geschleudert hatte, der aber zum guten Glück über den Kirchturm weggeflogen und hier auf dem Snipahügel liegen geblieben war.

Als die Kirchgänger sich jetzt dem Stein näherten, lag er wie gewöhnlich auf der Erde; aber alle wussten, dass er während der

Nacht auf zwölf goldene Pfeiler gehoben worden war und dass der Troll darunter gesessen und getrunken und getanzt hatte.

Es war wirklich kein Vergnügen, am Weihnachtsmorgen an so einem Steinblock vorbeigehen zu müssen, und Jan sah eifrig zu Katrine hinüber, ob sie auch das Kind fest an sich gedrückt hielte. Katrine schritt sicher und ruhig fürbass, ganz wie gewöhnlich, und unterhielt sich halblaut mit einer Nachbarin. Sie schien gar nicht daran zu denken, was das für ein gefährlicher Platz war.

Hier auf der Höhe standen uralte wetterfeste Tannen. Wenn man diese so im Fackelschein mit den großen Schneeklumpen auf den Zweigen wahrnehmen konnte, drängte sich einem unwillkürlich der Gedanke auf, dass mehrere von ihnen, die man vorher für Bäume gehalten hatte, nichts anderes waren als Trolle mit stechenden Augen unter den weißen Schneemützen und mit langen scharfen Krallen, die aus den dicken Schneefäustlingen hervorstachen.

Das konnte man ja ertragen, solange sie sich ruhig verhielten, aber wie, wenn einer von ihnen den Arm ausstrecken und eines der Vorübergehenden an sich reißen würde? Für die Erwachsenen und alten Leute war es wohl nicht so gefährlich, aber eines hatte Jan doch immer gehört: Die Trolle hatten eine besondere Liebe für winzig kleine Menschenkinder, je kleiner, desto besser!

Es kam ihm vor, als halte Katrine die kleine Klara gar so sorglos. Ach, für die großen krallenbewaffneten Trollhände war es gar keine Kunst, ihr das Kind zu entreißen! Hier mitten auf dem gefährlichen Platz wagte es Jan indes nicht, Katrine das Kind aus den Armen zu nehmen. Gerade dadurch hätte sich das Trollpack am Ende zu rühren angefangen.

Schon fing es von dem einen Trollbaum zum andern an zu raunen und zu rauschen. Es knarrte droben in den Zweigen, wie wenn sie versuchen wollten, sich in Bewegung zu setzen.

Jan wagte die andern nicht zu fragen, ob sie das auch sähen und hörten, was er sah und hörte. Denn das hätte ja gerade die Frage sein können, die das Trollpack zum Leben erweckte.

In dieser Erwartung wusste er nur eins, was er tun konnte: Er stimmte mitten im Walde ein Lied an.

Jan hatte eine schlechte Singstimme, und er hatte auch im Beisein anderer noch nie gesungen. Es fiel ihm sehr schwer, den Ton richtig zu treffen, und er wagte deshalb nicht einmal in der Kirche mitzusingen; aber jetzt musste er singen, mochte es gehen, wie es wollte.

Er sah, dass die Nachbarn sich über ihn wunderten. Die vor ihm gingen, stießen einander an und schauten sich nach ihm um; doch das durfte ihn nicht hindern, er musste weitermachen.

Gleich darauf flüsterte ihm indes eine der Frauen zu: »Wartet ein wenig, Jan, ich werd' Euch helfen!«

Und dann stimmte sie mit der richtigen Melodie und dem richtigen Ton in das Weihnachtslied ein.

Es klang schön durch die Nacht zwischen den Bäumen. Die andern konnten nun auch nicht zurückbleiben, sondern stimmten ebenfalls mit ein.

»Gruß dir, du schöne Morgenstund', durch der Propheten heil'gen Mund ist sie verkündet worden!«

Da ging es wie ein ängstliches Sausen durch die Trollbäume. Sie zogen die Schneemützen so tief herein, dass man nichts mehr von ihren bösen Trollaugen sah, und ebenso zogen sie die ausgestreckten Krallen unter Tannennadeln und Schnee zurück. Als der erste Liedervers verklungen war, konnte niemand mehr sehen, dass da oben auf der Waldhöhe etwas anderes vorhanden war als gewöhnliche, ungefährliche alte Tannenbäume.

Die Fackeln, die den Leuten aus Askedalarna durch den Wald geleuchtet hatten, waren abgebrannt, als die Schar die Landstraße erreichte. Aber von da an ging es mithilfe der erleuchteten Bauernhäuser weiter. Wenn ein Haus aus dem Gesichtskreis entschwand, gleich schimmerte ein anderes in geringer Entfernung auf. Die Leute hatten in alle Fenster Lichter gestellt, um den armen Wanderern den rechten Weg nach der Kirche zu zeigen.

Schließlich erreichten die Leute einen Hügel, von dem man die Kirche sehen konnte. Da stand sie vor ihnen: Aus allen Fenstern strömte heller Lichterschein heraus, und sie sah aus wie eine riesengroße Laterne.

Als die Wanderer die Kirche sahen, blieben sie unwillkürlich stehen, der Anblick raubte ihnen den Atem. Nach allen den kleinen Häusern und niederen Fenstern, an denen sie vorbeigepilgert waren, kam ihnen die Kirche überwältigend groß und überirdisch hell vor.

Als Jan die Kirche erblickte, musste er unwillkürlich an ein paar arme Leute in Palästina denken, die die ganze Nacht unterwegs gewesen waren und ein kleines Kind bei sich hatten, ihren einzigen Trost und ihre einzige Freude. Sie kamen von Bethlehem und wollten nach Jerusalem, weil das Kind im Tempel zu Jerusalem beschnitten werden sollte. Aber sie mussten sich in dunkler Nacht dahinschleichen, weil es so viele gab, die dem Kindlein nach dem Leben trachteten.

Die Leute von Askedalarna waren in aller Frühe von Hause weggegangen, um vor denen anzukommen, die nach der Kirche fuhren, aber in der Nähe der Kirche wurden sie doch von diesen eingeholt. Sie kamen mit schnaubenden Pferden und klingenden Schellen dahergefahren, jagten in sausendem Galopp dahin und zwangen die armen Fußgänger, sich auf den hohen Schneewall am Wegrand zu retten.

Jetzt hatte Jan das Kind auf dem Arm. Unaufhörlich musste er den Fuhrwerken ausweichen. Er kam auf dem finsteren Weg nur sehr schwer vorwärts; aber vor ihm lag ja der strahlende Tempel, und wenn sie nur dorthin gelangen konnten, dann waren sie sicher und geborgen.

Jetzt erhob sich hinter ihnen lautes Schellengeklingel und Pferdegetrappel. Ein großer Schlitten mit zwei Pferden davor kam dahergefahren. Drinnen saß ein junger vornehmer Herr in schwarzem Pelz und hoher Pelzmütze mit seiner jungen Frau an der Seite. Er führte selbst die Zügel, aber hinter ihm stand der Kutscher mit einer lohenden Fackel in der hocherhobenen Hand. Die Flamme flackerte im Luftzug weit zurück und ließ einen langen Schweif von Rauch und sprühenden Funken hinter sich.

Jan stand auf dem Schneewall am Wege mit dem Kind im Arm. Es sah sehr gefährlich aus; sein einer Fuß sank plötzlich tief in den Schnee hinein, und er war am Umfallen. Da zog der kutschierende Herr heftig an den Zügeln und rief Jan, den er vom Wege verjagt hatte, an.

»Gib das Kind her, dann fahre ich es in meinem Schlitten mit nach der Kirche!«, sagte er freundlich. »Wo so viele Fuhrwerke unterwegs sind, ist es gefährlich, wenn man ein kleines Kind zu tragen hat.«

Doch Jan antwortete: »Ich dank' schön, aber 's geht ganz gut.«

»Wir werden die Kleine hier zwischen uns setzen, Jan«, sagte die junge Frau.

»Ich dank' schön, aber es geht ganz gut.«

»Ach so, du wagst das Kind nicht aus dem Arm zu lassen«, sagte der Herr, und dann fuhr er lachend davon.

Die Wanderer zogen weiter; aber der Weg wurde immer gefährlicher und beschwerlicher. Schlitten folgte auf Schlitten. Im ganzen Kirchspiel gab es kein Pferd, das nicht am Weihnachtsmorgen unterwegs gewesen wäre, um Leute nach der Kirche zu fahren.

»Du hättest sie das Kind wohl mitnehmen lassen können«, sagte Katrine. »Ich fürchte, du wirst doch noch mit ihm hinfallen.«

»Hätt' ich ihnen das Kind überlassen sollen? Du weißt nicht, was du sagst. Hast du nicht gesehen, wer es war?«

»Was wäre denn für eine Gefahr dabei gewesen, wenn wir's mit den Hüttenbesitzern von Duvnäs hätten fahren lassen?«

Da hielt Jan Andersson von Skrolycka plötzlich an.

»Ist das der Hüttenbesitzer auf Duvnäs mit seiner Frau gewesen?«, fragte er, und es sah aus, als sei er eben aus einem Traum erwacht.

»Gewiss ist's die Herrschaft vom Hüttenwerk gewesen. Für wen hast du sie denn gehalten?«

Ja, wo war Jan mit seinen Gedanken gewesen? Was war das für ein Kind, das er die ganze Zeit über getragen hatte? Wohin stand ihm das Ziel seiner Reise? In welchem Lande war er jetzt eben gewandert?

Er strich sich mit der Hand über die Stirne und sah etwas verlegen aus, als er Katrine antwortete: »Ich hab' geglaubt, es sei der König Herodes vom Lande Inda und Herodias, seine Frau.«

Das Scharlachfieber

Als das kleine Mädchen in Skrolycka ungefähr drei Jahre alt war, bekam es eine Krankheit, die man wohl Scharlachfieber nennen könnte, denn sein ganzer Körper war dunkelrot und brannte wie Feuer, wenn man ihn anrührte. Die Kleine wollte nicht essen und konnte auch nicht schlafen, teilnahmslos lag sie in ihrem Bettchen und redete irre.

Jan brachte es nicht über sich, von zu Hause wegzugehen, solange das Kind krank war. Tag um Tag blieb er in der Hütte sitzen, und es sah nachgerade aus, als würde Erik in Fallas Roggen in diesem Jahr ungedroschen bleiben.

Katrine war es, die das kleine Mädchen pflegte, die es wieder zudeckte, sooft es die Decke zurückwarf, und ihm ein wenig von dem verdünnten Heidelbeersaft zu trinken gab, den Katrine von der Mutter in Falla bekommen hatte.

Wenn die Kleine gesund war, wurde sie meistens von Jan versorgt; aber in demselben Augenblick, wo sie krank wurde, wagte er nicht, ihr nahezukommen. Er hatte Angst, er könnte ihr schaden und würde sie nicht zart genug anfassen.

Aber aus dem Hause hinaus ging er nicht; still saß er in der Ecke am Ofen und starrte unverwandt zu der kleinen Kranken hinüber.

Das Kind lag in einem eigenen Bettchen, aber es hatte nur einen Strohsack unter sich und kein Betttuch. Dieses Liegen auf den groben werggarnenen Überzügen musste für den kleinen zarten

Körper, der geschwollen und durch den Ausschlag sehr empfindlich geworden war, sicherlich sehr schmerzhaft sein.

Und es war sonderbar, sooft Jan sah, wie sich die Kleine in ihrem Bettchen aufgeregt hin und her warf, musste er an das Schönste denken, was er auf der Welt sein Eigen nannte, nämlich an sein Sonntagshemd.

Er besaß nur ein einziges, das aus weißer glänzender Leinwand war und eine steife Hemdenbrust hatte. Dieses Hemd war so schön gearbeitet, dass es für den Hüttenbesitzer auf Duvnäs gut genug gewesen wäre. Jan hielt es hoch in Ehren. Alle seine andern Hemden waren ebenso grob wie die Bettbezüge, auf denen die kleine Klara lag.

Aber es war sehr unrecht, wenn er jetzt an dieses Hemd dachte. Katrine würde ihm nie erlauben, es zu zerreißen, denn es war das Bräutigamshemd, das sie selbst ihm genäht hatte.

Katrine tat auch wirklich alles, was sie konnte. Sie hatte Pferd und Wagen von Erik in Falla entlehnt, hatte das Kind in Tücher und Decken gehüllt und war damit zum Doktor gefahren. Das war sehr brav von Katrine gewesen; aber einen Nutzen von dem Besuch beim Doktor konnte man nicht wahrnehmen. Weder die große Arzneiflasche, die sie aus der Apotheke mitgebracht hatte, noch irgendeine von den andern Vorschriften des Doktors hatte irgendeinen Erfolg gehabt.

Und dann quälte Jan noch ein Gedanke: Wenn Eltern einmal so ein merkwürdiges Kind geschenkt wird wie die kleine Klara Gulla, dann müssen sie auch bereit sein, das Beste, was sie besitzen, für dieses Kind zu opfern. Sonst dürfen sie dieses Kind am Ende gar nicht behalten ...

Aber es war nicht so leicht, eine Frau wie Katrine dazu zu bringen, dies zu verstehen.

Während das Kind so krank dalag, kam eines Tages die alte Finnen-Karin ins Haus. Wie alle Finnen verstand sie sich auf die Krankheiten bei den Tieren, und sie war auch gar nicht zu Ende mit ihrer Weisheit, wenn es sich darum handelte, Gerstenkörner am Auge oder Wurm am Finger oder allerlei Geschwüre zu besprechen. Für andere Krankheiten jedoch wollte man nicht gerade seine Zuflucht zu ihr nehmen. Man hielt es gewissermaßen für unrecht, wenn man von einer Hexe für andere als kleine Leiden Hilfe verlangte.

Als diese Finnen-Karin ins Zimmer trat, sah sie natürlich sofort das kranke Kind, und Katrine erzählte ihr auch, dass es das Scharlachfieber habe, aber weder sie noch Jan baten sie um einen guten Rat.

Die Finnen-Karin sah indes wohl, wie ängstlich und beunruhigt die Eltern waren, und als sie von Katrine mit Kaffee bewirtet worden war und ihr Jan ein Stück Rolltabak geschenkt hatte, sagte sie ganz von selbst: »Diese Krankheit zu heilen steht nicht in meiner Macht, aber ich will Euch lehren, wie Ihr selbst erkennen könnt, ob die Krankheit zum Leben oder Tod führt. Haltet Euch wach bis Mitternacht, dann macht aus dem Daumen und Zeigefinger Eurer linken Hand einen Ring und betrachtet da hindurch das Kind. Dann gebt wohl acht, was neben ihm im Bett liegt, und Ihr werdet erfahren, was Ihr zu erwarten habt.«

Katrine dankte ihr aufs Herzlichste; denn es ist am besten, wenn man sich mit solchen Leuten gut stellt. Aber es fiel ihr keinen Augenblick ein, das zu tun, was ihr angeraten worden war.

Auch Jan legte kein Gewicht auf den Rat der Finnen-Karin. Er dachte an nichts als an das Hemd. Wenn er es nur gewagt hätte wegen Katrine!

Aber er konnte sie unmöglich bitten, ihn das Bräutigamshemd zerreißen zu lassen. Er begriff sehr wohl, dass dem kleinen Mädchen dadurch nicht geholfen würde, und wenn es doch sterben musste, dann war das Hemd rein weggeworfen.

Als es Abend wurde, ging Katrine um die gewohnte Zeit zu Bett, aber Jan hatte nicht die nötige Ruhe, sich schlafen zu legen, sondern blieb wie gewöhnlich in seinem Winkel sitzen. Er sah, wie die kleine Klara sich in ihrem Bett vor Schmerzen wand, denn der Strohsack, auf dem sie lag, war zu grob und zu hart, und Jan dachte, wie herrlich es wäre, wenn er ihr ein kühles, weiches, glattes Lager zurechtmachen könnte! Das Hemd lag frisch gewaschen und ungebraucht in der Kleidertruhe. Zu wissen, dass es dort lag, tat Jan im Herzen weh; aber es wäre ja auch nicht recht gegen Katrine gewesen, wenn er ihr Geschenk zu einem Betttuch für das Kind verwendet hätte.

Aber wie es auch sein mochte, als die Uhrzeiger sich der Mitternachtsstunde näherten und Katrine im tiefsten Schlafe lag, ging Jan zu der Kleidertruhe hin und nahm das Hemd heraus. Zuerst riss er die steife Brust ab, und dann teilte er den Rumpf in zwei Teile. Den einen schob er sachte unter den kleinen Körper des Kindes und den andern breitete er zwischen das Kind und die warme, dicke Decke, mit der es zugedeckt war.

Dann kauerte er wieder in seinen Winkel zusammen und wachte bei der Kleinen wie zuvor. Er hatte noch nicht lange so gesessen, als die Uhr zwölf schlug. Fast ohne sich bewusst zu sein, was er tat, hielt er die Finger der linken Hand wie einen Ring vor die Augen und schaute nach dem Bett hinüber.

Und siehe!, auf dem Bettrand saß ein kleiner nackter Engel Gottes. Er war von dem groben Strohsack zerkratzt und zerstochen und hatte sicher die Absicht gehabt, sich auf und davon zu machen. Aber jetzt drehte er sich um und befühlte das feine Hemd, strich mit beiden Händen über die Leinwand, und plötzlich schwang er die Beine wieder über den Bettrand herauf und legte sich wieder nieder, um weiter über das Kind zu wachen.

Aber an dem einen Bettpfosten kam zu gleicher Zeit etwas heraufgekrochen, das schwarz und unheimlich aussah, und als es sah, dass der Engel Gottes im Begriff war fortzugehen, streckte es den Kopf über die Bettstatt herauf und grinste vor Freude darüber, dass es nun ins Bett hineinkriechen und sich an den Platz des Engels legen könnte.

Als es dann sah, wie der Engel Gottes seine Nachtwache wieder aufnahm, verrenkte es alle seine Glieder, wie wenn es die grässlichsten Höllenqualen erleiden müsste, und dann zog es sich auf den Boden zurück.

Am nächsten Tag war die kleine Klara auf dem Wege der Besserung. Die Krankheit war gebrochen. Darüber war Katrine über die Maßen froh, und so hatte sie nicht das Herz, etwas über das zerrissene Bräutigamshemd zu sagen, obwohl man sich denken kann, dass sie meinte, sie habe doch einen recht verrückten Kerl zum Manne.

Der Besuch in dem Bauernhof

Als das kleine Mädchen in Skrolycka in ihr fünftes Jahr ging, nahm sie Jan Andersson an einem Sonntagnachmittag bei der Hand, und sie wanderten miteinander dem Walde zu.

Sie gingen an schattigen Birkenwäldchen vorüber, wo sie sich sonst niederließen, sie gingen auch an dem Erdbeerhügel vorüber, ja sie gingen sogar, ohne anzuhalten, an dem kleinen sich dahinschlängelnden Bach, wo die Wäsche gewaschen wurde, vorüber.

Hand in Hand wanderten sie dahin, still und ernsthaft, wie um zu zeigen, dass ihnen etwas Feierliches bevorstand.

Sie verschwanden in östlicher Richtung im allertiefsten Walde; aber auch da hielten sie nicht an, sondern kamen schließlich über Loby auf einem bewaldeten Hügel wieder zum Vorschein.

Von da gingen sie über die Wegscheide, wo die Landstraße und die Dorfstraße sich kreuzten, und jetzt musste es sich doch endlich zeigen, wohin sie zu gehen beabsichtigten.

Aber sie gingen nicht nach Nästa hinein und auch nicht nach Nysta, auch sahen sie sich weder nach Där-Fram noch nach På-Valln um.

Weiter und weiter wanderten sie das Dorf entlang. Nun erschien es fast unverständlich, wohin sie gehen wollten. Denn sie konnten doch unmöglich im Sinne haben, bei Björn Hindriksson in Loby einen Besuch machen zu wollen?

Wahr war allerdings, dass Björn Hindrikssons Frau die Halbschwester von Jans Mutter war; Jan war also wirklich mit den reichsten Bauern im Kirchspiel verwandt und hatte das Recht, Björn Hindriksson und seine Frau Tante und Oheim zu nennen. Aber bis jetzt hatte Jan getan, als wisse er gar nichts von der Sache, selbst mit Katrine hatte er kaum je von der so vornehmen Verwandtschaft gesprochen. Er war im Gegenteil Björn Hindriksson immer aus dem Weg gegangen. Nicht einmal auf dem Platz vor der Kirche pflegte er zu ihm hinzugehen, um ihn zu begrüßen und ihm die Hand zu geben.

Aber jetzt, wo Jan eine so merkwürdige kleine Tochter hatte, war er nicht mehr nur ein armer Tagelöhner. Jetzt hatte er einen Schatz vorzuweisen und eine Blume, mit der er sich schmücken konnte. Jetzt war er reich mit den Reichen und mächtig mit den Mächtigen. Jetzt ging er geradenwegs auf Björn Hindrikssons großes Wohnhaus zu, um zum ersten Mal in seinem Leben bei den vornehmen Verwandten einen Besuch zu machen.

Lange währte der Besuch im Bauernhof nicht. In weniger als einer Stunde ging Jan mit seinem kleinen Mädchen wieder über den Hofplatz nach der Pforte. Aber als Jan so weit gekommen war, hielt er an und schaute zurück, wie wenn er Lust hätte, noch einmal hineinzugehen.

Er hatte indes gar keinen Grund zu bereuen, dass er hingegangen war. Nein, so war es nicht, er war mit der Kleinen in jeder Beziehung gut aufgenommen worden. Björn Hindrikssons Frau hatte das Kind gleich mit sich an den blau angemalten Schrank genommen, der mitten an der Längswand des Zimmers stand, und ihr einen Zwieback und ein Stück Zucker gegeben. Und Björn Hindriksson selbst hatte sie gefragt, wie alt sie sei und wie sie heiße. Dann hatte er den großen Lederbeutel aufgemacht, den er in seiner Hosentasche trug, und ihr ein blankes Vierschillingsstück geschenkt.

Jan war mit Kaffee bewirtet worden, und seine Stieftante hatte nach Katrine gefragt und sich erkundigt, ob sie eine Kuh oder ein Schwein hätten, ob ihr Haus im Winter sehr kalt sei und ob er auch von Erik in Falla so viel Lohn bekomme, dass sie von dem Verdienst leben könnten, ohne Schulden machen zu müssen?

Nein, an dem Besuch selbst war nichts, was Jan Kummer machen konnte. Nachdem er sich eine Weile mit Hindrikssons unterhalten hatte, sagten diese, sie seien zum Abend eingeladen und müssten in einer halben Stunde wegfahren. Da hatte Jan ja eingesehen, dass sie diese halbe Stunde brauchten, um sich fertig zu machen, und so war er aufgestanden und hatte sich verabschiedet.

Aber da war die Hausfrau rasch an den Speiseschrank gegangen und hatte Butter und Speck herausgeholt, auch einen kleinen Beutel mit Grütze und wieder einen mit Mehl gefüllt und dann alles in ein Tuch zu einem Bündel zusammengebunden, das sie Jan beim Abschied in die Hand gab und sagte, das sei ein kleines Geschenk für Katrine. Sie habe wohl eine kleine Belohnung verdient, weil sie zu Hause geblieben sei und das Haus bewacht habe.

Und dieses Bündel war es, das Jan jetzt viel Kopfzerbrechen verursachte.

Er wusste ja recht wohl, in diesem Bündel war alles mögliche Gute und Prächtige, lauter Sachen, an die die Leute in Skrolycka bei jeder Mahlzeit sehnsüchtig dachten; aber Jan hatte das Gefühl, als begehe er gleichsam ein Unrecht gegen das kleine Mädchen, wenn er diese Sachen annahm.

Nein, nein, er war nicht als Bettler zu Björn Hindriksson gekommen, sondern als einer, der seine Verwandten begrüßen will. Hindrikssons sollten die Sache nicht falsch auffassen, nein, das sollten sie nicht!

Er hatte an all dies schon gleich in der Stube gedacht, aber die Ehrfurcht vor Björn Hindriksson und seiner Frau war zu groß, und so hatte er nicht gewagt, das Bündel zurückzuweisen.

Nun ging er von der Pforte wieder zurück und legte das Bündel neben der Stallecke nieder, wo die Hausleute immer vorüberkamen und es bemerken mussten.

Es tat ihm ordentlich weh, die Sachen zurückzulassen; aber seine kleine Klara war kein Bettelmädchen. Niemand sollte das Recht haben, von ihr und ihrem Vater zu glauben, dass sie herumgingen und bettelten.

Das Schulexamen

Als das kleine Mädchen sechs Jahre alt war, ging Jan in Skrolycka an einem Werktag nach dem Östenbyer Schulhaus, um das Schulexamen mitanzuhören.

Es war das erste Schulhaus im Kirchspiel, und alle Leute freuten sich darüber, dass sie nun ein Schulhaus hatten. Früher war dem Küster Svartling nichts anderes übrig geblieben, als mit seinen Schülern von einem Hof zum andern zu wandern.

Bis zum Jahr 1860, wo das neue Schulhaus fertig war, hatte er alle vierzehn Tage die Schulstube wechseln müssen, und nur zu oft hatte er mit seinen kleinen Schulkindern in einer Stube sitzen müssen, wo die Hausmutter das Essen kochte oder der Hausvater an der Hobelbank stand und schreinerte, während daneben alte Leute den ganzen Tag im Bett lagen und die Hühner ihre kleinen Ställe unter der Bank an der Wand hatten.

Es war allerdings trotzdem gut mit dem Unterricht gegangen, denn der Küster Svartling war ein Mann, der die Ordnung bei jedem Wetter aufrechterhalten konnte; aber es musste doch ein herrliches Gefühl gewesen sein, als er in einem Zimmer unterrichten durfte, das zu nichts anderem verwendet werden sollte als zum Schulzimmer. Hier sollten die Wände nicht von Bettstellen und Geschirrschränken und Handwerkszeug eingenommen werden. Hier sollten keine verdunkelnden Webstühle vor den Fenstern, wo das beste Licht war, aufgestellt werden, und hier durfte keine Nachbarsfrau mitten in der Schulzeit hereinkommen, um einen Schwatz zu machen und Kaffee zu trinken.

Nein, hier konnte er die Wände mit Bildern aus der biblischen Geschichte und mit Tiertafeln und den Bildnissen der schwedischen Könige behängen. Hier hatten die Kinder richtige niedere Schulbänke und Pulte und brauchten nicht mehr verzwickt hinter hohen Tischen zu sitzen, wo sie zuweilen mit der Nase kaum über die Tischplatte gereicht hatten. Und hier hatte Küster Svartling einen eigenen Katheder mit Regal und Fächern, wo er seine großen Zeugnisbücher unterbringen konnte. Und wenn er nun während der Unterrichtsstunden hinter diesem Katheder saß, sah er würdiger aus als je vorher in seinem Leben, in dem er oftmals seine Stunden hatte auf dem Herde sitzend halten müssen, mit einem starken Feuer im Rücken und die auf dem Boden hockende Schar seiner Schulkinder vor sich. Hier hatte er einen festen Platz für die schwarze Tafel und Nägel daran für Wandkarten und Tabellen, die er nun nicht mehr gegen eine Schranktür oder das Kanapee zu lehnen brauchte, wie er es seither hatte machen müssen.

Nun wusste er stets, wo er die Gänsekiele hatte, und konnte die Kinder lehren, gerade Striche und Bogen zu machen; nun würde sicherlich die ganze Gemeinde allmählich so schön schreiben lernen wie er selber. Und jetzt war es auch möglich, den Kindern beizubringen, dass sie alle miteinander aufstanden und in Reih und Glied wie die Soldaten das Schulzimmer verließen.

Aber so vergnügt auch alle über das Schulhaus waren, so fühlten sich doch die Eltern den Kindern gegenüber ein klein wenig fremd, seit diese angefangen hatten, dort zur Schule zu gehen. Es war, als seien die Kinder in einen neuen und vornehmen Zustand eingegangen, zu dem die Alten keinen Zutritt hatten. Aber es war ja eigentlich unrecht, dies so zu empfinden. Es war ja doch eine große Freude, dass die Kinder so viel Besseres zu genießen bekamen, als ihnen selbst zuteilgeworden war.

An jenem Tage, wo Jan von Skrolycka zum Schulexamen ging, wanderte er den ganzen Weg Hand in Hand mit der kleinen Klara Gulla, wie sie immer taten, und sie unterhielten sich als gute Freunde und Kameraden.

Aber als Klara Gulla in die Nähe des Schulhauses kam und andere Kinder erblickte, die sich vor der Tür versammelt hatten, zog sie ihre Hand aus der des Vaters und ging auf die andere Seite des Weges hinüber. Und sobald sie an der Schule angekommen waren, ließ sie ihren Vater vollständig stehen und gesellte sich zu einem Häuflein Kinder.

Während des Examens saß Jan in Skrolycka auf einem Stuhl in nächster Nähe des Katheders zwischen den vornehmen Herrschaften und den Mitgliedern der Schulbehörde. Jan war genötigt, da Platz zu nehmen, denn sonst hatte er von Klara Gulla, die unter den Kleinsten auf der ersten Bank rechts vom Katheder saß, nichts als den Nacken sehen können. Wenn das nicht gewesen wäre, hätte er sich um alle Welt nicht so hoch hinaufgesetzt; aber wer der Vater einer solchen Tochter wie Klara Gulla war, brauchte sich nicht geringer zu dünken als irgendjemand anderes.

Klara Gulla musste von dem Platze aus, wo sie saß, ihren Vater sehen, es war nicht anders möglich; aber sie schenkte ihm keinen Blick, es war, als sei er für sie gar nicht vorhanden.

Dagegen hingen Klara Gullas Blicke an dem Lehrer. Er war jetzt eben dabei, die großen Kinder, die links vom Katheder saßen, abzufragen. Sie mussten lesen und auf der Landkarte Länder und Städte zeigen und an der Wandtafel rechnen, und der Lehrer hatte kaum Zeit, einmal zu den Kleinen auf der rechten Seite hinüberzuschielen. Es hätte also sicherlich nicht viel auf sich gehabt, wenn Klara Gulla einmal einen Seitenblick auf ihren Vater geworfen hätte; aber sie drehte auch nicht einmal den Kopf nach seiner Seite. Ein kleiner Trost war es dem Vater, dass alle andern Kinder es genauso machten. Alle saßen da und hefteten ihre hellen Äuglein auf den Lehrer. Und die kleinen Krabben taten, als ob sie es verstünden, wenn er einen kleinen Witz machte, denn dann stießen sie einander an und lachten.

Es war eine rechte Überraschung für die Eltern, die Kinder so artig zu sehen, wie sie sich während des Examens betrugen. Aber Küster Svartling war ein merkwürdiger Mann. Er konnte sie zu allem bringen, was er wollte.

Jan in Skrolycka seinerseits fing an, verlegen und ängstlich zu werden. Er wusste nicht mehr recht, ob es sein eigenes Töchterlein war, das dort saß, oder das Kind von jemand anderem. Und schließlich machte er sich von seinem Platz zwischen den Schulräten davon und setzte sich mehr in die Nähe der Türe.

Endlich aber waren die Großen hinreichend geprüft, und nun kam die Reihe an die Kleinen, die kaum erst lesen gelernt hatten. Über große Kenntnisse verfügten sie noch nicht, aber einige Fragen sollten dennoch auch sie beantworten. Und so wurden sie über die Schöpfungsgeschichte abgefragt.

Erst mussten sie die Frage beantworten, wer die Welt erschaffen habe, und das brachten sie sehr gut fertig. Aber dann traf es sich so unglücklich, dass der Lehrer fragte, ob sie noch einen andern Namen für »Gott« wüssten.

Da blieben alle die kleinen Abc-Schützen stumm. Sie bekamen rote Wangen und runzelten die Stirnen, aber es war ihnen unmöglich, sich eine Antwort auf eine solche stumpfsinnige Frage auszudenken.

In den Bänken, wo die Großen saßen, begann ein Wedeln mit den Händen und ein Flüstern und Kichern. Aber die acht Anfängerchen kniffen den Mund zusammen und wussten kein Wort zu sagen, Klara Gulla nicht und auch keines von den andern.

»Es gibt ein Gebet, das wir alle Tage beten«, sagte der Lehrer. »Wie nennen wir da Gott?«

Jetzt kam Klara Gulla darauf! Sie begriff, der Lehrer wollte die Antwort haben, dass wir Gott auch Vater nennen, und so streckte sie die Hand in die Höhe.

»Wie heißen wir Gott sonst noch, Klara Gulla?«, fragte der Lehrer.

Mit glühenden Wangen stand Klara Gulla in ihrer Bank auf, und ihr kleines Schwänzchen vom Zopf stand im Nacken gerade hinaus.

»Wir heißen ihn Jan!«, antwortete sie mit lauter und deutlicher Stimme.

Bei diesen Worten lief ein Kichern durch die ganze Schule. Die

Herrschaften und die Schulräte und die Eltern und die Schulkinder, alle verzogen den Mund, und sogar der Herr Schullehrer sah bewegt aus.

Klara Gulla wurde dunkelrot, und Tränen traten ihr in die Augen. Aber der Lehrer stieß den Stock, mit dem er zu deuten pflegte, auf den Fußboden und rief: »Still!« Und dann sprach er einige Worte, um die Sache zu erklären.

»Klara Gulla hat wohl Vater sagen wollen«, sagte er. »Und sie hat stattdessen Jan gesagt, weil ihr eigener Vater Jan heißt. Aber wir brauchen uns über die Antwort des kleinen Mädchens gar nicht so sehr zu wundern, denn ich weiß nicht recht, ob noch ein Kind in der Schule ist, das einen so guten Vater hat wie sie. Ich habe ihn in Sturm und Regen vor dem Schulhause auf sie warten sehen, und bei Schneegestöber, wenn die Wege dicht verschneit waren, hat er sie in die Schule getragen. Man braucht sich deshalb nicht verwundern, dass sie Jan sagt, wenn sie das Beste nennen soll, was sie kennt.«

Der Lehrer strich dem kleinen Mädchen freundlich übers Haar, und die Leute lachten und waren gerührt zu gleicher Zeit.

Klara Gulla saß auf ihrem Platz, schaute vor sich hin und wusste nicht, was sie anstellen sollte; aber Jan in Skrolycka war so glücklich wie ein König; denn nun war es ihm plötzlich wieder klar geworden, dass das kleine Mädchen noch immer ihm gehörte und keinem andern.

Die Wettprüfung

Es war eine merkwürdige Sache mit dem kleinen Mädchen in Skrolycka und seinem Vater. Fast hätte man meinen können, er und sein Töchterchen seien aus einem Stück geschnitten, sodass sie eines des andern Gedanken lesen könnten.

In Svartsjö gab es einen Schullehrer, der ein alter Soldat war. Er unterrichtete weit hinten im Kirchspiel und hatte kein Schulhaus wie der Küster, war aber von allen Kindern unendlich geliebt. Sie wussten selbst nicht, dass sie zu ihm in die Schule gingen, sondern meinten, sie kämen nur zum Spielen zusammen.

Zwischen den beiden Schullehrern herrschte die allergrößte Freundschaft; aber es geschah doch zuweilen, dass der jüngere den alten dazu zu bringen suchte, mit der Zeit voranzuschreiten und ihm die Lautiermethode und andere neue Moden beibringen wollte. Der Alte ließ das meistens mit Ruhe über sich ergehen, aber eines Tages wurde er doch ärgerlich darüber.

»Du bildest dir allzu viel ein, Svartling, weil du ein Schulhaus bekommen hast«, sagte er. »Aber ich sage dir, meine Kinder lesen genauso gut wie die deinen, obgleich ich nur in Bauernstuben unterrichte.«

»Jawohl, das weiß ich, und ich habe auch noch nie etwas anderes behauptet«, erwiderte der Küster. »Ich meine nur, wenn die Kinder etwas mit weniger Mühe lernen könnten ...«

»Nun, und was dann?«, fragte der Alte.

Der Küster hörte seiner Stimme an, dass er verletzt war, und suchte nun zum Rückzug zu blasen.

»Du verstehst es ja jedenfalls, deinen Kindern das Lernen so leicht zu machen, dass sie sich niemals über eine Aufgabe beklagen.«

»Vielleicht mache ich es ihnen gar zu leicht? Vielleicht lernen sie bei mir nichts?«, rief der Alte und schlug mit der Faust auf den Tisch.

»Was in aller Welt ficht dich heute an, Tyberg?«, fragte der Küster. »Du nimmst mir ja alles übel, was ich sage.«

»Ja, du kommst auch mit gar zu vielen Anspielungen.«

Nun kamen andere Leute dazu, und als die beiden Schullehrer voneinander schieden, waren sie ebenso gut Freund wie je vorher. Aber als sich Tyberg allein auf dem Heimweg befand, stiegen des Küsters Worte wieder in ihm auf, und er wurde fast noch ärgerlicher als vorher.

›Warum soll dieser Guckindiewelt herkommen dürfen und behaupten, ich könnte meine Kinder mehr lehren, wenn ich mit der

Zeit fortschritte?‹, dachte er. ›Er denkt wohl, ich sei zu alt, wenn er es auch nicht geradeheraus sagen will.‹

Der Alte konnte seinen Ärger nicht überwinden, und als er heimkam, sprach er mit seiner Frau darüber.

»Mach dir doch nichts aus dem, was der Küster schwatzt«, meinte sie. »Die Jugend tut wichtiger, das Alter macht's richtiger, sag' ich immer. Ihr seid alle beide gute Schulmeister, du und der Küster.«

»Ja, was hilft mir das, wenn du es sagst?«, antwortete ihr Mann. »Die andern glauben doch, was sie wollen.«

Ein paar Tage sah er so finster drein, dass er seiner Frau ordentlich leidtat.

»Kannst du ihm nicht beweisen, dass er dir unrecht getan hat?«, fragte sie.

»Wie soll ich ihm das beweisen, was meinst du damit?«

»Ich meine, wenn du wirklich weißt, dass deine Kinder so viel können wie seine ...«

»Das weiß ich gewiss!«

»Ja, dann musst du verlangen, dass eure Kinder einmal gemeinsam geprüft werden.«

Der Alte tat, als hätte ihm das, was seine Frau gesagt hatte, gar keinen Eindruck gemacht; aber ihre Worte gingen ihm doch lange im Kopfe herum, und nach einigen Tagen erhielt der Küster einen Brief, in dem ihm der Schullehrer vorschlug, die Kinder der beiden Schulen ihre Kräfte miteinander messen zu lassen.

Der Küster hatte nicht das Mindeste dagegen; aber er wünschte, dass diese Wettprüfung in der Weihnachtszeit vorgenommen werden solle; denn da konnte man sie zu einer kleinen Festlichkeit für die Kinder stempeln und brauchte keine Erlaubnis von der Schulbehörde dazu.

›Es ist gar kein dummer Einfall‹, dachte der Küster. ›In diesem Vierteljahr werde ich mir Strafarbeiten ersparen können.‹

Und er hatte wirklich keine nötig. Es war unheimlich, was in den beiden Schulen gelernt und gebüffelt wurde.

Am zweiten Weihnachtsfeiertage sollte die große Wettprüfung vor sich gehen. Das Schulzimmer war mit Tannenzweigen geschmückt, in denen alle Lichter strahlten, die in der Kirche von der Weihnachtsmesse übrig geblieben waren. So viele Äpfel waren vorhanden, dass es zu zweien für jedes Kind reichte, und es wurde sogar geflüstert, den Eltern und Vormündern, die zum Zuhören kommen würden, sollte Kaffee angeboten werden.

Allein das Wichtigste war doch die große Wettprüfung. Auf der einen Seite des Schulzimmers saßen die Tybergskinder und auf der andern die Küsterskinder. Und jetzt handelte es sich für die Schüler darum, das Ansehen ihrer Lehrer zu verteidigen, denn Schullehrer Tyberg sollte die Küsterskinder abfragen und der Küster die Tybergskinder. Wenn die eine Schule eine Frage nicht beantworten oder eine Rechnung nicht herausbringen könnte, so sollte sie der andern Schule vorgelegt werden. Und alle diese Fragen sollten zusammengezählt und danach entschieden werden, welche Schule die beste sei.

Der Küster durfte anfangen, und man merkte wohl, wie vorsichtig er zuerst zu Werke ging; aber als ihm dann klar wurde, mit was für wohlunterrichteten Kindern er es zu tun hatte, drang er immer schärfer auf sie ein. Es war einfach großartig, die Tybergskinder antworten zu hören, sie waren so sattelfest, dass sie keine einzige Frage unbeantwortet ließen.

Dann kam der alte Tyberg an die Reihe, die Küsterskinder zu prüfen.

Der Alte war jetzt nicht mehr ärgerlich, und da seine Kinder bereits gezeigt hatten, was sie leisten konnten, fuhr ihm der Schelm in den Nacken. Zu Anfang stellte er einige richtige Fragen an die Küsterskinder; aber lange vermochte er nicht ernsthaft zu bleiben, sondern er wurde bald ebenso lustig, wie er es in seiner eigenen Schule zu sein pflegte.

»Ich weiß wohl, dass ihr viel mehr gelernt habt als wir, die wir aus dem hintersten Winkel der Gemeinde kommen«, sagte er. »Ihr habt Naturlehre gehabt und alles mögliche andere. Jetzt möchte ich aber wissen, ob eines unter euch ist, das mir sagen kann, wie die Steine im Motalastrom sind?«

Nicht eines von den Küsterskindern hob die Hand in die Höhe; aber auf der andern Seite streckten sich alle Arme aus.

Da saßen sie auf der Küstersseite: Olof Olsson, der sich wohl bewusst war, den besten Lernkopf in der Gemeinde zu haben, und Hindrik Björnsson aus dem alten guten Bauerngeschlecht und wussten kein Wort zu sagen; und da saß Karin Svens, das kluge Mädchen, das nicht einen einzigen Schultag versäumt hatte, und auch sie wunderte sich über die Maßen, wie alle die andern, und dachte, es sei doch sonderbar, dass ihnen der Küster nichts von der merkwürdigen Eigenschaft der Steine im Motalastrom gesagt hatte.

Und da saß auch Klara Fina Gulleborg von Skrolycka, die ihren Namen von der Sonne erhalten hatte, und in ihrem Gehirn war es ebenso finster wie in dem der andern Kinder.

»Dann bleibt nichts anderes übrig, als dass wir die andern fragen«, sagte der Schullehrer. »Aber es ist doch sonderbar, dass von so vielen pfiffigen Buben und Mädchen, wie hier sitzen, keines eine so leichte Frage beantworten kann.«

Gerade im letzten Augenblick drehte sich Klara in Skrolycka um und sah Jan an, wie sie zu tun pflegte, wenn sie sich nicht mehr zu raten und zu helfen wusste. Jan stand so weit weg von Klara Gulla, dass er ihr die Antwort nicht einflüstern konnte; aber als Klara Gulla in ihres Vaters Augen gesehen hatte, da wusste sie, was sie sagen musste.

Schnell hob sie die Hand in die Höhe und stand sogar vor lauter Eifer auf.

Alle ihre Mitschüler und Mitschülerinnen drehten sich nach ihr um, und der Küster sah sehr vergnügt drein, weil er die Frage nun nicht an die andere Seite richten musste.

»Sie sind nass!«, schrie Klara Gulla, ohne zu warten, bis sie gefragt wurde, denn dazu war ja gar keine Zeit mehr.

Im nächsten Augenblick jedoch meinte sie, sie habe eine sehr dumme Antwort gegeben und die Sache für alle vollständig verdorben. Sie sank auf ihre Bank zurück und kroch beinahe unter den Tisch, damit ja niemand sie sehen könne.

»Ja, das war die richtige Antwort, Klara Gulla«, sagte der Schullehrer. »Es ist gut für euch Küsterschüler, dass wenigstens eines unter euch Antwort geben konnte, denn ihr seid nahe daran gewesen, geschlagen zu werden, so hochnäsig ihr auch tut.«

Und nun erhob sich ein großes Gelächter unter den Kindern auf beiden Seiten und ebenso unter den Erwachsenen. Einige Kinder mussten aufstehen, um recht laut hinauslachen zu können, und andere legten sich mit dem Gesicht auf die Bank, und mit aller Ordnung war es aus und vorbei.

»Ich meine, wir schaffen jetzt die Bänke hinaus und tanzen um den Christbaum«, schlug der alte Tyberg vor.

Und so vergnügt waren die Kinder noch niemals in der Schule gewesen und auch später nie wieder.

Der Fischfang

Es war natürlich ganz unmöglich, dass irgendein Mensch das kleine Mädchen in Skrolycka ebenso lieb haben konnte wie sein eigener Vater. Aber so viel kann man doch behaupten: In dem alten Netzstricker Ola hatte die kleine Klara einen sehr guten Freund.

Die Freundschaft zwischen den beiden begann folgendermaßen: Klara Gulla war eines Tages auf den Gedanken gekommen, im Waschbach für die kleinen Forellen, die sich da im Wasser tummelten, sogenannte Fischstangen aufzupflanzen, das heißt, Stangen hineinzustecken, an denen die Leine mit der Angel hing. Dies gelang ihr besser, als man gedacht hatte. Schon am ersten Tage kam sie mit zwei Fischlein nach Hause.

Natürlich war sie sehr eifrig bei der Sache, und sie wurde gelobt und gepriesen von ihrem Vater und ihrer Mutter, weil sie schon jetzt, wo sie noch nicht älter als acht Jahre sei, Nahrungsmittel ins

Haus schaffe. Und um sie noch mehr zu ermutigen, ließ Katrine sie selbst die Fische ausnehmen und braten, und Jan aß davon und sagte, so einen Fisch habe er in seinem ganzen Leben noch nicht gegessen.

Und das war sicherlich die reine Wahrheit, denn der Fisch war so dürr und grätig, dass das kleine Mädchen selbst kaum einen Mund voll hinunterwürgen konnte.

Trotzdem betrieb sie ihren Fischfang mit gleichem Eifer. Morgens stand sie schon ebenso früh auf wie ihr Vater. Sie nahm einen Korb an den Arm, um darin die Fische besser nach Hause tragen zu können, und für die abgefressenen Angelhaken trug sie in einer kleinen Blechbüchse auch Würmer bei sich. Auf diese Weise ausgerüstet, schritt sie am Waschbach hinauf, der mit vielem steilen Gefälle und langen Strecken von Stromschnellen von der Höhe herabgetanzt kam; dazwischen hatte er aber auch dunkle stille Hinterwasser und klare Stellen, wo das Wasser langsam und durchsichtig über Sand und flache Steine floss.

Aber wer hätte gedacht, dass nach der ersten Woche Klara Gullas Glück beim Fischen mit einem Mal ein Ende hatte! Zwar war der Köder beinahe von allen Angeln verschwunden, aber statt des Köders hing kein Fisch daran. Sie versetzte ihre Fischgeräte aus den Stromschnellen ins Hinterwasser und aus dem Hinterwasser in die Wasserfälle und nahm andere Haken, allein es wurde nicht besser.

Klara Gulla fragte die Jungen von Börjes und die von Erik in Falla, ob sie in aller Herrgottsfrühe aufstünden und ihr die Fische von den Angeln nähmen. Aber die Jungen gaben ihr kaum Antwort auf eine solche Frage, denn keiner von ihnen hätte sich so erniedrigt, im Waschbach Fische fangen zu wollen. Dazu hatten sie doch den ganzen großen Duvsee. Für kleine Mädchen dagegen, die nicht ans Seeufer hinuntergehen durften, war es ja ganz nett, in den Waldbächen zu fischen.

Aber wie patzig auch die Jungen antworteten, Klara Gulla traute ihnen doch nur halb. Irgendjemand musste doch die Fische von den Angeln nehmen; denn sie hatte richtige Angelhaken im Waschbach ausgelegt, nicht nur krumm gebogene Stecknadeln.

Um endlich Klarheit in die Sache zu bringen, stand sie eines Morgens noch früher auf als Jan und Katrine und lief eiligst an den Bach. Als sie in dessen Nähe kam, verlangsamte sie erst ihren Gang, schlich sich dann mit winzigen Schrittchen immer näher und nahm sich dabei sehr in Acht, dass sie nicht auf lose Steine trat oder in den Büschen raschelte.

Und denkt einmal! Ihr ganzer Körper erstarrte, als sie an den Rand des Baches kam und sah, dass sie recht gehabt hatte. Da stand ein Fischdieb genau an der Stelle, wo sie am vorhergehenden Morgen ihre Angelhaken ausgelegt hatte, und leerte diese ab.

Aber der Dieb war nicht, wie sie erwartet hatte, einer von den Jungen, sondern ein erwachsener Mann. Er stand tief übers Wasser gebeugt und zog eben einen Fisch herauf. Klara Gulla sah den Fisch aufblitzen, als der Dieb ihn von der Angel nahm.

Das kleine Mädchen war erst acht Jahre alt, aber es fürchtete sich niemals, und so lief es jetzt herbei und ergriff den Dieb auf frischer Tat.

»Ach so, Ihr seid es also, der mir meine Fische nimmt!«, sagte sie. »Es ist nur gut, dass ich einmal dazugekommen bin, damit die Dieberei ein Ende nimmt.«

Nun hob der Mann den Kopf, und Klara Gulla konnte sein Gesicht sehen. Und da war es der alte Netzstricker, der in einer der Waldhütten wohnte.

»Ja, die Fischgerätschaften gehören dir, das weiß ich wohl«, sagte er ganz ruhig, ohne ärgerlich und heftig zu werden, wie sich die Leute meistens geben, wenn man sie bei einem Unrecht ertappt.

»Aber wie könnt Ihr Euch unterstehen, etwas zu nehmen, was nicht Euch gehört?«, rief das arme kleine Mädchen.

Da sah der Mann sie an, und diesen Blick konnte sie ihr Leben lang nicht vergessen. Es war ihr, als sähe sie in zwei offene, leere Abgründe, in deren Tiefe zwei halb erloschene Augen lagen, in denen sich weder Leid noch Freude mehr widerspiegeln konnten.

»Ja, ja«, begann er. »Ich weiß, du bekommst von deinen Eltern alles, was du bedarfst, und deshalb fischst du nur zum Vergnügen hier, aber bei mir zu Hause, da sind sie am Verhungern.«

Die Kleine wurde dunkelrot. Sie wusste nicht, wie es zuging, aber nun war sie es, die sich schämte.

Der Netzstricker sagte kein Wort mehr. Er hob seine Mütze auf, die ihm vom Kopf gefallen war, als er sich über die Angelhaken gebeugt hatte, und ging seines Weges.

Auch Klara Gulla sagte kein Wort. Am Ufer lagen ein paar Fische und zappelten, aber sie las sie nicht auf. Nachdem sie die Fische eine Weile betrachtet hatte, stieß sie mit den Füßen danach, dass sie ins Wasser zurückflogen.

Diesen ganzen Tag fühlte sich die Kleine mit sich selbst sehr unzufrieden, ohne dass sie wusste, warum. Sie war es doch nicht gewesen, die ein Unrecht getan hatte.

Klara Gulla konnte den alten Netzstricker nicht aus ihren Gedanken bringen. Die Leute erzählten, er sei früher einmal reich gewesen. Sieben Höfe habe er gehabt, von denen jeder für sich allein so viel wert gewesen sei wie der von Erik in Falla. Aber auf merkwürdige Weise sei er um alle gekommen und jetzt vollständig verarmt.

Am nächsten Morgen ging Klara Gulla doch wieder an den Waschbach und sah nach ihren Angelhaken. Niemand war da gewesen und hatte sie geleert, und sie fand an jedem einen Fisch hängen.

Sie machte die Fische von den Angeln los und legte sie in ihren Korb; aber sie ging damit nicht nach Hause, sondern geradenwegs zu der Hütte des Netzstrickers.

Als Klara Gulla mit ihrem Korb daherkam, stand der alte Mann vor der Hütte und hackte Holz. Sie blieb am Zauntritt stehen und sah den Alten an, ehe sie hinübertrat. Er war äußerst armselig und zerlumpt gekleidet; in so einem Anzug hatte Klara Gulla ihren Vater noch nie gesehen.

Die Kleine hatte sagen hören, wohlhabende Leute hätten dem

Alten angeboten, bis zu seinem Tode bei ihnen zu wohnen. Aber stattdessen war er zu seiner Schwiegertochter gezogen, die hier in Askedalarna wohnte, um ihr zu helfen, so gut er konnte. Sie hatte viele kleine Kinder, und ihr Mann war schon lange auf und davon gegangen, ohne je wieder von sich hören zu lassen.

»Heute sind an allen Angeln Fische gewesen!«, rief das kleine Mädchen, als sie auf dem Zauntritt stand.

»Ach so«, erwiderte der Netzstricker. »Da kannst du dich ja freuen.«

»Ich will Euch gern alle Fische bringen, die ich fange, wenn Ihr mich nur allein fischen lasst«, sagte die Kleine.

Sie sprang vom Zauntritt herunter, kam zu ihm her, leerte ihren Korb neben ihn auf den Boden aus und erwartete, der Netzstricker werde selig sein und sie tüchtig loben, wie sie es von ihrem Vater gewöhnt war, der sich über alles freute, was sie tat oder sagte.

Allein der Netzstricker nahm auch das ebenso gelassen hin wie alles andere.

»Behalt du nur, was dir gehört. Wir sind hier so ans Hungern gewöhnt, dass wir so ein paar kleine Fische wohl noch entbehren können.«

Es war etwas Eigenes mit diesem armen alten Mann. Klara Gulla konnte sich nicht eher zufrieden geben, als bis er sie ein bisschen lieb gewonnen hätte.

»Ihr dürft die Fische von den Angeln nehmen und neuen Köder anstecken. Ihr dürft alles miteinander nehmen«, bot sie an.

»Nein, ich will dir dein Vergnügen nicht rauben«, erwiderte der Alte.

Aber Klara Gulla rührte sich nicht von der Stelle, sie wollte und wollte nicht fortgehen, ehe sie eine Art entdeckt hatte, wie sie dem Alten eine Freude machen könnte.

»Ist's Euch recht, wenn ich morgens herkomme und Euch abhole? Dann können wir die Angeln zusammen nachsehen und nachher die Fische teilen?«, fragte sie.

Da stellte der Alte das Holzhacken ein. Er richtete seine sonderbaren, erloschenen Augen auf die Kleine, und der Schimmer eines Lächelns flog über sein Gesicht.

»Ja, jetzt hast du das Richtige getroffen«, sagte er. »Zu diesem Vorschlag will ich nicht Nein sagen.«

Agrippa

Die kleine Klara Gulla war ein zu merkwürdiges Mädchen. Als sie noch keine zehn Jahre alt war, wurde sie sogar schon mit Agrippa Prästberg fertig.

Wenn man sich nur vorstellt, wie dieser Agrippa aussah, mit seinen gelben rot geränderten Augen unter den buschigen Brauen, mit der entsetzlichen Nase, die einen Höcker neben dem andern aufwies, mit dem dichten Stoppelbart, der ihm wie lauter Borsten um den Mund stand, mit den tiefen Runzeln auf der Stirne, mit dem langen hageren Körper und mit der zerlumpten Soldatenmütze auf dem Kopf, so muss man zugeben, dass sich jeder vor ihm fürchten konnte, der mit ihm zu tun bekam.

Eines Tages saß das kleine Mädchen ganz allein auf der breiten Steinstufe vor der Haustür und aß sein Butterbrot zum Abendessen. Da sah es einen großen Mann des Weges daherkommen, und es währte nicht lange, da erkannte die Kleine, dass es Agrippa Prästberg war.

Aber Klara Gulla verlor darum den Kopf noch lange nicht. Zuerst brach sie ihr Butterbrot mitten durch und legte die beiden Stücke auseinander, damit sie keine Fettflecken machen konnten, und fuhr damit unter ihre Schürze.

Und auch dann lief sie weder davon, noch versuchte sie, sich ins Haus einzuschließen, denn einem solchen Menschen gegenüber hätte das doch nichts genützt, das wusste sie wohl, sondern sie blieb ruhig sitzen. Das Einzige, was sie tat, war, dass sie das Strickzeug ergriff, das Katrine auf der Steinstufe hatte liegen lassen, als sie vor einer Weile fortgegangen war, um Jan sein Abendbrot zu bringen, und so eifrig zu stricken anhub, dass die Nadeln laut klapperten.

Anscheinend saß sie ganz ruhig und zufrieden da, aber heimlich schielte sie nach der Gitterpforte. Und richtig, sie hatte sich nicht getäuscht, Agrippa kam gerade darauf zu! Eben war er dabei, den Haken der Gittertür loszumachen.

Klara Gulla setzte sich auf ihrer Steinplatte zurecht und breitete ihre Röcke aus, denn jetzt war sie diejenige, die Haus und Heim zu bewachen hatte, das fühlte sie ganz deutlich.

So viel wusste die Kleine natürlich wohl, dass Agrippa nicht stahl und auch nicht zuschlug, solange man ihn nicht »Greppa« nannte oder ihm ein Butterbrot anbot. Auch blieb er niemals lange in einem Hause, wenn nicht das Unglück es wollte, dass sich eine von den großen Kastenuhren aus Dalarna im Hause befand.

Agrippa lief im Dorf herum und besserte die Uhren aus, und wenn er in ein Haus kam, wo er eine von den alten Kastenuhren entdeckte, dann ruhte er nicht, bis er das Uhrwerk herausnehmen durfte, um nachzusehen, ob ihm nicht etwas fehle. Und es fehlte immer irgendwo. Er sagte, er sei geradezu gezwungen, die Uhr vollständig auseinanderzunehmen. Nachher konnte es mehrere Tage dauern, bis er sie wieder zusammengesetzt hatte, und so lange musste man ihm Unterstand gewähren und ihn füttern.

Das Schlimmste an der Sache war aber, dass eine Uhr, die Prästberg in die Hände gefallen war, nachher niemals mehr so gut ging wie vorher. Mindestens einmal im Jahre musste sie von Prästberg nachgesehen werden, sonst ging sie überhaupt nicht mehr. Der Alte gab sich wohl Mühe, seine Arbeit redlich und gewissenhaft zu vollbringen, aber es half alles nichts, die Uhr ging nicht mehr richtig.

Darum war es auf alle Fälle am besten, wenn man seine Uhr wohl vor ihm hütete. Das wusste Klara Gulla sehr genau; aber jetzt sah sie keinen Ausweg, die große Hausuhr zu retten, die drinnen im Zimmer tickte. Prästberg wusste, es war eine Uhr im Hause, und lauerte schon lange auf eine Gelegenheit, sie näher zu untersuchen; aber sooft er sich früher gezeigt hatte, war Katrine zu Hause gewesen und hatte ihn gehindert, an die Uhr zu kommen.

Als der Mann am Hause angelangt war, blieb er vor dem kleinen Mädchen stehen, stieß seinen Stock hart auf den Boden und leierte herunter: »Hier kommt Johann Utter Agrippa Prästberg, seiner königlichen Majestät und der Krone Trommelschläger. Hat im Kugelregen gestanden und fürchtet sich weder vor Engel noch Teufel. Ist hier jemand zu Hause?«

Klara Gulla brauchte keine Antwort zu geben. Der Alte ging ohne Weiteres an ihr vorbei ins Haus hinein und richtete seine Schritte sofort nach der großen Kastenuhr.

Das Mädchen lief ihm eilends nach und versuchte ihm auseinanderzusetzen, wie gut die Uhr gehe. Sie gehe weder vor noch nach und brauche durchaus nicht nachgesehen zu werden.

»Wie kann eine Uhr recht gehen, die nicht von Johann Utter Agrippa gerichtet worden ist?«, sagte der Alte.

Prästberg war so groß, dass er den Uhrkasten öffnen konnte, ohne auf einen Stuhl zu steigen. Im nächsten Augenblick war das Zifferblatt und das Werk herausgehoben und auf den Tisch gelegt. Klara Gulla ballte die Faust unter der Schürze, und Tränen traten ihr in die Augen, aber es stand nicht in ihrer Macht, ihn zu hindern.

Prästberg hatte es sehr eilig, zu ergründen, was der Uhr fehlen könne, ehe Jan und Katrine nach Hause kommen und sagen könnten, sie brauche nicht nachgesehen zu werden. Er hatte ein Bündel mit Werkzeug und Schmierbüchsen bei sich; schnell riss er es auf, verfuhr aber dabei so hastig, dass ein Teil des Inhalts auf den Fußboden hinunterfiel.

Klara Gulla erhielt den Befehl, alles, was hinuntergefallen sei, aufzulesen. Und wer Agrippa Prästberg je gesehen hat, sieht gut ein, dass sie gar nichts anderes tun konnte als gehorchen. Sie kniete auf dem Boden nieder und reichte ihm eine kleine Säge und einen Meißel.

»Liegt sonst nichts drunten?«, rief der Alte. »Du solltest froh sein, wenn du seiner königlichen Majestät und der Krone Trommelschläger einen Dienst erweisen darfst, du verflixte Häuslerdirn!«

»Nein, es liegt nichts mehr drunten, soviel ich sehe«, antwortete Klara Gulla; sie war so niedergeschlagen und unglücklich wie noch nie in ihrem Leben. Sie sollte doch für Vater und Mutter das Haus behüten, und nun ging es ihr so schlimm.

»Na und wo ist denn meine Brille?«, fragte Prästberg. »Die muss auch hinuntergefallen sein.«

»Nein–n«, antwortete Klara Gulla. »Hier unten liegt keine Brille.«

Und mit einem Male regte sich eine leise Hoffnung in Klara Gullas Herzen. Wie, wenn er ohne die Brille nichts an der Uhr machen könnte, wenn er die Brille verloren hätte?

Gerade in diesem Augenblick entdeckte sie das Brillenfutteral. Es war hinter das Tischbein gefallen.

Der Alte kramte und suchte eifrig zwischen den alten Rädchen und Uhrfedern, die er in seinem Bündel hatte. Ach, vielleicht ging noch alles gut, und er fand die Brille nicht!

»Es bleibt mir nichts anderes übrig, ich muss selbst auf den Boden knien und suchen«, sagte er. »Steh auf, Häuslermädel!«

Rasch wie der Blitz fuhr des Mädchens Hand hinter das Tischbein, ergriff das Brillenfutteral und stopfte es unter ihre Schürze.

»Auf mit dir!«, knurrte der Alte. »Ich trau' dir nicht über den Weg! Was hast du denn da unter der Schürze? Heraus damit, sag' ich dir!«

Die Kleine streckte rasch die eine Hand vor, die andere hatte sie während der ganzen Zeit unter der Schürze versteckt gehalten. Jetzt aber musste sie diese auch zeigen, und so bekam der Alte das Butterbrot zu sehen.

»Pfui Kuckuck! Ich glaube gar, das ist ein Butterbrot!«, rief Agrippa Prästberg und fuhr zurück, wie wenn ihm das Mädchen eine Kreuzotter entgegengehalten hätte.

»Ich war eben dabei, mein Butterbrot zu essen, als Ihr kamt, und da hab' ich's unter die Schürze gesteckt, weil ich weiß, dass Ihr Butterbrot nicht leiden könnt«, sagte die Kleine.

Nun kniete der Alte selbst auf den Boden; aber es war vergebens, es war nichts zu finden.

»Vielleicht habt Ihr die Brille dort liegen lassen, wo Ihr zuletzt gewesen seid«, sagte Klara Gulla.

Dasselbe hatte der Alte auch gedacht, obgleich er kaum glauben konnte, dass dem so sei.

Jedenfalls aber konnte er mit der Uhr nichts anfangen, weil er seine Brille nicht hatte. Da blieb ihm nichts anderes übrig, als sein Bündel wieder zu schnüren und das Uhrwerk wieder in den Uhrkasten hineinzusetzen.

Während er nun dem kleinen Mädchen den Rücken drehte, schmuggelte dieses rasch die Brille in das Bündel hinein.

Und da fand Agrippa seine Brille, als er auf dem Herrenhof Lövdala, wo er zuletzt gearbeitet hatte, zurückgegangen war, um nach ihr zu fragen. Dort hatte er das Bündel aufgemacht, um zu zeigen, dass sie nicht drinnen sei, und das Erste, was seine Augen sahen, war das Brillenfutteral.

Als er das nächste Mal mit Jan und Katrine auf dem Kirchplatz zusammentraf, ging er zu ihnen hin.

»An Eurem kleinen Mädchen, Eurem behändigen kleinen Mädchen, werdet Ihr noch viel Freude erleben«, sagte er.

Verbotene Frucht

Es waren nicht wenige, die Jan in Skrolycka prophezeiten, er werde, wenn seine kleine Tochter groß sei, Freude an ihr erleben. Diese Leute begriffen entschieden nicht, dass sie ihn schon jetzt glücklich machte, jeden Tag und jede Stunde, die Gott gab. Nur ein einziges Mal während ihrer Kindheit musste sich Jan über sie ärgern und sich an ihr schämen.

In dem Sommer, da das kleine Mädchen elf Jahre alt wurde, wanderte Jan mit ihm über die Hügel nach Lövdala. Das war am siebzehnten August, dem Geburtstag von Leutnant Liljecrona, dem Besitzer von Lövdala.

Der siebzehnte August war ein solcher Freudentag, dass man sich in Svartsjö und Bro das ganze Jahr hindurch danach sehnte. Und ein Festtag war er nicht nur für die Herrschaften, die bei der ganzen Feier anwesend waren, sondern auch für die Kinder und die Jugend des Dorfes. In hellen Scharen strömten sie nach Lövdala, um die prächtig gekleideten Herrschaften zu bewundern und sich am Gesang und der Tanzmusik zu ergötzen.

Es war aber noch ein Umstand, der es für die Jugend sehr verlockend machte, am siebzehnten August nach Lövdala zu wandern, und das war all das Gute, was um diese Zeit im Garten zu finden war.

Die jungen Leute wurden allerdings in jedem andern Fall zu strengster Ehrlichkeit angehalten; aber von dem, was im Freien an Bäumen und Büschen hing, durfte man doch pflücken, so viel man wollte, wenn man sich nur nicht erwischen ließ.

Als nun Jan mit Klara Gulla in den Garten kam, da sah er wohl, wie groß ihre Augen wurden, als sie all die schönen Apfelbäume erblickte, die voll grüner schwellender Früchte hingen. Und Jan selbst hätte ihr ja gewiss nicht verweigert, einen von den halb reifen Äpfeln zu versuchen, wenn er nicht gesehen hätte, dass der Großknecht Söderlind und noch einige andere Knechte unter den Bäumen Wache hielten, damit nichts wegkomme.

Er nahm Klara Gulla mit sich in den Teil des Gartens, wo nichts zu finden war, was in Versuchung führen konnte. Allein er merkte wohl, wie eifrig ihre Gedanken immer wieder zu den Stachelbeersträuchern und den Apfelbäumen zurückgingen. Sie sah weder nach den schön gekleideten jungen Herrschaften noch nach den prächtigen Blumenbeeten. Er konnte sie nicht dazu bringen, auf die schönen Reden zu lauschen, die vom Propst in Bro und von Ingenieur Boräus auf Borg zu Ehren von Leutnant Liljecrona gehalten wurden. Ja, sie wollte nicht einmal zuhören, als Küster Svartling sein Geburtstagskarmen aufsagte.

Aus dem Hause heraus ertönte Anders Östers Klarinette. Sie spielte eine so lustige Tanzmusik, dass es einem schwerfiel, die Füße still zu halten. Aber das kleine Mädchen suchte nur nach einem Vorwand, wieder in den Obstgarten kommen zu können.

Jan hielt sie die ganze Zeit über treulich am Händchen fest; er ließ nicht los, sie mochte anstellen, was sie wollte. Es ging auch alles gut, bis es gegen Abend anfing dunkel zu werden.

Da wurden überall farbige Lämpchen angesteckt, und zwar hingen sie nicht nur in den Bäumen, sondern waren auch unten am Boden zwischen den Blumen und in den üppigen Ranken, die die Hauswand bedeckten, verteilt. Das war so schön, dass Jan, der noch niemals etwas Ähnliches gesehen hatte, ganz wirr im Kopf wurde und nicht wusste, ob er noch auf der Erde sei.

Aber die kleine Hand behielt er dennoch fest in der seinen.

Als die farbigen Lämpchen angezündet wurden, stellten sich der Kaufmann, der neben der Kirche seinen Laden hatte, mit seinem Bruder und Anders Östers mit seinem Neffen auf und huben an zu singen, und als sie sangen, war es Jan, als ströme ein merkwürdiges Freudengefühl durch die Luft auf ihn ein. Das hob alle Last und allen Kummer vom Herzen weg. Ganz leise und köstlich kam es durch die linde Nacht dahergezogen. Jan konnte nicht widerstehen. Und ähnlich ging es allen miteinander. Alle fühlten sich beseligt, dass sie lebten und in einer so schönen Welt leben durften.

»Ja, heute ist der siebzehnte August, das merkt man«, flüsterte es in Jans Nähe.

»So war's wohl Adam und Eva zumut, als sie noch im Paradies waren«, sagte ein junger Mann und sah ganz feierlich aus.

Jan dachte wie sie, hatte aber doch noch so viel Besinnung, das Kinderhändchen, das er festhielt, nicht loszulassen.

Nachdem der Gesang zu Ende war, stiegen Raketen hoch in die Luft empor. Und als die kleinen Feuerkugeln in den dunkelblauen Nachthimmel hinauszischten und dann in einem Regen von roten, blauen und gelben Sternen wieder herunterfielen, da fühlte sich Jan zu gleicher Zeit so demütig und erhoben, dass er für einen Augenblick Klara Gulla vollständig vergaß. Und als er wieder zu sich selber kam, war sie verschwunden.

›Nun hilft das nichts‹, dachte Jan. ›Hoffentlich geht's ihr auch diesmal gut wie sonst immer, und sie wird weder vom Großknecht Söderlind noch von einem der andern Wächter gefasst.‹

Es lohnte sich nicht, in dem großen finsteren Obstgarten nach dem Kinde zu suchen. Das Klügste, was Jan tun konnte, war, stehen zu bleiben und auf Klara Gulla zu warten.

Und es wurde für ihn nicht einmal ein langes Warten. Kaum neigte sich ein zweiter Gesang seinem Ende zu, da sah er den Großknecht Söderlind mit Klara Gulla auf den Armen daherkommen.

Leutnant Liljecrona stand mit einigen anderen Herren auf der obersten Stufe der Freitreppe und hörte dem Gesang zu. Der Großknecht blieb vor ihm stehen und ließ das kleine Mädchen zur Erde gleiten.

Klara Gulla schrie weder, noch machte sie einen Versuch davonzulaufen. Sie hatte ihr Schürzchen mit halb reifen Äpfeln vollgepflückt und dachte nur daran, es mit sicherem Griff festzuhalten, damit ja kein Apfel herausfallen könne.

»Das Mädchen da saß auf einem Apfelbaum«, berichtete Söderlind. »Herr Leutnant haben ja gesagt, wenn ich einen Apfeldieb zu fassen kriegte, so wollten Herr Leutnant selbst mit ihm reden.«

Leutnant Liljecrona betrachtete das kleine Mädchen, und dann begann es in den Fältchen um seine Augen zu zucken, aber man wusste nicht, ob er im nächsten Augenblick anfangen würde zu lachen oder zu weinen.

Wahrscheinlich hatte er die Absicht gehabt, ein paar ernste Worte mit dem zu reden, der ihm seine Äpfel stehlen wollte; als er aber das kleine Mädchen vor sich sah, das sich bemühte, sein Schürzchen voll Äpfel festzuhalten, empfand er das herzlichste Mitleid mit der Kleinen. Er wusste nur nicht recht, wie er es anstellen sollte, dass er sie ihre Äpfel behalten lassen konnte. Denn wenn er sie ohne Weiteres laufen ließ, so konnte möglicherweise später sein ganzer Obstgarten gestohlen werden.

»So, du hast also Äpfel gestohlen«, sagte er. »Du gehst doch in die Schule und hast die Geschichte von Adam und Eva gehört und solltest darum wissen, wie gefährlich es ist, Äpfel zu stehlen.«

In diesem Augenblick trat Jan herzu und stellte sich neben Klara Gulla. Er war recht ärgerlich über sie, weil sie ihm nun seine ganze Freude verdorben hatte, aber er musste ihr doch auf alle Fälle beistehen.

»Tun Sie dem kleinen Mädchen nichts, Herr Leutnant!«, sagte er. »Denn ich selbst hab' ihr die Erlaubnis gegeben, auf den Baum zu klettern und sich Äpfel zu holen.«

Kaum hatte er das gesagt, als Klara Gulla ihrem Vater einen strafenden Blick zuwarf und ihr Schweigen brach.

»Nein, das ist nicht wahr«, sagte sie. »Ich selbst wollte die Äpfel haben. Vater hat den ganzen Abend hindurch meine Hand festgehalten, damit ich keine holen könnte.«

Nun wurde der Leutnant höchst vergnügt.

»Sieh, das ist recht von dir, mein liebes Kind«, sagte er. »Das ist recht, dass du nicht deinen Vater die Schuld auf sich nehmen lässt. Sieh, du weißt wohl, dass der liebe Gott auf Adam und Eva nicht darum so böse geworden ist, weil sie Äpfel gestohlen hatten, sondern weil sie feig waren und immer das eine die Schuld auf das andere schieben wollte. Du darfst jetzt ruhig fortgehen, und du darfst auch deine Äpfel mitnehmen, weil du dich nicht gefürchtet hast, die Wahrheit zu sagen.«

Dann wendete er sich an einen seiner Söhne und sagte zu ihm: »Gib Jan ein Glas Punsch. Wir wollen mit ihm auf seine Tochter anstoßen, weil das kleine Mädchen eine bessere Antwort gegeben hat als einstmals die Mutter Eva. Um uns alle stünde es heute weit besser, wenn statt ihrer damals Klara Gulla im Paradiese gewesen wäre.«

Zweiter Teil

Lars Gunnarsson

Erik in Falla und Jan in Skrolycka waren an einem kalten Wintertag tief drin im Hochwald beim Baumfällen. Sie hatten einen dicken Stamm durchsägt, und der Baum begann zu schwanken. Die beiden Holzfäller traten zur Seite, um nicht unter den Zweigen begraben zu werden, wenn der Baum zu Boden stürzte.

»Nehmt Euch in Acht, Bauer!«, sagte Jan. »Ich glaub', er fällt auf Eure Seite.«

Erik hätte noch gut Zeit gehabt, auf die Seite zu springen, während die Tanne schwankte und sich langsam zur Erde neigte. Aber er hatte schon sehr viele Bäume in seinem Leben gefällt und meinte deshalb, er müsste sich besser darauf verstehen als Jan, und so blieb er auf demselben Fleck stehen wie vorher. Im nächsten Augenblick aber lag er zu Boden geschlagen auf der Erde, mit der Tanne über sich.

Er gab keinen Laut von sich, als er umfiel, und die Tannenzweige legten sich so dicht über ihn, dass er ganz davon bedeckt war. Jan sah sich eifrig um und wusste nicht, wo Erik geblieben war.

Doch gleich darauf drang die Stimme seines Herrn, der er sein Leben lang gehorcht hatte, an Jans Ohr; aber sie klang jetzt ganz schwach, und Jan konnte kaum verstehen, was er ihm sagte.

»Geh nach Hause, Jan, und hol Leute mit Pferd und Schlitten, damit man mich heimfahren kann!«

»Soll ich Euch nicht erst aufhelfen?«, fragte Jan. »Liegt Ihr nicht sehr schlecht, Bauer?«

»Tut, wie ich Euch sage!«, befahl Erik in Falla.

Und da Jan wusste, dass sein Herr vor allem unbedingten Gehorsam verlangte, machte er keine Einwendung mehr.

So rasch wie nur möglich lief er nach Falla. Aber der Hof lag nicht in nächster Nähe, und so brauchte Jan eine gute Spanne Zeit, bis er dort ankam.

Der Erste, der ihm von der Familie des Hofbesitzers in den Weg lief, war Lars Gunnarsson, der mit der ältesten Tochter von Erik in Falla verheiratet und dazu ausersehen war, den Hof zu übernehmen, wenn der alte Bauer einmal die Augen schloss.

Sobald Lars Gunnarsson Bescheid bekommen hatte, befahl er Jan, ins Haus zu gehen und der Hausmutter mitzuteilen, was sich zugetragen hatte, und dann solle er den Hofjungen herbeirufen. Lars selbst wollte gleich in den Stall gehen und eines von den Pferden einschirren.

»Es ist vielleicht nicht so wichtig, den Frauenzimmern jetzt gleich von dem Unglück zu berichten«, sagte Jan. »Wenn sie anfangen zu weinen und zu jammern, gibt's so leicht einen Aufenthalt. Eriks Stimme hat einen ganz schwachen Klang gehabt, als er unter dem Baum lag, und 's wär' gewiss besser, wir beeilten uns so viel wie möglich.«

Aber seit Lars auf den Hof gekommen war, hatte er immer besonders darauf gehalten, dass man ihm gegenüber die nötige Ehrfurcht nicht außer Acht ließ. Ebenso wenig wie sein Schwiegervater nahm er je einen Befehl zurück.

»Geh du nur schnell zu Mutter hinein«, sagte er. »Sie müssen doch das Bett zurechtmachen, damit man Erik gleich hineinbringen kann, wenn wir mit ihm zurückkommen.«

Jan blieb also nichts anderes übrig, als zur Mutter in Falla hineinzugehen; und so sehr er sich auch beeilte, so verging eben doch Zeit, bis er ihr erzählt hatte, was geschehen war und wie es sich zugetragen hatte.

Als Jan wieder auf den Hofplatz herauskam, hörte er Lars im Stalle schimpfen und fluchen. Lars verstand sich sehr schlecht auf die Behandlung der Pferde, sie schlugen aus, wenn er nur in ihre Nähe kam. Während der ganzen Zeit, wo Jan im Hause mit der Mutter in Falla verhandelt hatte, war es Lars nicht gelungen, eines von den Pferden aus seinem Stand herauszubringen.

Wenn Jan es hätte versuchen wollen, Lars zu helfen, so wäre er nicht gut empfangen worden, das wusste Jan recht wohl, und so führte er stattdessen Lars' anderen Auftrag aus und holte den Hofjungen herbei.

Es war aber doch merkwürdig, dass Lars ihm nicht lieber Börje herbeizuholen befohlen hatte, der in der nahen Scheune beim Dreschen war, sondern ihn nach dem Hofjungen schickte, der weit drüben im Birkenwäldchen Unterholz aushieb.

Die schwache Stimme des Bauern, die unter den Tannenästen hervorgedrungen war, klang Jan immerfort in den Ohren, während er diesen unnötigen Auftrag ausführte. Aber sie war jetzt nicht mehr so befehlend, sondern bat und flehte, Jan solle sich doch beeilen.

»Ich komm', ich komm'!«, flüsterte Jan als Antwort; aber er hatte ganz dieselbe Empfindung, wie wenn man im Schlaf von einem Albdruck gequält wird und diesen, trotz aller Anstrengung, die man sich gibt, nicht loswerden kann.

Jetzt hatte Lars das Pferd eingespannt; nun aber kamen die Frauen aus dem Haus heraus und sagten, er solle Stroh und Decken mitnehmen, und das war ja recht gut gemeint; aber natürlich gab es wieder einen Aufenthalt, bis alles geordnet war.

Endlich fuhren sie vom Hofe weg, Lars und Jan und der Hofjunge; aber sie kamen nicht weiter als bis zum Waldesrand, wo Lars schon wieder das Pferd anhielt.

»Man ist ganz wirr im Kopf, wenn man solche Nachrichten bekommt«, sagte er. »Jetzt erst fällt mir ein, dass wir ja Börje in der Scheune stehen haben.«

»Ja, es wär' gut, wenn wir den bei uns hätten«, fiel Jan ein. »Er ist doppelt so stark als wir alle miteinander.«

Nun befahl Lars dem Hofjungen, auf den Hof zurückzulaufen und Börje zu holen.

Das gab abermals einen Aufenthalt.

Während Jan auf dem Schlitten saß und zum Nichtstun verurteilt war, hatte er das Gefühl, als öffnete sich in seinem Innern ein großer leerer, finsterer Abgrund, in den man nur mit Grauen und Entsetzen hinuntersehen konnte. Aber zugleich war es eigentlich gar kein Abgrund, sondern nur die Gewissheit, die sich ihm aufdrang, dass sie zu spät kommen würden.

Endlich kamen Börje und der Stalljunge keuchend dahergesprengt, und jetzt konnte man endlich in den Wald hineinfahren.

Aber sie kamen nicht rasch vorwärts. Lars hatte die alte steifbeinige Braune aus dem Stall genommen und vor den Schlitten gespannt. Wenn er vorhin gesagt hatte, er sei ganz wirr im Kopf vor lauter Schrecken, so musste das wirklich wahr sein.

Nach Kurzem zeigte es sich von Neuem, dass er seine fünf Sinne nicht ordentlich beieinander hatte. Kaum war man im Walde drin, als er in einen verkehrten Weg einbiegen wollte.

»Nein, nein!«, wehrte Jan. »Wenn Ihr diese Richtung einschlagt, kommen wir auf den Storsnipa, aber wir müssen doch nach dem Wald über Loby.«

»Ja, das weiß ich, aber weiter oben ist ein Richtweg, wo es sich besser fahren lässt.«

»Was könnte denn das für ein Richtweg sein?«, fragte Jan. »Ich hab' dort noch nie einen Richtweg gesehen.«

»Wart nur, dann wirst du ihn schon sehen«, erwiderte Lars.

Und er wollte sofort den Weg weiter hinauffahren. Aber da schlug sich Börje auf Jans Seite, und Lars musste nachgeben. Aber jedenfalls dauerte es abermals eine Weile, bis der Streit geschlichtet war, und Jan fühlte, wie sich eiskaltes Grausen über seinen ganzen Körper verbreitete. Arme und Hände schienen vollständig pelzig und gefühllos zu werden, und er glaubte sie nicht mehr bewegen zu können.

›Jetzt ist alles einerlei‹, dachte er. ›Wir kommen zu spät. Erik in Falla braucht unsere Hilfe nicht mehr, wenn wir ihn erreichen.‹

Das alte Pferd arbeitete sich durch den Wald, so gut es vermochte, aber es hatte die Kraft nicht für diese Aufgabe. Es war schlecht beschlagen und stolperte einmal ums andere, und wenn es bergauf ging, mussten die beiden Männer absteigen und zu Fuß nebenhergehen. Als es nun im Hochwald in ungebahnte Wege hineinging, war das Pferd fast mehr ein Hindernis als ein Nutzen.

Schließlich kamen sie aber doch an der Unglücksstelle an, und da fanden sie Erik in Falla ziemlich wohlbehalten vor. Er war weder zerschmettert, noch hatte er ein Glied gebrochen. An einem seiner Schenkel hatte ihm ein Zweig die Haut aufgerissen, und da hatte er eine große Wunde. Aber das war nichts, was nicht wieder geheilt werden konnte.

Am nächsten Morgen, als Jan zur Arbeit auf dem Hof eintraf, hörte er, dass Erik mit starkem Fieber und großen Schmerzen zu Bett liege.

Er hatte sich während der langen Wartezeit, wo er auf dem kalten Erdboden lag, eine Erkältung zugezogen. Aus dieser wurde eine Lungenentzündung, und vierzehn Tage nach dem Unglücksfalle war Erik in Falla tot.

Das rote Kleid

Als das junge Mädchen von Skrolycka siebzehn Jahre alt war, ging sie an einem schönen Sommersonntag mit ihren Eltern zur Kirche.

Während sie auf dem Wege dahinwanderte, trug sie ein Tuch um die Schultern, das sie ablegte, als sie den Kirchenplatz erreichte, und da sahen die Leute, dass sie ein Kleid trug, wie die Leute im Dorfe noch nie eines gesehen hatten.

Einer von den Handelsleuten, die mit einem großen Pack auf dem Rücken umherziehen, hatte eines Tages den Weg nach Askedalarna gefunden, und als er da Klara Gulla in ihrer jugendlichen Schönheit und Frische sah, hatte er ein Stück Zeug aus seinem Pack genommen und die Eltern zu überreden versucht, für ihre Tochter ein Kleid davon zu kaufen. Es war ein in verschiedenen Schattierungen schillernder roter Stoff, der fast wie Seide glänzte.

Der Stoff war ebenso teuer, wie er schön war, und für Jan und Katrine war es vollständig ausgeschlossen, ihrer Tochter so ein Kleid zu kaufen, obgleich man wohl verstehen wird, dass Jan nichts lieber getan hätte.

Aber denkt euch, wie merkwürdig! Nachdem der Handelsmann die Eltern lange vergeblich zu überreden versucht hatte, geriet er ganz außer sich, weil er seinen Willen nicht durchsetzen konnte. Er sagte, ihre Tochter solle den Stoff nun einmal haben, das habe er sich in den Kopf gesetzt, denn in der ganzen Gegend gebe es nicht ein Mädchen, dem er so schön stehen würde wie Klara Gulla.

Darauf nahm er den Stoff und maß so viele Ellen davon ab, als man zu einem Kleid brauchte, und schenkte es Klara Gulla. Er wolle gar kein Geld dafür, sagte er, sondern verlange nur, sie in dem roten Kleid zu sehen, wenn er das nächste Mal nach Skrolycka käme.

Danach war das Kleid von der besten Näherin des Kirchspiels, die immer für die gnädigen Fräulein auf Lövdala nähte, gemacht worden. Und als Klara Gulla das Kleid zum ersten Mal anzog, da passte es ihr so gut und stand ihr auch so ausgezeichnet, dass man hätte meinen können, sie sei aus einem der schönen Hagebuttensträucher herausgewachsen, die draußen am Waldhügel in ihrer reifen Pracht weithin leuchteten.

An dem Sonntag, wo sich Klara Gulla mit dem neuen Kleid in der Kirche zeigen wollte, hätte weder Jan noch Katrine zu Hause zu bleiben vermocht, so neugierig waren sie, zu hören, was die Leute dazu sagen würden.

Und so wanderten alle drei miteinander nach der Kirche. Allen Leuten fiel das rote Kleid auf, und nachdem sie es einmal gesehen hatten, wendeten sie sich um und betrachteten es noch einmal. Aber beim zweiten Mal betrachteten sie nicht allein das Kleid, sondern auch das junge Mädchen, das das Kleid trug.

Einige von den Leuten hatten schon vorher von dem Kleide reden hören, die andern aber wollten wissen, wie es komme, dass die Tochter eines armen Häuslers so großartig gekleidet auf dem Platz vor der Kirche stehe. Jan und Katrine mussten die Geschichte von dem Handelsmann immer und immer wieder erzählen. Und als die Leute erfuhren, wie alles zusammenhing, konnten sie ja kein Ärgernis mehr daran nehmen. Alle miteinander freuten sich darüber, dass es dem Glück einmal eingefallen war, in das ärmliche Häuschen drüben in Askedalarna einen Blick hineinzuwerfen.

Es waren auch richtige Hofbauernsöhne da, die geradeheraus sagten, wenn dieses Mädchen aus einer Familie stammte, bei der man an eine Heirat mit ihr denken könnte, so würde Klara Gulla verlobt sein, ehe sie wieder aus der Kirche herauskäme.

Und es waren auch Töchter von Großbauern da, sogar Erbtöchter, die sich im Stillen sagten, sie würden sich gar nicht besinnen, einen ganzen Acker dreinzugeben, wenn sie sich dafür ein Gesicht eintauschen könnten, das so rosig schimmerte und so von Jugend und Gesundheit strahlte wie Klara Gullas.

Aber nun geschah es, dass an diesem Sonntag nicht der gewöhnliche Pfarrer, sondern der Propst von Bro in der Kirche zu Svartsjö predigte. Und der Propst war ein strenger altmodischer Mann, der an jedem Übermaß, sei es in der Kleidertracht oder in anderem, Anstoß nahm.

Als nun der Propst das junge Mädchen in dem roten Kleide sah, bekam er gewiss Angst, es könnte aus Seidenstoff gemacht sein, deshalb schickte er den Küster hin und ließ das Mädchen mitsamt seinen Eltern zu sich entbieten, weil er mit ihnen reden wolle.

Als Klara Gulla vor ihm stand, sah er wohl auch, wie ausgezeichnet das Kleid und das Mädchen zusammenpassten, aber er nahm darum ebenso großes Ärgernis daran wie vorher.

»Hör du, Klara Gulla, ich will dir etwas sagen«, begann er, indem er ihr zugleich die Hand auf die Schulter legte. »Wenn ich wollte und Lust dazu hätte, könnte mich durchaus niemand daran verhindern, mich wie ein Bischof mit einem goldenen Kreuz zu schmücken. Aber ich tue es nicht, weil ich nicht für vornehmer gelten will, als ich bin. Und aus demselben Grunde sollst du dich auch nicht so fein anziehen wie ein Fräulein von einem Herrenhofe, da du doch nur die Tochter eines armen Häuslers bist.«

Das waren strenge Worte, und Klara Gulla brachte vor lauter Verwirrung und Bestürzung kein Wort heraus. Katrine aber kam ihr rasch zu Hilfe und sagte, ihre Tochter habe den Stoff zum Geschenk erhalten.

»Ja, das ist wohl möglich«, erwiderte der Propst. »Aber versteht ihr Eltern denn gar nicht, wie es gehen wird? Wenn ihr eurer Tochter erst ein- oder zweimal erlaubt habt, sich in dieser Weise zu putzen, dann bringt ihr sie nicht mehr dazu, die einfachen Kleider anzuziehen, die ihr aus euren Mitteln für sie anschaffen könnt.«

Nach diesen Worten wendete der Propst sich weg, denn jetzt hatte er den Leuten seine Meinung mit deutlichen Worten gesagt. Aber ehe der geistliche Herr außer Gehörweite gekommen war, hatte Jan eine Antwort bereit:

»Wenn dieses kleine Mädchen hier in richtiger Weise gekleidet sein sollte, dann müsste sie so herrlich leuchten wie die Sonne«, sagte er; »denn für uns Eltern ist sie Sonne und Freude, seit dem Tag, wo sie das Licht der Welt erblickt hat.«

Da trat der Propst wieder näher und betrachtete alle drei nachdenklich. Jan und Katrine sahen beide alt und abgeschafft aus, aber in den gefurchten Gesichtern leuchteten die Augen hell, als sie sich auf die strahlende Jugend richteten, die sie zwischen sich hatten.

Da sagte sich der Propst, es wäre unrecht, wenn er die Freude der alten Leute zerstörte.

»Wenn du wirklich das Licht und die Freude deiner armen Eltern gewesen bist, dann kannst du das Kleid mit Ehren tragen«, sagte er mit freundlicher Stimme. »Denn ein Kind, das seinen Vater und seine Mutter glücklich macht, das ist das Beste, was unsere Augen sehen können.«

Der neue Herr

Als die Leute in Skrolycka an demselben Sonntag, an dem der Propst die schönen Worte zu Klara Gulla gesagt hatte, von der Kirche heimkamen, saßen zwei Männer dicht bei der Pforte auf der Umzäunung und ließen die Beine herunterbaumeln.

Der eine war Lars Gunnarsson, der nach Eriks Tod das Hausherrnrecht auf Falla angetreten hatte, der andere war ein Ladengehilfe von einem Geschäft in Broby, wo Katrine ihren Zucker und Kaffee zu kaufen pflegte.

Die beiden sahen ganz gleichgültig und fremd drein, als sie da auf dem Zaun saßen, und so konnte Jan sich nicht recht denken, dass sie etwas von ihm wollten. Er zog deshalb nur die Mütze und ging, ohne etwas zu sagen, an ihnen vorbei in sein Haus hinein.

Die beiden blieben auf demselben Platz sitzen, aber Jan wünschte sehr, sie möchten bald fortgehen und sich anderswo niederlassen, damit er sie nicht mehr zu sehen brauchte. Er hatte das Gefühl, dass Lars Gunnarsson seit jenem Unglückstage im Walde einen Groll gegen ihn hegte. Schon mehrere Male hatte er Andeutungen hören müssen, wie: Jan werde alt und könne für seinen jetzigen Taglohn wohl lange nicht mehr genügend leisten.

Katrine stellte das Mittagessen auf den Tisch, und die Mahlzeit war bald eingenommen. Lars Gunnarsson und der Ladengehilfe aber saßen noch immer in munterem Gespräch draußen auf dem Zaun. Jan kamen sie wie ein paar Habichte vor; sie warteten ihre günstige Zeit ab und machten sich indes über die kleinen Vögel lustig, die glaubten, sie würden ihnen entgehen.

Jetzt stiegen sie vom Zaun herunter, öffneten die Gittertür und gingen auf das Haus zu. Sie hatten also wirklich etwas mit Jan vor.

Jan hatte das deutliche Gefühl, dass sie Böses gegen ihn im Schilde führten, und er ließ rasch sein Auge im Zimmer umherlaufen, wie um einen Winkel zu suchen, wo er sich verstecken könnte. Aber da fiel sein Blick auf Klara Gulla, die am Fenster saß und auch hinaussah, und da kehrte sein Mut zurück.

Wovor sollte er sich fürchten, wenn er eine solche Tochter hatte? Sie war klug und entschlossen und fürchtete sich vor nichts. Und sie hatte Glück in allem, was sie unternahm. Lars Gunnarsson würde schon sehen: Im Handumdrehen würde er nicht mit ihr fertig werden.

Als Lars und der Ladengehilfe jetzt eintraten, sahen sie noch ebenso gleichgültig und fremd aus wie vorher. Lars sagte, sie hätten nun so lange auf dem Zaun gesessen und sich das hübsche Häuschen betrachtet, dass sie Lust bekommen hätten, es auch ein wenig von innen zu besehen.

Sie lobten alles, was in der Stube war, und Lars sagte, Jan und Katrine müssten Erik in Falla sehr dankbar sein, denn im Grunde sei er es ja gewesen, der für den Hausbau gesorgt und ihnen zum Heiraten behilflich gewesen sei.

»Dabei fällt mir etwas ein«, sagte er gleich darauf, aber er wendete dabei die Augen weg, dass er weder Jan noch Katrine ansehen musste. »Erik in Falla ist doch wohl verständig genug gewesen, Euch eine schriftliche Abmachung auszustellen, dass der Grund und Boden, auf dem das Haus steht, Euch als Eigentum gehören soll?«

Weder Jan noch Katrine erwiderten ein Wort. Sie verstanden ja gleich, nun war Lars mit dem herausgerückt, was er ihnen mitteilen wollte. Da war es am besten, sie ließen ihn erst mit aller Deutlichkeit seine Sache erklären.

»Ich habe zwar schon gehört, es sei nichts Schriftliches darüber vorhanden«, sagte Lars; »aber so schlimm wird es wohl nicht stehen, das kann ich fast nicht glauben. Denn dann fällt ja möglicherweise das ganze Anwesen dem zu, dem das Grundstück gehört.«

Jan sagte noch immer nichts; aber Katrine konnte nicht länger schweigen, sie war zu aufgebracht.

»Erik in Falla hat uns dieses Grundstück, auf dem das Haus steht, geschenkt, und niemand kann das Recht haben, es uns zu nehmen«, sagte sie.

Ja, das sei ja auch gar nicht die Absicht, versetzte der neue Hofbesitzer mit versöhnlicher Stimme. Er wollte ja nur, dass alles in Ordnung komme. Das sei das Einzige, was er wolle. Wenn Jan ihm zum Oktoberziel hundert Reichstaler geben würde –

»Hundert Reichstaler!«, brach Katrine los, und ihre Stimme klang beinahe wie ein Schrei.

Lars sagte nichts weiter. Er warf nur den Kopf zurück und kniff den Mund zusammen.

»Aber du sagst ja kein Wort, Jan!«, rief Katrine. »Hörst du denn nicht, dass Lars hundert Reichstaler von uns haben will?«

»Es fällt vielleicht Jan nicht so ganz leicht, mit hundert Reichstalern herauszurücken«, sagte Lars Gunnarsson. »Aber ich muss doch klarstellen, was mein Eigentum ist.«

»Und deshalb wollt Ihr uns unser Haus stehlen?«, schrie Katrine.

»Nein, das will ich gewiss nicht. Das Haus gehört Euch, ich will nur das Grundstück.«

»Aha, und nun soll das Haus auch von Eurem Grundstück fort?«, versetzte Katrine.

»Es lohnt sich vielleicht gar nicht die Mühe, etwas fortzuschaffen, was Ihr schließlich doch nicht behalten könnt«, versetzte Lars.

»Ach so, Ihr wollt wohl Eure Pratzen auch noch auf das Haus legen?«, meinte Katrine.

Lars Gunnarsson machte eine abwehrende Bewegung mit der Hand. Gott bewahre, er wolle nicht Beschlag auf das Haus legen, ganz und gar nicht, das habe er ja schon gesagt; aber da habe nun der Handelsmann von Broby seinen Ladengehilfen mit einigen Rechnungen geschickt, die bis jetzt noch nicht beglichen worden seien.

Darauf zog der Ladengehilfe die Rechnungen heraus. Katrine schob sie Klara Gulla hin und sagte, sie solle zusammenrechnen, wie viel sie ausmachten.

Und siehe, es waren nicht weniger als hundert Reichstaler, die sie schuldig waren! Als Katrine das hörte, wurde sie todesblass. Dann sagte sie zu Lars Gunnarsson: »Ich sehe, es ist Eure Absicht, uns von Haus und Hof zu jagen.«

»Ach nein«, erwiderte Lars, »das will ich durchaus nicht, wenn Ihr nur bezahlt, was Ihr schuldig seid –«

»Hört, Lars, Ihr solltet doch auch an Eure eigenen Eltern denken«, sagte nun Katrine. »Sie hatten es auch nicht zum Besten, ehe Ihr der Schwiegersohn eines Hofgutsbesitzers wurdet.«

Die ganze Zeit über hatte Katrine das Wort geführt. Jan hatte noch gar nichts gesagt. Er saß still da und sah nur immer Klara Gulla an, sah sie an und wartete. Ihm war vollständig klar und deutlich, all dies war ihretwegen so eingerichtet worden, damit sie Gelegenheit bekäme, zu zeigen, was sie leisten konnte.

»Wenn man dem Armen sein Haus nimmt, dann ist es zu Ende mit ihm!«, jammerte Katrine.

»Ich will Euch ja Euer Haus gar nicht nehmen«, verteidigte sich Lars Gunnarsson wieder. »Ich will nur die Sache in Ordnung gebracht haben.«

Aber Katrine hörte nicht auf ihn, sondern jammerte wieder: »Solange der Arme ein Haus hat, fühlt er sich ebenso gut wie alle andern. Wer aber kein eigenes Heim hat, fühlt sich nicht mehr als rechter Mensch.«

Jan dachte, Katrine habe in allem, was sie sagte, vollkommen recht. Das Haus war aus alten Balken gebaut, und es war im Winter sehr kalt, es neigte sich auch auf dem schlechten Untergrund auf die Seite, und eng und klein war es auch, und doch war es ihnen, als sei es aus mit ihnen, wenn sie es verlören. Jan glaubte indes nicht einen Augenblick, dass es ihnen so schlimm gehen würde. Da saß ja Klara Gulla, und jetzt sah er auch in ihren Augen einen hellen Strahl aufleuchten. Im nächsten Augenblick würde sie sicher ein Wort sagen oder etwas tun, wodurch die beiden Plagegeister vertrieben wurden.

»Ja, Ihr müsst wohl Zeit haben, Euch die Sache zu überlegen«, sagte der neue Hofbesitzer. »Aber vergesst nicht, entweder Ihr zieht am ersten Oktober aus, oder der Handelsmann erhält seine volle Bezahlung. Und ich bekomme meine hundert Reichstaler für das Grundstück.«

Katrine rang ihre alten abgearbeiteten Hände. Sie war ganz außer sich und redete mit sich selbst, ohne sich darum zu kümmern, wer ihr zuhörte.

»Wie soll ich noch in die Kirche gehen können und wie soll ich es noch wagen, mich unter den Leuten zu zeigen, wenn es mir so schlecht geht, dass ich nicht einmal mehr ein eigenes Dach über dem Kopf habe?«

Jan dachte an anderes. Er dachte an alle die schönen Erinnerungen, die mit dem Häuschen zusammenhingen. Hier auf dieser Stelle hatte ihm damals die Hebamme das Kind in die Arme gelegt. Dort unter der Tür hatte er gestanden, als die Sonne durch die Wolken brach und damit dem kleinen Mädchen ihren Namen gab. Das Häuschen war eins mit ihm und Klara Gulla und Katrine, sie konnten es nicht aufgeben.

Jetzt ballte Klara Gulla ihre eine Hand zur Faust, er sah es deutlich. Oh, sie würde ihnen gewiss bald zu Hilfe kommen!

Lars Gunnarsson und der Ladengehilfe standen auf und gingen nach der Tür. Dann sagten sie Guten Tag, und damit verließen sie das Haus. Aber keines von denen, die in der Stube zurückblieben, erwiderte ihren Gruß.

Sobald die beiden gegangen waren, warf das junge Mädchen mit einer stolzen Bewegung den Kopf zurück, stand von ihrem Stuhl auf und sagte: »Wie, wenn Ihr mich in die Welt hinausließet!«

Da hörte Katrine auf, vor sich hin zu reden und die Hände zu ringen. Die Worte hatten eine schwache Hoffnung in ihr erweckt.

»Es wird wohl nicht ganz unmöglich sein, bis zum ersten Oktober zweihundert Reichstaler zu verdienen«, sagte Klara Gulla. »Wenn Ihr mich nur nach Stockholm gehen lasset und ich dort in einen Dienst komme, so soll das Haus hier sicherlich Euer Eigen bleiben, das verspreche ich Euch.«

Als Jan Andersson diese Worte hörte, erblasste er, und sein Kopf sank zurück, wie wenn er das Bewusstsein verlieren würde.

Wie schön war das von dem kleinen Mädchen! Ja, darauf hatte er die ganze Zeit über gewartet; aber wie, wie sollte er weiterleben können, wenn seine Klara Gulla von ihm ging?

Der Storsnipa

Jan von Skrolycka wanderte auf demselben Waldweg dahin, den er zusammen mit Katrine und Klara Gulla noch vor ein paar Stunden auf dem Heimweg von der Kirche froh und glücklich zurückgelegt hatte.

Er hatte mit Katrine lange hin und her beraten, und schließlich waren sie übereingekommen, vorerst die Tochter nicht fortzuschicken oder sonst etwas in der Sache zu tun, sondern Jan sollte zu dem Reichstagsabgeordneten Karl Karlsson in Storvik gehen und ihn fragen, ob Lars Gunnarsson das Recht habe, ihnen das Häuschen zu nehmen.

Im ganzen Svartsjöer Kirchspiel wusste niemand so gut Bescheid im Gesetz und in allen Verordnungen wie der Reichstagsabgeordnete von Storvik. Wer immer so klug war, ihn bei Erbteilungen und Verkäufen, bei Inventaraufnahmen und Auktionen oder beim Aufsetzen eines Testaments zu Hilfe zu nehmen, der konnte ganz sicher sein, dass alles gesetzmäßig und richtig gemacht wurde und dass nachher niemand mit Prozessen und Spitzfindigkeiten an der Sache rütteln konnte.

Aber der Reichstagsabgeordnete war ein strenger, herrischer Mann, von barschem Aussehen und mit einer harten Stimme, und Jan war es bei der Aussicht, zu ihm gehen zu müssen, gar nicht froh zumute.

›Wenn ich komme, wird er mir zuallererst eine Strafpredigt halten, weil ich nichts Schriftliches von Erik in Falla habe‹, dachte er. ›Es gibt viele, die er gleich von Anfang an so eingeschüchtert hat, dass sie's gar nicht mehr gewagt haben, ihn über die eigentliche Sache um Rat zu fragen.‹

Jan war in übergroßer Hast von zu Hause weggegangen, und so hatte er da gar keine Zeit gehabt, daran zu denken, welchem gefürchteten Manne er unter die Augen treten sollte. Aber als er durch die Waldstrecken von Askedalarna dem Hochwald zuwanderte, da überkam ihn die alte Angst mit neuer Stärke, und er dachte, es sei recht dumm von ihm, dass er Klara Gulla nicht mitgenommen habe.

Als er von zu Hause wegging, hatte er das Mädchen nirgends gesehen. Sie war vielleicht fortgelaufen und hatte einen einsamen Platz im Walde aufgesucht, um da ihren Schmerz auszuweinen. Von jeher wollte sie es niemand sehen lassen, wenn sie betrübt war.

Als Jan eben in den Wald einbiegen wollte, hörte er rechts von sich höher oben auf dem Berge jemand singen und jodeln.

Er blieb stehen und lauschte. Es war eine Frauenstimme, die da oben sang. Aber was war das? Die Stimme kam ihm merkwürdig bekannt vor. Und doch – es war nicht möglich, es konnte nicht sein!

Jedenfalls wollte er, ehe er weiterging, wissen, wie es sich verhielt. Der Gesang klang jetzt ganz hell und deutlich, aber der Wald verdeckte die Aussicht auf die Sängerin.

Jan wich vom Wege ab und drang durch dichtes Unterholz, um ihr den Weg abzuschneiden.

Sie war indes nicht so nahe, wie er gedacht hatte, auch stand sie nicht still, sondern ging, während er hinter ihr herkam, immer weiter. Immer weiter und immer höher hinauf wanderte sie, und manchmal kam es Jan vor, als ertöne der Gesang dicht über ihm.

Jetzt schien Jan fast jeder Zweifel ausgeschlossen; die Sängerin vor ihm war in der Tat auf dem Weg nach dem Gipfel des Storsnipa.

Sie musste einen Weg eingeschlagen haben, der sich an dem Berg, wo es fast senkrecht hinaufging, hinschlängelte und von jungen Birken dicht eingefasst war. Deshalb konnte Jan die Sängerin auch nicht sehen. Aber wie steil auch der Pfad war, sie kam trotzdem rasch vorwärts. Wie von Vogelschwingen getragen schien sie hinaufzugelangen, und dabei sang sie auch noch die ganze Zeit.

Wieder ging Jan schräg aufwärts. Aber in seinem Eifer war er vom gebahnten Weg abgekommen, so musste er sich durch Unterholz und Gestrüpp durcharbeiten, und dadurch blieb er natürlich weit zurück.

Dazu kam noch, dass sich ihm, während er dem Gesang lauschte, allmählich ein schwerer Druck auf die Brust legte, der ihm zuletzt fast den Atem raubte.

Schließlich musste er ganz langsam gehen, er schien kaum noch vorwärtszukommen.

Aber es ist nicht immer leicht, Stimmen zu erkennen, und im Wald ist es schwieriger als sonstwo, denn da gibt es so vieles, was raschelt und rauscht und gleichsam mitsingt.

Nachdem Jan nun so weit gegangen war, musste er durchaus das junge Mädchen sehen, das so frohgemut war, dass es diesen steilen Weg fast hinaufflog, sonst, das wusste er, würde er den Zweifel und das Misstrauen seiner Lebtage nicht mehr loswerden.

Und eines wusste er ja auch ganz bestimmt: Er würde Klarheit erlangen, sobald er auf dem Berggipfel ankam, denn dieser war vollkommen kahl und leer, da konnte ihm die Sängerin nicht mehr entgehen.

In früheren Zeiten war auch der Storsnipa mit Wald bestanden gewesen; aber vor etwa fünfundzwanzig Jahren hatte ein Waldbrand da oben gewütet, und seither stand der breite Berggipfel ganz nackt und kahl.

Heidekraut und Krähenbeerensträucher und isländisches Moos waren allmählich über die Felsen hingeklettert, aber bis jetzt war noch kein Baum so weit herangewachsen, dass er die Aussicht verdeckte.

Seit der Wald abgebrannt war, hatte man eine herrliche Aussicht droben. Man sah den ganzen Löven und das grüne Tal, das den See umschloss, dazu alle die blauen Berge, die ringsum Wache hielten. Wenn die jungen Leute von Askedalarna aus ihrem engen Tal die Snipahöhe erkletterten, mussten sie unwillkürlich an den Berg denken, auf den der Versucher einst den Herrn Jesus geführt hatte, um ihm alle Reiche der Welt und deren Herrlichkeit zu zeigen.

Als Jan endlich den Wald hinter sich hatte und ins Freie hinauskam, sah er gleich die Sängerin.

Auf der höchsten Klippe, dort, wo man die weiteste Aussicht hatte, war eine Art Brustwehr aus Steinblöcken errichtet, und auf dem obersten dieser Steinblöcke stand Klara Fina Gulleborg in ihrem roten Kleid. Klar und deutlich zeichnete sich ihre Gestalt vom blassen Abendhimmel ab, und wenn die Leute in den Tälern oder Wäldern jetzt eben ihre Blicke auf den Storsnipa gerichtet hätten, so hätten sie das Mädchen da oben stehen sehen müssen.

Weit schaute sie über das meilenweite Land hin. Sie sah an den Seeufern weiße Kirchen auf steilen Hügeln, sah Hüttenwerke und Herrenhöfe in Haine und Gärten eingebettet, sah Bauernhöfe in langen dichten Reihen den Waldsaum entlang, sah lang gestreckte Äcker und Felder, lange gewundene Straßen und Wälder ohne Grenzen und ohne Ende.

Im Anfang sang sie noch, aber bald verstummte sie und versank vollständig in die Betrachtung der weiten, offenen Welt, die vor ihr lag.

Schließlich streckte sie die Arme aus. Und da war es, als wolle sie alles miteinander, was da vor ihr lag, in ihre Arme ziehen, das ganze große mächtige Reich, von dem sie bis zum heutigen Tag ausgeschlossen gewesen war.

Es wurde später Abend, bis Jan endlich nach Hause kam, und als er schließlich eintraf, konnte er sich auf nichts mehr richtig besinnen. Er behauptete, er sei bei Karl Karlsson gewesen und habe mit ihm gesprochen; aber was dieser ihm zu tun geraten hatte, daran konnte er sich nicht mehr erinnern.

»Es hat gar keinen Wert, irgendetwas zu tun«, sagte er einmal ums andere; dies war die einzige Auskunft, die Katrine aus ihm herausbringen konnte.

Jan ging ganz gebückt und sah todmüde aus. Sein Rock trug Spuren von Moos und Erde. Katrine fragte ihn, ob er gefallen sei und sich verletzt habe.

Nein, nein, durchaus nicht, aber er habe sich wohl eine Weile auf den Boden gelegt, um auszuruhen, erwiderte er.

Dann sei er am Ende krank?

Nein, nein, durchaus nicht. Es sei nur irgendetwas stehen geblieben.

Aber was in dem Augenblick stehen geblieben war, da ihm klar wurde, dass sein kleines Mädchen sich nicht aus Liebe zu den Eltern erboten hatte, fortzugehen, um die Heimat zu retten, sondern dass sie es getan hatte, weil sie sich von ihnen fort in die Welt hinaussehnte, das wollte er nicht sagen.

Der letzte Abend

Am Abend, ehe Klara Gulla von Skrolycka nach Stockholm reiste, konnte ihr Vater durchaus nicht mit allem, was ihm noch zu tun oblag, fertig werden. Gleich nachdem er von seiner Tagesarbeit heimkam, sagte er, er müsse noch in den Wald und Holz holen. Dann machte er sich daran, eine Latte an der Gitterpforte einzusetzen, die schon ein ganzes Jahr lang herausgebrochen war; und als dies getan war, fing er an, seine Fischgerätschaften herauszuholen und in Ordnung zu bringen.

Die ganze Zeit über dachte er, wie sonderbar es doch sei, dass er keinen wirklichen Kummer fühlte. Jetzt war es bei ihm wieder genauso wie vor achtzehn Jahren. Er konnte nicht froh werden, und er konnte nicht betrübt sein. Als er Klara Gulla droben auf dem Storsnipa hatte die Arme ausstrecken und die ganze Welt umarmen sehen, da war sein Herz stehen geblieben wie ein Uhrwerk, dem ein heftiger Stoß versetzt wurde.

Es war jetzt gerade bei ihm wie früher schon einmal. Da hatten die Leute gewollt, er solle sich darüber freuen, dass das kleine Mädchen zu ihm kommen werde. Aber er hatte sich nicht das Geringste daraus gemacht. Und jetzt erwarteten sie alle miteinander, er solle über die Maßen betrübt und verzweifelt sein. Aber auch das war nicht der Fall.

In seiner Stube drinnen drängten sich die Leute, die gekommen waren, Klara Gulla Lebewohl zu sagen. Und Jan schämte sich geradezu, hineinzugehen und den Leuten zu zeigen, dass er weder weinte noch klagte. Da war es am besten, er ging gar nicht hinein, sondern blieb draußen.

Jedenfalls war es ganz gut für ihn, dass es so gegangen war. Wenn alles wie früher gewesen wäre, so hätte er nicht gewusst, wie er mit dem Heimweh und dem Kummer fertig geworden wäre.

Als er vorhin am Fenster vorübergegangen war, hatte er gesehen, dass die Stube bekränzt war und auf dem Tisch Kaffeetassen standen, ganz genau wie an jenem Tag, an den er jetzt immerfort denken musste. Katrine hatte wohl der Tochter, die in die Welt hinauszog, um die Heimat zu retten, noch eine kleine Abschiedsfeier veranstaltet.

Drinnen in der Stube weinten sie gewiss, sowohl die, die zum Abschiednehmen gekommen waren, als auch Mutter und Tochter. Er hörte Klara Gullas Weinen sogar bis auf den Hofplatz heraus, aber es machte keinen Eindruck auf ihn.

»Meine guten Leute, es ist ja doch ganz wie es sein soll«, murmelte er, während er draußen stand. »Seht doch die jungen Vögel an! Sie werden aus dem Nest hinausgeworfen, wenn sie nicht gutwillig gehen. Und habt ihr schon einmal einen jungen Kuckuck gesehen? Es gibt wirklich nichts Ärgeres, als wenn man sehen muss, wie er dick und fett im Neste liegt und immerfort nach Futter schreit, während sich die Pflegeeltern seinetwegen fast zu Tode quälen.«

›Nein, es ist alles sehr gut, so wie es ist‹, dachte er weiter. ›Die Jungen können nicht daheimbleiben und den Alten zur Last fallen. Sie müssen hinaus in die Welt, ja, meine guten Leute, das geht nicht anders.‹

Schließlich wurde es ganz still in der Stube. Jetzt waren gewiss die Nachbarn fort, und er konnte sich hineinwagen.

Aber trotzdem machte er sich immer noch eine Weile an seinen Fischgeräten zu schaffen. Am liebsten wäre es ihm gewesen, wenn

Klara Gulla und Katrine schon im Bett gelegen hätten und eingeschlafen wären, ehe er die Schwelle überschritt.

Als dann sehr lange kein Geräusch mehr an sein Ohr gedrungen war, schlich er sich leise und vorsichtig wie ein Dieb nach dem Hause hin.

Aber die Frauen waren noch nicht zu Bett gegangen. Als er am Fenster vorbeikam, sah er Klara Gulla. Sie hatte die Arme auf die Tischplatte vor sich ausgestreckt und den Kopf darauf gelegt. Es sah aus, als weine sie.

Katrine stand etwas weiter zurück im Zimmer und war eben dabei, Klara Gullas Kleiderpack in ein großes Tuch einzuschlagen.

»Ihr solltet es lieber sein lassen, Mutter«, sagte das junge Mädchen, ohne den Kopf aufzuheben. »Ihr seht doch, dass Vater böse über mich ist, weil ich fortgehe.«

»Ach, er wird schon wieder gut werden«, versetzte Katrine ruhig.

»Ja, das sagt Ihr, weil Ihr Euch nichts aus ihm macht«, fuhr Gulla unter heftigem Schluchzen fort. »Ihr denkt nur an das Haus. Aber Mutter, Vater und ich, wir sind eins. Ich reise nicht von ihm weg.«

»Und das Haus?«, fragte Katrine.

»Mit dem Haus mag es gehen, wie es will, wenn nur Vater mich wieder lieb hat«, schluchzte Klara Gulla.

Da trat Jan von der Tür zurück und setzte sich auf die Hausschwelle. Er glaubte nicht, dass Klara Gulla daheimbleiben würde. Nein, er wusste besser als irgendjemand anderes, dass sie in die Welt hinaus musste. Und doch war es Jan in diesem Augenblick, als würde ihm das weiche kleine Bündel aufs Neue in die Arme gelegt. Und sein Herz hatte wieder zu schlagen angefangen. Es schlug so rasch, wie wenn es seit Jahren stillgestanden hätte und nun die viele verlorene Zeit wieder hereinbringen müsste.

Aber zugleich fühlte Jan noch eins: Ach, nun war er selbst ohne Schutz und Wehr!

Nun kam der Kummer, und nun kam das Heimweh. Er sah sie schon drüben unter dem Brunnen wie schwarze Schatten lauern.

Und doch öffnete er seine Arme und breitete sie weit aus, während zugleich ein glückliches Lächeln über sein Gesicht flog.
»Willkommen, willkommen, willkommen!«, sagte er.

Auf dem Landungssteg

Als das Dampfboot »Anders Fryxell« von der Landzunge bei Borg mit Klara Gulla an Bord abfuhr, standen Jan und Katrine auf dem Landungssteg und starrten dem Dampfer nach, bis er mitsamt dem Mädchen ganz aus ihrem Gesichtskreis verschwunden war. Alle andern Leute, die etwas bei der Brücke zu tun gehabt hatten, gingen ihrer Wege. Der Aufseher nahm die Flagge herunter und schloss das Lagerhaus, aber die beiden Häuslersleute standen noch immer auf demselben Fleck.

Das war ja auch ganz natürlich, solange sie das Boot noch zu sehen vermeinten. Aber warum sie sich nachher nicht auf den Heimweg machten, das wussten sie wohl selbst kaum.

Möglicherweise fürchteten sie sich davor, heimzukommen und miteinander in das leere Haus hineinzugehen.

›Jetzt hab' ich nur noch für ihn zu kochen und auch nur noch auf ihn zu warten‹, dachte Katrine. ›Aber was mach' ich mir aus ihm? Er hätt' ebenso gut auch mit fortgehen können. Das Mädchen war's, das sich auf ihn und sein töricht Geschwätz verstand, ich nicht. Da wär's besser, man wär' allein.‹

›Ich würd' leichter mit meinem Kummer nach Hause gehen, wenn ich dann nicht die alte verdrießliche Katrine in der Stube sitzen hätt'‹, dachte Jan. ›Das Mädchen verstand sie so gut zu behandeln, dass sie froh und freundlich wurde. Aber jetzt wird man wohl nie wieder ein freundliches Wort von ihr zu hören bekommen.‹

Doch plötzlich fuhr Jan heftig zusammen. Er beugte sich vor und schlug sich vor Verwunderung auf die Knie. Neues Leben blitzte in seinen Augen auf, und sein ganzes Gesicht strahlte und leuchtete.

Er hielt den Blick fest aufs Wasser gerichtet, und Katrine konnte nichts anderes glauben, als dass er da etwas Merkwürdiges sehe, obgleich sie selbst, die doch dicht neben ihm stand, gar nichts wahrnehmen konnte. Nein, sie sah nichts als die kleinen graugrünen Wellen, die einander über die Wasserfläche hinjagten, immerfort, ohne dem Spiel je ein Ende zu machen.

Nun lief Jan so weit auf den Landungssteg hinaus, wie er nur konnte, und dann beugte er sich übers Wasser hinaus mit dem Ausdruck im Gesicht, den er immer hatte, wenn Klara Gulla ihm entgegenkam, den er aber nie zeigen konnte, wenn er mit jemand anders sprach.

Sein Mund öffnete sich, seine Lippen bebten, aber kein Laut drang an Katrinens Ohr. Ein Lächeln ums andere flog über sein Gesicht, ganz genau so, wie wenn das Mädchen vor ihm stand und mit ihm scherzte.

»Aber Jan, was hast du denn?«, fragte Katrine.

Er gab keine Antwort, sondern machte nur mit der Hand ein Zeichen, das ihr Schweigen gebot.

Gleich darauf richtete er sich ein wenig auf, und man sah, nun verfolgte sein Blick irgendetwas, das sich über die kleinen graugrünen Wogen hin entfernte.

Es schien rasch zurückzuweichen, in derselben Richtung wie vorhin das Dampfboot. Bald stand Jan nicht mehr vorgebeugt, sondern ganz aufrecht da und beschattete die Augen mit der Hand, um besser sehen zu können.

So blieb er stehen, bis offenbar nichts mehr zu sehen war. Dann wendete er sich nach Katrine um, ja, er ging überdies ganz dicht zu ihr hin.

»Du hast vielleicht nichts gesehen?«, fragte er.

»Was hätt' es denn außer dem See und den Wellen noch zu sehen gegeben?«, gab sie zurück.

»Das kleine Mädchen war's, das zurückgerudert kam«, sagte er, aber so leise, dass er nur noch flüsterte. »Sie hatte sich vom Kapitän ein Boot geliehen. Es war mit demselben Namen versehen wie das Dampfschiff, das hab' ich deutlich gesehen. Sie sagte, sie habe etwas vergessen, ehe sie abfuhr. Es sei was, worüber sie mit uns reden möchte.«

»Lieber Himmel, du weißt wohl nicht, was du sagst!«, rief Katrine. »Wenn das Mädchen zurückgekommen wäre, hätt' ich sie doch wohl auch sehen müssen.«

»Schweig jetzt, dann sollst du hören, was sie von uns wollte«, flüsterte er feierlich und geheimnisvoll wie vorher. »Ja, sie sagte, das Herz sei ihr schwer, wenn sie daran denke, wie es uns beiden nun miteinander gehen werde. Bis jetzt, sagte sie, sei sie zwischen uns umhergegangen, mit mir an der einen Hand und mit dir an der andern, und auf diese Weise sei alles gut gegangen. Aber wenn sie nun nicht mehr da sei und uns nicht mehr zusammenhalte, dann wisse sie nicht, wie es werden solle. Jetzt werden Vater und Mutter vielleicht jedes nach einer andern Seite gehen, sagte sie.«

»Ei der Tausend, dass das Mädchen daran gedacht hat!«, rief Katrine. Sie war tief ergriffen von diesen Worten, weil mit ihnen ganz ihre eigenen Gedanken ausgesprochen wurden, und so vergaß sie ganz, dass die Tochter unmöglich zum Landungssteg hätte heranrudern und mit ihrem Mann sprechen können, ohne dass sie es gehört hätte.

»Und nun bin ich zurückgekommen, um Eure Hände ineinanderzulegen, sagte sie«, fuhr Jan fort. »Und Ihr dürft Euch nicht wieder loslassen, sondern müsst Euch um meinetwillen festhalten, bis ich wieder zurückkomme und Euch beide wieder an den Händen fassen kann, grade wie früher. Und gleich nachdem sie das gesagt hatte, ruderte sie wieder auf und davon«, schloss Jan.

Eine Weile blieb es ganz still auf der Landungsbrücke; dann ergriff Jan wieder das Wort.

»Hier ist meine Hand«, sagte er mit unsicherer Stimme, die schüchtern und ängstlich zugleich klang, und dann streckte er eine seiner Hände aus, die immer so merkwürdig weich blieben, wie grobe Arbeit er auch verrichten musste. »Ich tu's, weil's das Mädchen will«, fügte er hinzu.

»Nun und hier ist die meinige«, sagte Katrine. »Ich begreife zwar nicht, was das gewesen sein kann, was du gesehen haben willst, aber wenn ihr beide es wollt, dass wir zusammenhalten, dann will ich's auch.«

Danach legten die beiden Alten den ganzen Weg bis zu ihrer Hütte Hand in Hand zurück.

Der Brief

Als Klara Gulla von Skrolycka ein paar Wochen fort war, befand sich ihr Vater eines Vormittags draußen auf den Weideplätzen am Hochwald und besserte einen Zaun aus. Er konnte von seinem Platz die Tannen rauschen hören, und er konnte eine Auerhenne sehen, die mit einer langen Reihe von Jungen hinter sich unter den Bäumen Futter aufpickte. Jan war beinahe fertig mit seiner Arbeit, als vom Berg her lautes Gebrüll an sein Ohr drang. Das klang so unheimlich, dass er fast Angst bekommen hätte.

Er blieb stehen und horchte, und bald ertönte das Gebrüll aufs Neue. Aber als er es zum zweiten Male hörte, wusste Jan, dass es nicht zum Fürchten war, im Gegenteil, das war sicherlich ein Hilferuf von jemand, der in Not war.

Er warf seine Weiden und Latten weg und lief durch das Birkenwäldchen in den dunklen Tannenwald hinein. Dort brauchte er nicht besonders weit zu suchen, bis er sah, um was es sich handelte. Da droben lag ein großes gefährliches Moor, und alles verhielt sich genau so, wie es sich Jan gedacht hatte; eine von den Kühen des Hofes war in den Sumpf und da auf ein sogenanntes Bebefeld geraten, eine Stelle, wo der Morast zwar trägt, aber wegen des darunterstehenden Wassers bei jedem Tritt auf- und niederschwankt.

Die Kuh war die beste von allen im Stall auf Falla, das sah Jan gleich, gerade die, für die Lars Gunnarsson schon zweihundert Reichstaler geboten worden waren.

Die Kuh saß gewiss im Schlamm fest und war so voller Angst, dass sie sich jetzt vollkommen ruhig verhielt und nur nach langen Pausen ab und zu noch ein schwaches Brüllen ausstieß. Aber Jan konnte sehen, wie verzweifelte Mühe sie sich gegeben hatte, um aus dem Morast herauszukommen. Sie war bis an die Hörner hinauf mit Schlamm überspritzt, und die grünen Mooshügel waren weit um sie her ausgerissen und zerstampft. Vor Kurzem noch hatte sie überlaut gebrüllt, und Jan meinte, man müsste es eigentlich in ganz Askedalarna gehört haben. Aber außer ihm war niemand an das Moor gekommen. Sobald sich Jan darüber klar geworden war, wie sich die Sache verhielt, zögerte er keinen Augenblick, sondern lief eiligst auf den Hof hinunter, um Hilfe herbeizuholen.

Dann kam eine mühselige Arbeit. Bretter und Stangen wurden auf das Moor gelegt und Seile unter der Kuh durchgezogen, an denen sie auf die Bretter gehoben wurde. Als die Leute bei dem Moor ankamen, war sie schon bis zum Rücken hineingesunken, und nur der Kopf sah noch über den Schlamm heraus.

Als die Leute das Tier wieder auf dem festen Boden hatten und auch glücklich mit ihm auf dem Hofe angekommen waren, ließ die Hausfrau sagen, alle, die bei dem Rettungswerk mitgeholfen hätten, sollten hineinkommen und Kaffee trinken.

Niemand war bei der Rettungsarbeit eifriger gewesen als Jan in Skrolycka. Sein Verdienst war es allein, dass die Kuh geborgen worden war. Und denkt euch, es war eine Kuh, die mindestens zweihundert Reichstaler wert war!

Das war ein ungeheuer großes Glück für Jan; denn es war ja ganz undenklich, dass die neuen Hofbesitzersleute auf Falla eine solche Tat nicht anerkennen würden.

Zur Zeit des früheren Herrn hatte sich einmal etwas Ähnliches zugetragen. Damals hatte sich ein Pferd eine Zaunlatte in den Leib gerannt. Der Mann, der das Pferd entdeckt und für seine Verbringung nach dem Hofe gesorgt hatte, war von Erik in Falla mit zehn Reichstalern belohnt worden, und zwar trotzdem das Pferd gefährlich verletzt war und erschossen werden musste.

Aber diese Kuh hier lebte ja und hatte in keiner Weise Schaden genommen. Ja sicherlich, am nächsten Tag schon würde Jan zum Küster oder zu einem anderen schreibkundigen Mann gehen können, um ihn zu bitten, einen Brief an Klara Gulla zu schreiben, der sie nach Hause zurückrief.

Als Jan in die große Stube auf Falla trat, reckte er sich unwillkürlich etwas in die Höhe. Die alte Mutter auf Falla ging herum und schenkte den Kaffee ein, und Jan verwunderte sich gar nicht, dass sie selbst ihm seine Tasse reichte, und das überdies, ehe Lars Gunnarsson die seinige erhalten hatte.

Während der Kaffee getrunken wurde, erzählten alle, wie mutig Jan gewesen war. Die Einzigen, die nichts dazu sagten, waren die Hofbesitzersleute. Weder der neue Besitzer noch seine Frau machten den Mund auf, um ein einziges Wort des Lobes zu sagen.

Da aber Jan so ganz sicher wusste, dass die böse Zeit jetzt für ihn vorbei und das Glück auf dem Weg zu ihm war, wurde es ihm nicht schwer, Trostgründe für sich zu ersinnen.

Möglicherweise schwieg Lars nur, damit das, was er zu sagen hatte, recht großen Eindruck machen sollte.

Es dauerte freilich sehr lange, bis er mit seinem Lob herausrückte. Die andern verstummten schließlich auch und sahen etwas verlegen drein.

Als die alte Mutter in Falla zum zweiten Mal Kaffee anbot, zierten sich mehrere, und unter ihnen auch Jan. Aber da sagte sie zu diesem: »Trinkt nur, Jan! Wenn Ihr heute nicht so flink gewesen wäret, so hätten wir die Blässe eingebüßt, die ihre zweihundert Reichstaler wert ist.«

Nach diesen Worten herrschte Schweigen ringsum. Aller Augen richteten sich auf den Hausherrn, denn jetzt würde er doch sicher einige Worte des Dankes an Jan richten, das war nicht anders zu erwarten.

Nun räusperte sich Lars ein paarmal, wie wenn das, was er sagen wollte, mit gehörigem Nachdruck herausgebracht werden sollte.

»Mir kommt's vor, als ob diese Sache ein wenig sonderbar wär'«, begann er. »Wir alle wissen, dass Jan zweihundert Reichstaler schuldig ist, und ebenso wissen wir alle, dass mir im Frühling zweihundert Reichstaler für die Blässe geboten worden sind. Und nun soll die Blässe heute in das Moor hineingeraten sein, und Jan sollte gerade der sein, der sie gerettet hat, das stimmt alles miteinander fast zu gut zusammen.«

Lars schwieg und räusperte sich noch einmal. Jan stand auf und trat näher heran; aber weder er noch einer der andern hatte eine Entgegnung bereit.

»Ich weiß nicht, warum sich's gerade so traf, dass Jan es war, der die Kuh droben am Moor brüllen hörte«, fuhr Lars Gunnarsson fort. »Vielleicht war er, als das Unglück geschah, näher dabei, als er uns wissen lassen will. Vielleicht hat er eine Möglichkeit gesehen, seiner Schulden ledig zu werden, und vielleicht hat er die Kuh selbst in das Moor –«

Hier fiel Jans geballte Faust mit voller Gewalt auf den Tisch nieder, dass die Kaffeetassen auf den Tellern hoch aufhüpften.

»Du beurteilst andere nach dir selbst«, sagte Jan. »So etwas kannst du tun, ich aber nicht. Und das sollst du wissen, ich erkenne deine Falschheit. Ja, denk an den Tag im letzten Winter, wo du – – –«

Aber gerade, als Jan im Begriff war, etwas zu sagen, das nur mit unversöhnlicher Feindschaft zwischen ihm und den Hofbesitzersleuten hätte enden können, zog ihn die alte Mutter in Falla am Rockärmel und sagte: »Sieh einmal hinaus, Jan!«

Jan tat es, und da sah er Katrine mit einem Brief in der Hand über den Hofplatz daherkommen.

Ach, das war wohl der Brief von Klara Gulla, nach dem sich die Eltern seit ihrer Abreise gesehnt hatten! Katrine wusste, wie beglückt Jan darüber sein würde, und deshalb brachte sie ihn gleich her.

Jan sah sich mit verwirrtem Blick im Kreise um. Viele böse Worte brannten ihm auf der Zunge, aber jetzt hatte er keine Zeit, sie auszusprechen. Was kümmerte er sich darum, wie er sich an Lars Gunnarsson rächen sollte? Was kümmerte er sich darum, ob er sich verteidigte oder nicht? Der Brief zog ihn mit einer Macht, der er nicht widerstehen konnte, und so war Jan aus der Stube draußen und bei Katrine, ehe sich die Leute im Hause von ihrer Angst, was für Anklagen er dem Hausherrn möglicherweise ins Gesicht schleudern würde, erholt hatten.

August Där Nol

Als Klara Gulla schon über einen Monat von Skrolycka fort war, kam eines Abends August Där Nol von Prästerud nach Askedalarna.

Er war viele Jahre hindurch mit Klara Gulla in Östenby in die Schule gegangen und hatte auch in demselben Sommer wie sie den Konfirmationsunterricht besucht. Er war ein ernster rechtschaffener Junge, der einen guten Leumund hatte. Seine Eltern waren vermögliche Leute, und niemand konnte der Zukunft ruhiger und zuversichtlicher entgegensehen als er.

Während des letzten halben Jahres war er von Hause abwesend gewesen, und so hatte er erst bei seiner Rückkehr gehört, dass Klara Gulla ausgezogen war, um zweihundert Reichstaler zu verdienen.

Seine Mutter war es, die es ihm zufälligerweise erzählte; aber ehe sie noch mit ihrem Bericht zu Ende gekommen war, griff August nach seiner Mütze und ging von Hause weg. Er hielt auch nicht an, bis er vor der Pforte stand, die zu dem kleinen grünen Hofplatz von Skrolycka führte.

Aber als er so weit gekommen war, ging er nicht weiter, sondern blieb an der Pforte stehen und sah nach dem Haus hinüber.

Katrine sah ihn von der Stube aus, und unter dem Vorwand, Wasser an der Quelle zu holen, ging sie vors Haus hinaus. Aber er grüßte sie nicht und machte auch sonst kein Zeichen, dass er mit ihr reden möchte.

Nach einer Weile kam Jan mit einer Last Holz aus dem Wald zurück.

Als August Där Nol Jan auf die Pforte zukommen sah, zog er sich zurück, aber sobald Jan hineingegangen war, nahm er seinen vorigen Platz wieder ein.

Nachdem er wieder eine Weile dagestanden hatte, wurde das Fenster der Kätnerhütte, die nur auf ein paar Armlängen von August entfernt war, aufgemacht. Da sah August Där Nol Jan mit seiner Pfeife auf der einen Seite des Fensters sitzen und Katrine mit ihrem Strickstrumpf auf der andern.

»Ja, meine gute Katrine, jetzt am Abend haben wir's recht behaglich«, sagte Jan. »Jetzt wünsch' ich mir nur noch eins.«

»Ich aber wünsch' mir noch hunderterlei«, versetzte Katrine, »und wenn alles zusammen in Erfüllung ginge, so wär' ich noch nicht zufrieden.«

»Nein, nein, ich wünsche nur, dass der Netzstricker oder ein anderer, der des Lesens kundig ist, zu uns hereinsehen und mir Klara Gullas Brief vorlesen würde«, sagte Jan.

»Ach, diesen Brief musst du nachgerade doch Wort für Wort auswendig können«, erwiderte Katrine. »Du hast ihn ja schon unzählige Male vorlesen hören, seit du ihn bekommen hast.«

»Das ist wohl war, aber 's ist eben besonders schön, wenn man ihn vorlesen hört. Dann ist's mir, als sei das kleine Mädchen da und spreche mit mir, und bei jedem Wort, das ich höre, seh' ich, wie mir ihre Augen entgegenleuchten.«

»Ja, ich hätt' auch nichts dagegen, wenn ich ihn noch einmal zu hören bekäme«, sagte Katrine und lugte dabei zum Fenster hinaus. »Aber an so einem schönen hellen Abend sind die Leute woandershin unterwegs, an unserem Häuschen wird wohl kaum jemand vorüberkommen.«

»Wenn ich Klara Gullas Brief zu hören bekäme, während ich hier sitze und meine Pfeife rauche, so würd' mir das besser schmecken als Gebäck zum Kaffee«, sagte Jan. »Aber die Leute hier in Askedalarna sind meiner gewiss schon überdrüssig geworden, weil ich sie immer wieder gebeten habe, mir den Brief vorzulesen. Jetzt weiß ich niemand mehr, an den ich mich wenden könnte.«

Im nächsten Augenblick fuhr Jan überrascht zusammen. Er hatte kaum ausgeredet, als auch schon die Tür aufging und August Där Nol auf der Schwelle stand.

»Ei der Tausend, du kommst ja wie gerufen, mein guter August«, sagte Jan, nachdem er den Gast begrüßt und ihn zum Sitzen aufgefordert hatte. »Ich hab' einen Brief hier und möcht' dich bitten, ihn uns beiden Alten vorzulesen. Er ist von einer Schulkameradin von dir. Du hast vielleicht nichts dagegen zu erfahren, wie's ihr geht.«

August Där Nol nahm den Brief ganz ruhig und las ihn vor. Er sprach die einzelnen Wörter sehr langsam aus, wie wenn er sie zugleich in sich hineinsaugen wollte.

Als er fertig war, sagte Jan: »Es ist merkwürdig, wie gut du liest, mein guter August. Noch nie haben mir Klara Gullas Worte so schön geklungen wie aus deinem Mund. Würdest du mir nicht die Freude machen und den Brief noch einmal lesen?«

Zum zweiten Mal las der junge Mann mit derselben Andacht vor. Es war, als sei er mit dürstender Kehle an eine Wasserquelle gekommen.

Als er fertig war, faltete er den Brief zusammen und fuhr mit der Hand glättend darüber hin. Dann wollte er ihn zurückgeben; doch da merkte er wohl, dass er nicht gut genug zusammengelegt war, und so musste er es noch einmal tun.

Dann blieb er still sitzen und sprach kein Wort. Jan versuchte, ein Gespräch in Gang zu bringen, aber es gelang ihm nicht. Schließlich stand August Där Nol auf und sagte, er müsse jetzt gehen.

»Es ist sehr gut, wenn einem jemand hier und da eine Handreichung tut«, sagte Jan. »Nun aber sollte mir jemand auch noch bei etwas anderem helfen. Da ist Klara Gullas kleines Kätzchen. Wir müssten's eigentlich töten, denn wir können's jetzt nicht mehr füttern; aber ich bring's nicht übers Herz, es zu töten, und Katrine bringt's auch nicht über sich, es zu ersäufen. Eben vorhin haben wir gesagt, wir möchten gern mit jemand darüber reden.«

August Där Nol stammelte ein paar Worte, die niemand verstehen konnte.

»Du könntest das Kätzchen in einen Korb tun, Katrine«, fuhr Jan fort; »dann nimmt ihn August vielleicht mit und richtet's so ein, dass wir das Kätzchen nie wieder zu Gesicht bekommen.«

Darauf holte Katrine ein kleines weißes Kätzchen, das im Bett lag und schlief, legte es in einen alten Korb, band ein Tuch darüber und übergab das Bündel dem jungen Manne.

»Ich bin froh, wenn das Kätzchen erst aus dem Hause ist«, sagte Jan. »Es ist gar so lustig und klug, es ist zu sehr wie Klara Gulla selbst. Deshalb ist's am besten, 's kommt aus dem Haus.«

Der junge August Där Nol ging, ohne ein Wort zu sagen, nach der Tür; doch plötzlich drehte er sich um, ergriff Jans Hand und drückte sie.

»Ich dank' Euch«, sagte er. »Ihr habt mir mehr gegeben, als Ihr selbst wisst.«

»Das musst du nicht glauben, mein guter August Där Nol«, sagte Jan in Skrolycka für sich, als der junge Mann gegangen war. »Es gibt Dinge, auf die ich mich verstehe. Ich weiß, was ich dir gegeben habe, und ich weiß auch, wer mich das gelehrt hat.«

Der erste Oktober

Am ersten Oktober lag Jan in Skrolycka den ganzen Nachmittag angekleidet auf dem Bett, das Gesicht der Wand zugekehrt, und man konnte mit aller Mühe nicht ein Wort aus ihm herausbringen.

Am Vormittag waren er und Katrine an den Landungssteg hinuntergegangen, um Klara Gulla abzuholen. Nicht etwa, dass sie geschrieben oder gesagt hätte, sie werde am ersten Oktober kommen, nein, das hatte sie nicht getan. Jan allein war es gewesen, der ausgerechnet hatte, dass es so sein müsste.

Am ersten Oktober musste ja doch Lars Gunnarsson das Geld bezahlt werden, also musste auch Klara Gulla gerade an dem Tag mit dem Geld eintreffen; dass sie früher nach Hause kommen werde, hatte Jan nicht erwartet. Sie musste natürlich so lange in Stockholm bleiben, wenn sie eine so große Summe zusammenbringen wollte. Aber dass sie länger ausbleiben würde, das konnte er auch nicht glauben, höchstens wenn es ihr nicht gelungen sein sollte, das Geld zusammenzuscharren; aber wenn erst der erste Oktober vorüber war, hätte sie ja gar keinen Grund mehr gehabt, noch länger fortzubleiben.

Während Jan voller Erwartung auf dem Landungssteg stand, hatte er sich gesagt, wenn Klara Gulla die Eltern vom Dampfboot aus sähe, würde sie wohl eine traurige Miene aufsetzen, und sobald sie an Land komme, würde sie sagen, es sei ihr nicht gelungen, die ganze Summe zusammenzubringen.

Und wenn sie das sagte, dann würden sie beide, er und Katrine, tun, als ob sie das Kind beim Worte nähmen, und Jan würde zu ihr sagen, er könne nicht begreifen, wie sie wage, nach Hause zu kommen, da sie doch wisse, dass Katrine und er nach weiter nichts fragten als nach dem Gelde.

Und dessen war er ganz gewiss gewesen: Ehe sie über den Landungssteg gegangen war, würde sie eine dicke Brieftasche aus der Kleidertasche ziehen und sie in die Hände der Eltern legen.

Er hatte sich auch ausgedacht, er wolle dann Katrine die Banknoten in Empfang nehmen und nachzählen lassen. Er selbst aber wollte nur immerfort Klara Gulla ansehen.

Sie würde schon merken, dass er sich um gar nichts anderes kümmerte, als dass sie wieder heimgekommen war, und sie würde zu ihm sagen, er sei noch ebenso närrisch wie vor ihrer Abreise.

Auf diese Weise hatte Jan von dem ersten Wiedersehen geträumt. Aber der Traum war nicht so ganz in Erfüllung gegangen.

An diesem Tag hatten Katrine und Jan nicht gar so lange in Erwartung des Schiffes auf dem Landungssteg stehen brauchen. Das Boot traf zur rechten Zeit ein. Aber als es kam, war es mit Waren und Menschen, die auf den Brobyer Jahrmarkt wollten, so überfüllt, dass man im ersten Augenblick durchaus nicht entscheiden konnte, ob Klara Gulla an Bord war oder nicht.

Jan hatte erwartet, das Mädchen würde die Erste sein, die über das Gangbrett daherkäme, aber statt ihrer kamen nur ein paar Männer. Als sie sich dann später auch nicht zeigte, wollte sich Jan auf dem Boot selbst nach ihr umsehen; er kam aber in dem Gedränge nicht durch. Er war indes seiner Sache noch immer vollkommen sicher, und als dann das Boot sein Gangbrett einzog, rief er dem Kapitän zu, er solle doch ja noch nicht abstoßen. Es sei noch jemand drüben, der an Land wolle.

Der Kapitän fragte seine Leute; aber diese antworteten, es sei niemand mehr da, der an der Svartsjöer Brücke aussteigen wollte, und so stieß das Boot ab.

Die beiden Eltern hatten also allein nach Hause gehen müssen; und sobald sie daheim angekommen waren, hatte sich Jan auf sein Bett geworfen. Er fühlte sich todmüde und vollkommen erschöpft, und es war ihm, als würde er nie wieder die Kraft zum Aufstehen finden.

Die Leute in Askedalarna hatten die beiden ohne Klara Gulla von der Landungsbrücke zurückkehren sehen und fragten sich nun gegenseitig, wie es denn jetzt gehen werde. Einer nach dem andern von den Nachbarn kam nach Skrolycka, um zu fragen, wie es stehe. Immer wieder erkundigte man sich, ob denn Klara Gulla wirklich nicht mit dem Boot gekommen sei? Und ob Jan und Katrine wirklich den ganzen September hindurch weder Brief noch Nachricht von ihr bekommen hätten?

Jan gab keine Antwort auf alle diese Fragen. Stumm blieb er auf seinem Bett liegen, wer auch immer hereinkommen mochte.

Katrine musste den Leuten Auskunft geben, so gut sie konnte. Die Nachbarn dachten natürlich, Jan liege aus lauter Betrübnis und Verzweiflung darüber, dass sie nun ihr Haus verlieren würden, so stumm da. Mochten sie das doch glauben! Er machte sich nichts daraus.

Katrine weinte und jammerte, und die Nachbarsleute, die nun einmal da waren, meinten, sie müssten dableiben, um Katrine ihr Mitgefühl zu zeigen und ihr mit allen Trostgründen, die sie finden konnten, gut zuzusprechen.

Lars Gunnarsson werde ihnen das Haus sicherlich nicht nehmen, das sei ja ganz unmöglich. Das würde schon die alte Mutter auf Falla nicht zugeben. Sie sei doch früher immer eine sehr gerechte und redliche Frau gewesen.

Und der Tag sei ja auch noch gar nicht zu Ende. Klara Gulla könne schon noch von sich hören lassen, ehe es zu spät sei. Es wäre ja auch ganz merkwürdig, wenn es ihr wirklich gelungen wäre, in knapp drei Monaten zweihundert Reichstaler zu verdienen. Aber dieses Mädchen habe ja von jeher ein unbegreifliches Glück gehabt.

So wurde hin und her geredet und das Für und Wider erwogen. Katrine sagte, in den ersten Wochen habe Klara Gulla überhaupt nichts verdienen können. Sie habe zuerst bei Leuten aus Svartsjö, die nach Stockholm gezogen waren, gewohnt, aber bei diesen habe sie für den Aufenthalt noch bezahlen müssen.

Aber dann sei sie zum guten Glück auf der Straße mit jenem Handelsmann zusammengetroffen, der ihr das rote Kleid geschenkt hatte, der habe ihr beigestanden und ihr eine Stelle verschafft.

Ja, ob es nicht denkbar wäre, dass dieser Handelsmann ihr auch das Geld verschafft hätte? Das wäre gar nicht unmöglich, meinten die Nachbarn.

Nein, unmöglich wäre es allerdings nicht, sagte Katrine, aber jetzt sei ja Klara Gulla weder selbst gekommen, noch habe sie einen Brief geschickt. Daraus gehe deutlich hervor, dass es ihr missglückt sei.

Mit jeder Minute wurden die Leute, die da in der Stube saßen, ängstlicher und bedrückter. Sie hatten alle das Gefühl, als müsse den armen Menschen, die hier wohnten, bald etwas Schreckliches widerfahren.

Als die Traurigkeit gerade auf dem höchsten Punkt angekommen war, ging plötzlich die Tür auf und ein Mann trat ein, der bis jetzt kaum je in Askedalarna gesehen worden war, denn in solche abgelegenen Gegenden führte ihn für gewöhnlich sein Weg nicht.

Als der Mann eintrat, wurde es in der Stube so still, wie es in einer Winternacht im Walde manchmal sein kann; aller Augen richteten sich auf ihn, nur Jan rührte sich nicht und sah nicht auf, obgleich ihm Katrine zuflüsterte, der eben Eingetretene sei der Reichstagsabgeordnete Karl Karlsson in Storvik.

Der Reichstagsabgeordnete hielt ein zusammengefaltetes Papier in der Hand, und alle Anwesenden dachten nichts anderes, als dass er von dem neuen Eigentümer in Falla geschickt sei, um den Leuten in Skrolycka mitzuteilen, was ihrer wartete, da sie ja seine Forderung nicht bezahlen konnten.

Recht bekümmerte Blicke waren es, die sich da auf Karl Karlsson richteten; dieser aber trug seine gewohnte herrische Miene zur Schau, und niemand konnte daraus einen Schluss ziehen, wie hart der Schlag wohl sein würde, den auszuteilen er hierhergekommen war.

Er reichte zuerst Katrine die Hand und dann den andern. Die standen auf und grüßten, als die Reihe an sie kam. Der Einzige, der sich nicht rührte, war Jan.

»Ich bin hier in der Gegend nicht genau bekannt«, begann der Reichstagsabgeordnete. »Ist dies hier nicht der Ort in Askedalarna, der Skrolycka genannt wird?«

Jawohl, das war er. Alle zusammen nickten als Antwort auf diese Frage, aber niemand in der Stube war imstande, ein lautes Wort über die Lippen zu bringen. Sie verwunderten sich sogar darüber, dass Katrine noch so viel Geistesgegenwart hatte, Börje zu knuffen, dass er aufstand und den Abgeordneten sitzen ließ.

Der Abgeordnete zog den Stuhl an den Tisch und legte zuerst einmal die Papierrolle darauf. Dann zog er seine Schnupftabakdose heraus und legte sie neben die Rolle. Darauf wurde die Brille aus dem Futteral genommen und sorgfältig mit dem blau gewürfelten Taschentuch abgerieben.

Als der Abgeordnete mit seinen Vorbereitungen so weit gediehen war, schaute er sich noch einmal im Kreise um. Alle, die dasaßen, waren ganz kleine Leute, die er nicht einmal dem Namen nach kannte.

»Ich möchte mit Jan Andersson in Skrolycka reden«, sagte er.

»Das ist der, der dort liegt«, bemerkte der Netzstricker und deutete auf das Bett.

»Ist er krank?«, erkundigte sich der Reichstagsabgeordnete.

»Nein!«, antworteten mehrere zugleich.

»Und er ist auch nicht betrunken«, fügte Börje hinzu.

»Er schläft auch nicht«, sagte der Netzstricker.

»Er ist heute schon sehr weit gegangen, deshalb ist er müde«, sagte Katrine. Sie meinte, es sei am besten, die Sache auf diese Weise zu erklären.

Zu gleicher Zeit beugte sie sich über ihren Mann vor und versuchte, ihn zum Aufstehen zu bewegen.

Allein Jan blieb liegen.

»Versteht er, was ich sage?«, fragte der Abgeordnete.

»Ja, jawohl«, versicherten alle, die dasaßen.

»Vielleicht erwartet er keine guten Nachrichten, weil's der Herr Reichstagsabgeordnete Karl Karlsson von Storvik ist, der zu ihm auf Besuch kommt«, meinte der Netzstricker.

Der Abgeordnete drehte den Kopf und schaute den Netzstricker mit seinen kleinen rot geränderten Augen an.

Dann sagte er: »Ol' Bengtsa in Ljusterby hat sich nicht jederzeit so davor gefürchtet, mit Karl Karlsson von Storvik zusammenzutreffen.«

Darauf drehte er sich wieder dem Tische zu und fing an, in einem Briefe zu lesen.

Die andern aber waren beinahe außer sich vor Freude. Er hatte mit freundlicher Stimme gesprochen, ja, man hätte beinahe meinen können, er verziehe den Mund zu einem Lächeln.

»Die Sache verhält sich nämlich so«, fing der Abgeordnete an. »Vor ein paar Tagen habe ich einen Brief bekommen von einer, die sich Klara Fina Gulleborg Janstochter aus Skrolycka unterschreibt, und in diesem Brief teilt sie mir mit, sie sei aus der Heimat weggegangen, um zweihundert Reichstaler zu verdienen, die ihre Eltern am ersten Oktober Lars Gunnarsson für das Eigentumsrecht an dem Boden, auf dem ihr Häuschen steht, bezahlen müssten.«

Hier machte der Reichstagsabgeordnete eine Pause, damit die Zuhörer seinen Auseinandersetzungen besser folgen konnten.

»Und nun schickt sie mir das Geld«, fuhr er fort. »Sie bittet mich, selbst nach Askedalarna zu gehen und die Sache mit dem neuen Eigentümer auf Falla vollständig in Ordnung zu bringen, damit er nicht später mit neuen Schwierigkeiten kommen könne. Das ist ein sehr verständiges Mädchen«, lobte er und hob den Brief in die Höhe. »Sie wendet sich gleich von Anfang an an mich. Wenn das nur alle so machen würden, dann stünde es besser hier um die Gemeinde.«

Ehe er noch ausgesprochen hatte, saß Jan auf dem Bettrand und sagte: »Was ist's mit dem Mädchen? Wo ist sie?«

»Und jetzt will ich fragen, ob die Eltern mit der Tochter einig sind und mir den Auftrag geben, abzuschließen mit –«

»Aber das Mädchen, das Mädchen!«, rief Jan. »Wo ist sie denn?«

»Wo sie ist?«, sagte der Reichstagsabgeordnete und schaute wieder in den Brief. »Sie sagt, es sei ihr nicht möglich gewesen, in ein paar Monaten so viel Geld zu verdienen; aber jetzt habe sie eine Stelle gefunden, bei einer freundlichen Frau, die ihr das Geld als Vorschuss gegeben habe, und bei ihr müsse sie nun bleiben, bis es abverdient sei.«

»Und sie kommt also jetzt noch nicht zurück?«, fragte Jan.

»Nein, vorerst nicht, wie es mir scheint«, antwortete der Abgeordnete.

Da legte sich Jan wieder nieder und kehrte sein Gesicht der Wand zu wie vorher.

Was kümmerte er sich noch um das Häuschen und alles andere? Was galt ihm das Leben, wenn sein kleines Mädchen nicht heimkam?

Der Beginn des Traumes

In den ersten Wochen nach dem Besuche des Reichstagsabgeordneten war Jan durchaus nicht imstand, etwas zu leisten. Er lag nur immer zu Bett und härmte sich.

Jeden Morgen stand er auf, zog sich an und wollte nach Falla gehen. Aber wenn er kaum vor der Türe angekommen war, fühlte er sich todmüde und vollkommen kraftlos; es blieb ihm nichts übrig, als sich niederzulegen.

Katrine versuchte, Geduld mit ihm zu haben, denn sie wusste ja, dass es mit dem Heimweh ist wie mit jeder anderen Krankheit: Es muss seine Zeit haben, bis es wieder vergeht.

Aber sie wunderte sich doch, wie lange es wohl noch dauern würde, bis das große Heimweh, an dem Jan nach Klara Gulla krankte, überwunden wäre. Möglicherweise blieb Jan auf diese Weise noch bis Weihnachten oder gar den ganzen Winter hindurch krank?

Und sicherlich wäre es auch so gekommen, wenn nicht der alte Netzstricker eines Tages einen Besuch in Skrolycka gemacht hätte, um zu hören, wie es gehe, und dann zum Kaffee eingeladen worden wäre.

Der alte Netzstricker war immer schweigsam, wie solche, deren Gedanken in weiter Ferne sind, und die darum nicht richtig wahrnehmen, was um sie her vorgeht. Aber nachdem der Kaffee eingeschenkt war und er einen Teil davon in die Untertasse gegossen hatte, um ihn abkühlen zu lassen, hielt er es offenbar für seine Pflicht, etwas zu sagen.

»Heut ist mir's gerade, als müsse noch ein Brief von Klara Gulla kommen«, sagte er. »Ich hab' so ein Vorgefühl.«

»Wir haben ja erst vor vierzehn Tagen in dem Brief an den Reichstagsabgeordneten Grüße von ihr bekommen«, erwiderte Katrine.

Der Netzstricker blies einige Male in seinen Kaffee, ehe er wieder etwas sagte. Dann fand er es aber wieder angemessen, das lange Stillschweigen mit einigen Worten zu unterbrechen.

»Sie könnte ja etwas recht Angenehmes erlebt haben, worüber sie gern schreiben möchte«, sagte er.

»Was sollte sie Angenehmes erleben?«, wendete Katrine ein. »Wenn man sich in einem Dienst abrackern muss, vergeht ein Tag wie der andere.«

Der Netzstricker biss ein Stückchen Zucker ab und goss seinen Kaffee in großen Schlucken hinunter. Als er das getan hatte, wurde es wieder so still in der Stube, geradezu unheimlich still.

»Klara Gulla könnte ja möglicherweise jemand auf der Straße angetroffen haben«, warf der Netzstricker schließlich hin und starrte mit den erloschenen Augen zu Boden. Man konnte sich kaum denken, dass er selbst wusste, was er sagte.

Katrine hielt die Bemerkung keiner Antwort wert. Sie füllte ihm seine Tasse wieder, ohne ein Wort zu sagen.

»Es wär' ja möglich, dass die Frau, die Klara Gulla auf der Straße getroffen hat, eine alte Dame war, die nicht mehr recht gehen konnte und die eben auf der Straße ausglitt, als Klara Gulla vorbeiging«, fuhr der Netzstricker ebenso geistesabwesend wie vorher fort.

»Das wär' aber doch nichts, dessentwegen sie einen Brief schreiben sollte«, sagte Katrine beinahe ungehalten über seine Hartnäckigkeit.

»Ja, aber denkt doch nur, wenn nun Klara Gulla stehen geblieben wäre und ihr aufgeholfen hätte«, sagte der Netzstricker. »Und wenn nun die alte Frau über die Hilfe so froh gewesen wäre, dass sie sofort ihren Beutel herausgezogen und dem Mädchen einen ganzen Zehnkronenschein geschenkt hätte. Das wär' doch was, worüber es der Mühe wert wär', zu schreiben.«

»Gewiss, wenn's wahr wäre«, sagte Katrine ungeduldig. »Aber Ihr sitzt ja nur da und bildet's Euch ein.«

»So lang man sich noch in Gedanken Festmähler ausrichten kann, so lang ist alles gut«, sagte der Alte entschuldigend. »Die schmecken besser als die richtigen.«

»Ihr habt ja in beiden Erfahrung«, erwiderte Katrine.

Kurz darauf ging der Netzstricker seines Weges, und nachdem er gegangen war, schenkte Katrine der Sache keinen einzigen Gedanken mehr.

Was Jan anbelangt, so hielt er die Sache auch zuerst für nichts als leeres Gerede. Aber als er dann wieder untätig im Bett lag, fing er doch an, sich zu fragen, ob nicht irgendein verborgener Sinn hinter den Worten stecken könnte.

Hatte der Netzstricker nicht in einem recht sonderbaren Ton von dem Briefe gesprochen? Hätte er sich so ohne Weiteres eine so lange Geschichte ausdenken können, nur um etwas zu sagen? Am Ende hatte er irgendetwas erfahren? Am Ende hatte er von Klara Gulla einen Brief bekommen?

Möglicherweise war ihr wirklich ein so großes Glück widerfahren, dass sie gar nicht wagte, den Eltern die Nachricht ohne Vorbereitung mitzuteilen?

Möglicherweise hatte sie dem Netzstricker geschrieben und ihn gebeten, die Eltern vorzubereiten? Und das war es, was der Netzstricker heute Abend zu tun versucht hatte, und sie hatten ihn nur nicht verstanden.

›Morgen kommt er wieder, und dann erfahren wir die Wahrheit‹, dachte Jan.

Allein am nächsten Tage kam der Netzstricker nicht wieder und auch am übernächsten nicht. Am dritten Tage konnte Jan seine Sehnsucht nicht mehr bezwingen; er stand auf und ging zu der Hütte des Alten, um zu erfahren, ob seine Worte einen bestimmten Sinn gehabt hätten.

Der Alte war allein zu Hause und arbeitete an einem alten Netz, das ihm zum Flicken anvertraut worden war. Er wurde ganz vergnügt, als er Jan kommen sah, und sagte, die Gicht habe ihn schrecklich geplagt, deshalb habe er in den letzten Tagen unmöglich ausgehen können.

Jan wollte nicht geradeheraus fragen, ob er einen Brief von Klara Gulla erhalten habe. Er meinte, er werde seinen Zweck besser erreichen, wenn er denselben Weg gehe, den der andere eingeschlagen hatte.

»Ich hab' über das nachgedacht, was Ihr von Klara Gulla erzählt habt, als Ihr das letzte Mal bei uns waret«, sagte er.

Der Alte sah von seiner Arbeit auf. Es dauerte eine Weile, bis er begriff, auf was Jan anspielte.

»Ach, das war ja nur so ein Einfall von mir«, sagte er.

Nun trat Jan näher und stellte sich dicht neben den Netzstricker; dann sagte er: »Aber es lautete so gut, was Ihr gesagt habt. Und vielleicht hättet Ihr noch mehr zu erzählen gehabt, wenn Katrine nicht so misstrauisch gewesen wäre.«

»O ja, das sind so kleine Freuden, die man sich hier in Askedalarna immerhin leisten kann«, entgegnete der Netzstricker.

Nun wurde Jan ganz kühn und erfindungslustig.

»Ich hab' mir gedacht, die Geschichte sei vielleicht damit noch nicht aus gewesen, dass die alte Dame Klara Gulla den Zehnkronenschein schenkte«, sagte er. »Vielleicht hat sie sie auch noch aufgefordert, sie zu besuchen.«

»Ja, vielleicht«, erwiderte der Netzstricker.

»Und vielleicht ist sie überdies sehr reich und besitzt ein großes steinernes Haus«, schlug Jan vor.

»Du, Jan, das ist gar nicht so dumm ausgedacht«, meinte der Netzstricker.

»Vielleicht bezahlt die reiche Dame auch Klara Gullas Schuld?«, fing Jan von Neuem an, brach aber wieder ab, weil jetzt des Alten Schwiegertochter in die Stube hereinkam, und diese wollte er nicht in das Geheimnis einweihen.

»So, Ihr könnt wieder ausgehen, Jan?«, sagte sie. »Das ist schön, dass es Euch besser geht.«

»Das hab' ich meinem lieben Ol' Bengtsa zu verdanken«, erwiderte Jan geheimnisvoll. »Er hat mich wieder gesund gemacht.«
Damit nahm er Abschied und ging. Der Alte starrte ihm noch lange nach.
»Du, Lisa, ich weiß nicht, was Jan damit sagen will, dass ich ihn gesund gemacht hätte«, sagte er. »Er wird doch nicht im Ernst meinen – – –«

Erbkleinode

Eines Tages im Spätherbst befand sich Jan auf dem Heimweg von Falla, wo er den ganzen Tag über gedroschen hatte. Seit er jene Unterredung mit dem Netzstricker gehabt hatte, war ihm die Arbeitslust wiedergekommen. Er meinte, er müsse tun, was er könne, um nicht von Kräften zu kommen. Wenn das kleine Mädchen wiederkam, sollte es nicht die Schmach erleben müssen, seine Eltern in Armut versunken anzutreffen.

Als Jan so weit gegangen war, dass er von den Fenstern des Bauernhauses nicht mehr gesehen werden konnte, kam ihm eine Frau entgegen. Es dämmerte bereits, aber Jan sah doch sofort, dass es die Bäuerin von Falla war. Nicht die neue, die Frau von Lars Gunnarsson, sondern die alte, die richtige Mutter in Falla.

Sie war in einen großen Schal gehüllt, der ihr bis zum Kleidersaum hinunterreichte. Nie vorher hatte Jan sie so warm eingehüllt gesehen, und er fragte sich, ob sie wohl krank sei. Sie hatte in der letzten Zeit immer recht schlecht ausgesehen. Als im Frühjahr Erik in Falla gestorben war, hatte sie noch kein weißes Haar gehabt, und jetzt, kaum ein halbes Jahr später, war kaum mehr ein schwarzes auf ihrem Kopfe zu entdecken.

Sie blieb stehen und grüßte, und dann kamen die beiden miteinander ins Gespräch. Sie sagte zwar nicht geradeheraus, sie sei einzig und allein ausgegangen, um auf ihn zu warten, aber Jan fühlte sofort, dass dies der Fall war. Da stieg gleich der Gedanke in ihm auf, sie werde über Klara Gulla mit ihm reden wollen, und er war recht verdutzt, als sie von etwas ganz anderem anfing.

»Sagt mal, Jan, könnt Ihr Euch an den alten Besitzer von Falla erinnern, an meinen Vater, dem der Hof gehörte, ehe er an Erik kam?«, fragte sie.

»Natürlich kann ich mich an ihn erinnern«, antwortete Jan. »Ich war doch schon mindestens zwölf Jahr alt, als er starb.«

»Er hat einen guten Schwiegersohn bekommen«, sagte die alte Bäuerin.

»Ja, das ist gewiss wahr«, bekräftigte Jan.

Darauf schwieg die Alte eine Weile, und dann seufzte sie erst ein paarmal, ehe sie wieder zu sprechen anfing.

»Ich wollt' Euch gern in einer Sache um Rat fragen, Jan. Ihr seid ja keiner von denen, die in alle Welt ausposaunen, was man ihnen sagt.«

»Ach nein, ich kann schweigen.«

»Ja, das weiß ich, ich hab's schon lang gemerkt.«

Jan wurde wieder voll Erwartung. Es wäre ja gar nicht unnatürlich, wenn sich Klara Gulla an die alte Mutter in Falla gewendet und sie gebeten hätte, ihren Eltern das große Glück, das ihr widerfahren war, mitzuteilen.

Der alte Netzstricker war kurz nach der Unterredung, die durch seine Schwiegertochter abgebrochen worden war, in ein Gichtfieber verfallen und seither so elend gewesen, dass Jan mehrere Wochen lang nicht mit ihm hatte reden können. Jetzt war er zwar wieder auf, aber schwach war er immer noch, und das Schlimmste war, er hatte durch seine Krankheit offenbar das Gedächtnis verloren. Jan hatte gewartet und gewartet, ob er von selbst etwas von Klara Gullas Brief sagen werde, als dies aber nicht geschah und er auch keine Andeutungen verstehen wollte, hatte Jan ihn geradeheraus gefragt. Und da hatte der Alte behauptet, er habe keinen Brief erhalten. Er hatte sogar die Tischlade aufgezogen und den Deckel der Kleidertruhe aufgeschlagen, um Jan zu zeigen, dass kein Brief vorhanden sei.

Nun, er hatte natürlich vergessen, wo er den Brief hingetan hatte. Und da wäre es ja gar kein Wunder, wenn sich das kleine Mädchen jetzt an die alte Mutter in Falla gewendet hätte. Es war nur schade, dass sie das nicht gleich von Anfang an getan hatte.

Die alte Mutter in Falla hatte eine lange Weile schweigend und zweifelnd dagestanden, und Jan war inzwischen seiner Sache immer sicherer geworden; es fiel ihm deshalb schwer, ihr zu folgen, als sie nun doch wieder von ihrem Vater anfing.

»Als mein Vater auf dem Totenbette lag, ließ er Erik kommen und dankte ihm, weil er immer so gut gegen ihn gewesen sei, obgleich er seit vielen Jahren vor Schwäche nichts mehr habe nützen können. – ›Denkt doch nicht daran, Vater‹, hatte Erik gesagt. ›Wir freuen uns nur, je länger Ihr noch bei uns bleibt.‹ Ja, das hat er gesagt, und es ist auch seine ehrliche Meinung gewesen«, versicherte die Mutter auf Falla.

»Ja, das ist gewiss wahr«, erwiderte Jan. »Erik ist kein Heuchler gewesen.«

»Wartet ein wenig, Jan! Wir wollen einstweilen nur von dem Alten reden«, sagte die Bäuerin. »Erinnert Ihr Euch an den langen Stock mit dem silbernen Knopf, den mein Vater zu tragen pflegte?«

»Ja, und auch an die hohe Mütze, die er aufsetzte, wenn er zur Kirche ging.«

»Was, Ihr könnt Euch auch noch an die Mütze erinnern? Wisst Ihr, was mein Vater tat, als er auf dem Totenbette lag? Er ließ mich die Mütze und den Stock holen und gab Erik beides. – ›Ich könnte dir wohl was geben, was einen größeren Geldwert hätte‹, sagte er. ›Aber ich schenk' dir diese beiden Stücke, weil es eine größere Ehre für dich ist, wenn du diese bekommst, die jedermann kennt und von denen jedermann weiß, dass ich sie gebraucht habe. Das ist ein gutes Zeugnis für dich‹, sagte mein Vater.«

»Ja, das ist sicher und gewiss, und wohlverdient waren sie auch«, pflichtete Jan bei.

Aber als Jan diese Worte sagte, merkte er, wie eigentümlich die

Mutter in Falla den Schal um sich zog. Ohne Zweifel hatte sie etwas darunter versteckt, und das konnte wohl etwas sein, was Klara Gulla geschickt hatte. Nun, mit der Zeit würde sie auch darauf kommen, er musste noch warten, dieses Gerede von ihrem Vater war nur der Übergang.

»Ich hab' das meinen Kindern oft erzählt und Lars Gunnarsson auch«, begann die Bäuerin in Falla wieder. »Als nun im Frühjahr Erik krank lag, werden wohl Lars und Anna erwartet haben, Lars werde an sein Bett gerufen, wie Erik einst an das meines Vaters. Ich hatte die Sachen hervorgeholt, damit sie zur Hand seien, im Fall er sie Lars geben wolle. Aber er hat mit keinem Gedanken daran gedacht.«

Die Stimme der Bäuerin bebte bei diesen Worten, und als sie wieder anfing zu reden, kamen die Worte ängstlich und zögernd heraus.

»Ich hab' ihn einmal gefragt, als wir allein waren, wie er's gehalten haben wolle, und da sagte er, ich könne nach seinem Tode Lars die Sachen geben, wenn ich wolle. Er sei nicht mehr imstande, viel zu reden, sagte er.«

Mit diesen Worten schlug die alte Mutter in Falla ihr großes Umschlagetuch zurück, und jetzt sah Jan, dass sie einen ungewöhnlich langen Stock mit großem silbernen Knopf darunter verborgen hielt.

»Es gibt Worte, die zu schwer zum Aussprechen sind«, sagte sie mit großem Ernst. »Wenn's Euch recht ist, so antwortet mir darum nur mit einem Zeichen. Jan, kann ich diese Sachen Lars Gunnarsson geben?«

Jan wich betreten einen Schritt zurück. Hier handelte es sich um etwas, an das er schon längst nicht mehr gedacht hatte. Es schien schon so unendlich lange her, seit Erik in Falla gestorben war, so lange, dass er sich kaum mehr daran erinnern konnte, wie es damals gegangen war.

»Ihr versteht mich, Jan, ich will nichts weiter wissen, als ob Lars den Stock und die Mütze mit demselben Recht in Besitz nehmen kann wie einst Erik. Ihr müsst's wissen, Ihr seid ja mit ihm im Walde gewesen.«

»Es wäre sehr schön für mich, wenn ich sie Lars geben könnte«, fuhr sie fort, als Jan immer noch schwieg. »Ich glaub' auch, ich hätt's nachher zu Hause bei den jungen Leuten besser.«

Die Stimme versagte ihr noch einmal, und Jan fing an zu begreifen, warum sie so alt geworden war. Er selbst war ja ganz erfüllt von andern Gedanken, deshalb kamen ihm die alten Rachegedanken gegen den neuen Bauern gar nicht mehr in den Sinn.

»Es ist am besten, friedfertig und versöhnlich zu sein«, sagte er. »Damit kommt man am Weitesten.«

Die alte Frau tat einen tiefen Atemzug.

»So, das ist Eure Meinung!«, sagte sie. »Dann verhält's sich so, wie ich mir gedacht habe.«

Sie richtete sich hoch auf, sodass sie plötzlich unheimlich groß erschien, und fuhr dann fort: »Ich will nicht fragen, wie's zugegangen ist. Für mich ist's am besten, wenn ich nichts weiß. Aber das eine ist sicher, Lars Gunnarsson soll meines Vaters Stock niemals in die Hand bekommen.«

Schon hatte sie sich zum Gehen gewandt, da blieb sie noch einmal stehen.

»Hört, Jan!«, sagte sie. »Nehmt Ihr den Stock und die Mütze. Ich möcht' die Sachen in guten und treuen Händen wissen. Ich wage nicht, sie wieder mit nach Hause zu nehmen, denn ich könnt' gezwungen werden, sie Lars zu geben. Nehmt sie als Andenken an Euern alten Herrn, der es immer gut mit Euch gemeint hat.«

Hoch und stolz aufgerichtet ging die Bäuerin ihres Weges, und Jan stand da und hielt die Mütze und den Stock in der Hand.

Er konnte nicht recht begreifen, wie alles zugegangen war. Eine so große Ehre hätte er niemals erwarten können. Sollten diese Erbkleinode nun wirklich ihm gehören?

Allein mit einem Male fand er eine Erklärung. Dahinter steckte Klara Gulla. Die Bäuerin von Falla wusste, dass er nun bald sehr erhöht werden würde, und so erachtete sie nichts mehr zu gut für ihn. Ja, und wenn der ganze Stock von Silber und die Mütze von Gold gewesen wäre, dann hätten sie sich vielleicht für Klara Gullas Vater noch besser geschickt.

In Seide

Es kam immer noch kein Brief von Klara Gulla, weder an ihren Vater noch an ihre Mutter; aber das schadete ja auch nicht so viel; Jan wusste ja, sie schwieg jetzt nur, um ihre Eltern noch mehr zu erfreuen und zu überraschen, wenn die Zeit gekommen war, die große Neuigkeit zu verkünden.

Aber auf alle Fälle war es gut für Jan, dass es ihm gelungen war, ihr ein wenig in die Karten zu sehen, denn sonst hätte er sich leicht von anderen Menschen, die meinten, mehr von Klara Gullas Tun und Treiben zu wissen als er, der eigene Vater, betrügen lassen können.

Um nur ein Beispiel zu geben, könnte man von Katrines Kirchgang erzählen.

Am ersten Adventsonntag war Katrine in die Kirche gegangen, und als sie zurückkam, war sie sehr verängstigt und niedergedrückt.

Sie hatte einige junge Burschen bemerkt, die von Stockholm zurückgekommen waren, wo sie im Herbst als Maurer gearbeitet hatten, und die jetzt mit andern jungen Leuten, Burschen und Mädchen schwatzten.

Als Katrine diese jungen Leute sah, hatte sie gedacht, sie könne vielleicht durch sie etwas von Klara Gulla erfahren, und war hingegangen, um sie nach ihr zu fragen.

Sicherlich waren sie eben dabei, recht lustige Geschichten zu erzählen; die Burschen wenigstens lachten überlaut, was Katrine für sehr unpassend hielt, wo sie doch so nahe an der Kirchtür standen. Und sie kamen augenscheinlich selbst zur Besinnung, denn als Katrine näher kam, stießen sie einander an und verstummten.

Sie konnte nur noch ein paar Worte hören, die ein Bursche sprach, der ihr den Rücken drehte und der sie darum nicht hatte kommen sehen.

»Denkt nur, sie war in Seide gekleidet!«

Im selben Augenblick bekam er aber einen so starken Stoß von einem der Mädchen, dass er jäh verstummte. Er sah sich um und wurde dunkelrot, als er Katrine bemerkte, die dicht hinter ihm stand. Aber gleich darauf warf er den Kopf auf und rief laut: »Was willst du denn? Warum soll ich nicht erzählen, dass die Königin in Seide gekleidet war?«

Als er diese Worte gesagt hatte, fingen alle die jungen Leute noch lauter denn vorher zu lachen an. Katrine ging an ihnen vorbei und kam nicht dazu, sie irgendetwas zu fragen.

Sie kam von der Kirche so bekümmert nach Hause, dass Jan nahe daran war, ihr zu erzählen, wie es sich in der Tat und Wahrheit mit Klara Gulla verhielt; aber er besann sich doch noch eines andern und bat sie nur, ihm noch einmal zu wiederholen, was die Burschen von der Königin gesagt hatten.

Das tat sie auch.

»Aber sie haben es natürlich nur gesagt, um die Sache vor mir zu vertuschen«, fügte sie hinzu.

Jan gab keine Antwort; aber er konnte es nicht lassen, er musste den Mund zu einem Lächeln verziehen.

»An was denkst du denn?«, fragte Katrine. »Du machst seit einigen Tagen ein so merkwürdiges Gesicht. Du kannst doch gewiss nicht das schon lange wissen, was sie gemeint haben?«

»Nein, das weiß ich allerdings nicht«, sagte Jan. »Aber so viel Zutrauen dürfen wir doch zu dem kleinen Mädchen haben, meine gute Katrine, dass sicherlich alles so steht, wie sich's gehört.«

»Aber ich hab' so Angst – – –«

»Sie dürfen gar nicht davon reden, und ich darf's auch noch nicht«, unterbrach sie Jan. »Klara Gulla selbst hat sie gebeten, uns nichts davon zu sagen, wir aber, wir sollen still sein und warten, Katrine, und das wollen wir auch.«

Sterne

Als das kleine Mädchen von Skrolycka nahezu acht Monate von Hause weg war, kam eines schönen Tages die »närrische Ingeborg« auf die Scheune in Falla zugestapft, in der Jan beim Dreschen beschäftigt war.

Die närrische Ingeborg war Jans Geschwisterkind, aber er sah sie nur selten, weil sie sich vor Katrine fürchtete. Sicherlich suchte sie ihn jetzt mitten in der Arbeitszeit hier in der Scheune auf, um nicht mit Katrine zusammentreffen zu müssen.

Jan war nicht erfreut, als er Ingeborg sah. Sie war zwar nicht geradezu verrückt, aber sie war auch nicht ganz zurechnungsfähig, und sie hatte ein entsetzliches Mundwerk. Deshalb schwang Jan seinen Dreschflegel weiter wie vorher und tat, als sähe er sie nicht.

»Hör auf mit deinem Dreschen!«, sagte sie. »Dann will ich dir erzählen, was mir heute Nacht von dir geträumt hat.«

»Komm lieber ein andermal wieder, Ingeborg«, erwiderte Jan. »Sobald Lars Gunnarsson hört, dass ich nicht mehr dresche, kommt er her und sieht nach, was los sei.«

»Ich will ganz schnell machen, ganz schnell!«, sagte die närrische Ingeborg. »Du weißt doch noch, dass ich zu Hause von uns Schwestern die gescheiteste gewesen bin. Ja, die andern waren in jeder Beziehung nichts nutz, mit ihnen kann man wahrhaftig nicht prahlen.«

»Du wolltest mir ja deinen Traum erzählen«, erinnerte sie Jan.

»Gleich, gleich, nur keine Angst! Ich verstehe, ich verstehe! Strenger neuer Herr in Falla, strenger neuer Herr. Aber hab' nur meinetwegen keine Angst. Meinetwegen wirst du keine Schelte bekommen. Es hat keine Not, wenn man's mit einer zu tun hat, die so klug ist wie ich.«

Jan hätte gern gehört, was sie von ihm geträumt haben könnte, denn so sicher er sich auch in seinen großen Hoffnungen fühlte, so schaute er sich doch nach allen Seiten nach Bestätigung um. Aber nun war die närrische Ingeborg schon wieder auf dem Pfade ihrer eigenen Gedanken, und da war sie nicht leicht aufzuhalten.

Sie trat dicht auf Jan zu, beugte bei jedem Satz den Oberkörper vor, zwinkerte mit den Augen, schüttelte den Kopf und schwatzte, schwatzte; wie ein Wasserfall stürzten ihr die Worte aus dem Munde.

»Nur keine Angst, Jan, nur keine Angst!«, sagte sie. »Würd' ich hier stehen bleiben und mit einem, der in Falla dreschen soll, schwatzen, wenn ich nicht wüsste, dass der Bauer in den Wald gegangen ist und die Bäuerin in die Stadt, um Butter zu verkaufen? ›Habt sie allezeit vor Augen‹ steht im Katechismus. Das ist mein Spruch. Ich hüte mich zu kommen, wenn sie mich sehen könnten.«

»Geh aus dem Weg, Ingeborg!«, mahnte Jan. »Sonst könnt' ich dich mit dem Dreschflegel treffen.«

»Denk nur daran, wie ihr Jungen mich früher geschlagen habt«, sagte sie. »Und Schläge bekomme ich auch heutigen Tages noch. Aber in der Christenlehre, wenn man abgefragt wurde, da weiß ich eine, die antworten konnte. ›Mit Ingeborg kann's niemand aufnehmen‹, sagte der Propst. ›Sie kann ihre Aufgabe.‹ – Oh, ich bin sehr gut Freund mit den kleinen Fräulein von Lövdala. Ich sag' ihnen den Katechismus her, die Fragen und die Antworten, von Anfang bis zu Ende. Denk mal, ein so gutes Gedächtnis hab' ich! Ich kann die Bibel und das Gesangbuch und alle Predigten des Propstes auswendig. Soll ich dir etwas aufsagen, oder soll ich dir lieber einen Liedervers vorsingen?«

Jetzt gab Jan keine Antwort mehr; er fing wieder an zu dreschen.

Sie aber ging deshalb noch lange nicht. Sie setzte sich auf ein Strohbündel, sang erst ein Gesangbuchlied von ungefähr zehn Versen und sagte dann einige Kapitel aus der Bibel auf. Schließlich ging sie ohne Abschied ihres Weges und blieb eine lange Weile weg. Aber plötzlich stand sie wieder unter der Scheunentür.

»Still jetzt, still jetzt!«, sagte sie. »Jetzt darf nur noch das Nötigste gesagt werden. Aber still, nur still!«

Sie streckte dabei den Zeigefinger in die Höhe, hielt den Oberkörper ganz ruhig und starrte mit weitgeöffneten Augen geradeaus.

»Keine andern Gedanken, keine andern Gedanken!«, fuhr sie fort. »Wir bleiben bei der Sache. Hör jetzt auf mit dem Dreschen!« Sie wartete so lange, bis Jan ihr gehorchte.

»Du bist heut' Nacht im Traum zu mir gekommen, und ich hab' gesagt: ›Bist du das, Jan aus Askedalarna?‹ – ›Nein‹, hast du gesagt, ›ich heiß' jetzt Jan aus dem Sehnsuchtstal.‹ – ›So, dann sei mir willkommen‹, hab' ich gesagt. ›Dort hab' ich mein Leben lang gewohnt.‹«

Damit verschwand die närrische Ingeborg von der Scheunentür. Jan verwunderte sich über ihre Worte. Er begann nicht gleich wieder mit seiner Arbeit, sondern stand da und grübelte.

Aber nach wenigen Augenblicken stand Ingeborg wieder da.

»Jetzt weiß ich wieder, weshalb ich hergekommen bin. Ich will dir meine Sterne zeigen.«

Sie hatte ein Körbchen am Arm hängen, das in ein Tuch eingeknotet war. Während sie sich mühte, den Knoten aufzubinden, schwatzte sie unaufhörlich.

»Das da sind richtige Sterne«, sagte sie. »Wenn jemand im Sehnsuchtstal wohnt, da begnügt er sich nicht mehr mit irdischen Dingen, sondern er muss hinaus und nach Sternen suchen. Er kann nicht anders. Du musst jetzt auch hinaus und Sterne suchen, ja, du auch.«

»Ach nein, Ingeborg«, versetzte Jan. »Weißt du, ich halt' mich mehr an das, was auf der Erde ist.«

»Still, still!«, rief die närrische Ingeborg. »Meinst du, ich sei so verrückt, dass ich nach den Sternen strebe, die am Himmel stehen? Ich suche nur nach denen, die heruntergefallen sind. Ich bin doch wahrhaftig ein vernünftiger Mensch!«

Sie öffnete ihren Korb, und Jan sah, dass er mit Sternen aller Art gefüllt war, die sie wohl auf den Herrenhöfen zusammengebettelt hatte. Es waren Sterne von Zinn und Papier und Glas, wie sie zum Schmuck der Weihnachtsbäume und allerlei Zuckerwerk verwendet werden.

»Das sind richtige Sterne«, sagte sie. »Die sind vom Himmel herniedergefallen. Du bist der Einzige, der sie hat sehen dürfen, und du sollst auch einige davon bekommen, wenn du sie brauchst.«

»Ich dank' dir, Ingeborg«, erwiderte Jan. »Wenn die Zeit kommt, wo ich Sterne nötig habe, und das kann bald sein, so werd' ich wohl nicht dich darum zu bitten brauchen.«

Jetzt ging sie endlich wirklich, aber es währte eine Weile, bis Jan wieder zu dreschen anhub.

Jawohl, auch das war ein Fingerzeig. Nicht, als ob solch eine arme Törin wie Ingeborg etwas von Klara Gullas Tun und Treiben hätte wissen können; aber sie fühlte es in der Luft, wenn etwas Merkwürdiges geschehen sollte. Sie sah und hörte Dinge, von denen kluge Leute keine Ahnung hatten.

In Erwartung

Ingenieur Boräus auf Borg machte beinahe jeden Morgen einen Spaziergang an den Landungssteg hinunter, um das Dampfschiff ankommen zu sehen, und das war kein Wunder. Er hatte nur einen kurzen Weg durch das schöne Tannengehölz zurückzulegen, und es war beinahe immer jemand auf dem Schiff, mit dem er einige Worte austauschen konnte; das brachte eine kleine Abwechslung in die Einförmigkeit des Landlebens.

Gerade am Rande des Gehölzes, wo der Weg steil zum Landungssteg hinunterführte, ragten einige große nackte Steinblöcke aus der Erde hervor, und gar oft ließen sich die Leute, die von weit her kamen und auf das Schiff warteten, auf diesen Steinen nieder. Am Landungssteg von Borg gab es immer viele Wartende, denn man war nie ganz sicher, wann das Schiff ankam. Vor zwölf Uhr kam es allerdings selten; aber man war eben doch nicht vollkommen sicher, ob es nicht doch schon um elf Uhr an der Lände eintraf. Ganz unmöglich war es allerdings auch nicht, dass es ein Uhr oder gar zwei Uhr wurde, bis es dahergefahren kam; wer also ganz sichergehen wollte und sich schon um zehn Uhr an dem Steg einfand, der konnte möglicherweise den ganzen Vormittag dort sitzen müssen.

Ingenieur Boräus hatte von seinem Fenster in Borg eine prächtige Aussicht über den Löven. Er sah, wann das Dampfboot hinter der Landzunge vorkam, und ließ sich immer erst zur rechten Zeit am Landungssteg sehen. Er selbst brauchte also niemals auf den Wartesteinen Platz zu nehmen und warf denen, die dort saßen, nur im Vorbeigehen einen raschen Blick zu.

Aber eines Sommers konnte er nicht umhin, einen kleinen Mann zu bemerken, der mild und freundlich aussah und jeden Tag dort wartend saß. Stets saß er ruhig da und sah gleichgültig drein, bis das Dampfboot sichtbar wurde. Dann sprang er auf, und sein Gesicht leuchtete vor Freude. Er eilte das Ufer hinunter und stellte sich ganz vorne am Landungssteg auf, als ob er mit Sicherheit jemand erwarte. Aber es kam niemals jemand. Wenn das Schiff abfuhr, stand er wieder so allein da wie vorher.

Dann war die Freude aus seinem Gesicht verschwunden, und wenn er sich auf den Heimweg machte, sah er alt und müde aus. Man musste beinahe fürchten, er habe nicht mehr die Kraft, das steile Ufer hinaufzusteigen.

Ingenieur Boräus kannte den Mann nicht; aber eines schönen Tages, als er ihn wieder dasitzen und auf den See hinausstarren sah, knüpfte er ein Gespräch mit ihm an. Bald hatte er erfahren, dass der Mann eine Tochter erwartete, die von Hause abwesend war und heute heimkommen sollte.

»Wisst Ihr denn ganz gewiss, dass sie heute kommt?«, fragte der Ingenieur. »Ich habe Euch nun zwei Monate lang hier sitzen und warten sehen. Sie muss Euch doch schon öfter ungenauen Bescheid geschickt haben.«

»Ach nein, das hat sie nicht getan«, erwiderte der Mann sanftmütig. »Sie hat uns keinen unrichtigen Bescheid geschickt, gewiss nicht.«

»Aber um Himmels willen, was meint Ihr denn?«, rief der Ingenieur etwas heftig, denn er war ein hitziger Herr. »Hier sitzt Ihr und wartet Tag für Tag, ohne dass sie gekommen wäre, und da soll sie Euch keinen falschen Bescheid geschickt haben!«

»Nein«, sagte der kleine Mann und blickte mit seinen freundlichen hellen Augen dem Ingenieur ins Gesicht. »Das hat sie gar nicht tun können. Sie hat uns überhaupt keinen Bescheid geschickt.«

»Habt Ihr denn keinen Brief von ihr erhalten?«, fragte der Ingenieur.

»Nein, wir haben seit dem ersten Oktober letzten Jahres keinen Brief erhalten.«

»Aber warum kommt Ihr dann hier herunter?«, fragte der Ingenieur verwundert. »Hier sitzt Ihr jeden Vormittag und haltet Maulaffen feil. Könnt Ihr denn so von Eurer Arbeit davonlaufen?«

»Ach nein; das ist eigentlich nicht recht von mir«, gab der Mann zu, lächelte jedoch dabei vor sich hin. »Aber die Sache wird nun schon wieder in Ordnung kommen.«

»Aber seid Ihr denn ein solcher Schafskopf, dass Ihr Euch ohne alle und jede Ursache hierhersetzt und wartet?«, rief Ingenieur Boräus ganz wütend. »Ihr gehört ins Narrenhaus.«

Der Mann gab keine Antwort. Er hatte die Arme um die Knie geschlungen und saß völlig gelassen da. Das Lächeln um seine Lippen wurde breiter und breiter, und von Sekunde zu Sekunde sah er siegesgewisser aus.

Der Ingenieur zuckte die Achseln und ließ ihn sitzen. Aber als er halbwegs drunten war, tat es ihm leid, und er kehrte zurück. Er hatte eine freundliche Miene aufgesetzt, alle Bitterkeit, die für gewöhnlich auf den strengen Zügen lag, war verschwunden, und er reichte dem Manne die Hand.

»Ich möchte Euch nur die Hand drücken«, sagte er. »Bis jetzt hab' ich gemeint, hier im Dorfe sei ich der, der am meisten an Sehnsucht leidet, aber jetzt sehe ich, dass ich in Euch einen gefunden habe, der mir über ist.«

Die Kaiserin

Nun war das kleine Mädchen von Skrolycka schon zwölf Monate von Hause abwesend; aber Jan hatte noch mit keinem einzigen Wort verraten, dass er Bescheid wusste von allem Großen, das ihr widerfahren war. Er hatte sich fest vorgenommen zu schweigen, bis sie selbst zurückkommen würde. Wenn Klara Gulla gar nicht ahnte, dass er schon vorher etwas gewusst hatte, dann würde ihre Freude, die Eltern mit all ihrer Pracht und Herrlichkeit zu überraschen, umso größer sein.

Aber hier auf dieser Welt geschieht mehr Unerwartetes als Erwartetes. Und es kam ein Tag, an dem Jan genötigt war, sein Schweigen zu brechen und davon zu reden, wie sich die Sache verhielt. Es war nicht um seiner selbst willen, nein, er hätte seine zerrissenen Kleider gerne noch weiter getragen und die Leute glauben lassen, er sei nichts als ein armer Häusler. Um des kleinen Mädchens selbst willen war er genötigt, das große Geheimnis zu offenbaren.

Eines Tages war er wieder unten am Landungssteg gewesen und hatte auf seine Tochter gewartet. Denn seht, er hatte es sich nicht versagen können, jeden Tag hinunter an die Landungsstelle zu gehen, um seiner Tochter Heimkunft mit anzusehen, und das konnte sie ihm doch auch nicht übelnehmen.

Das Dampfboot hatte eben angelegt, und er hatte gesehen, dass Klara Gulla wieder nicht darauf war. Er hatte allerdings geglaubt, nun könnte sie doch wohl mit allem fertig sein und sich auf den Heimweg machen; allein es waren wohl neue Hindernisse aufgetaucht, wie schon den ganzen Sommer hindurch. Wer so viel zu überwachen hatte, der konnte auch nicht leicht abkommen.

Aber es war doch recht schade, dass sie heute nicht kam, denn es waren ungewöhnlich viele von ihren alten Bekannten an der Landungsstelle. Jan sah den Reichstagsabgeordneten Karl Karlsson von Storvik und August Där Nol von Prästerud. Der Schwiegersohn von Björn Hindriksson war auch da, und auch der alte

Agrippa Prästberg hatte sich eingefunden. Agrippa hatte immer einen Groll gegen das kleine Mädchen gehegt, seit sie ihn damals mit der Brille zum Besten gehabt hatte.

Jan konnte nicht umhin, sich zu sagen, wie schön es gewesen wäre, wenn Klara Gulla heute, wo Prästberg sie hätte sehen können, in all ihrer Herrlichkeit auf dem Dampfschiff gestanden hätte.

Aber da sie nun einmal nicht darauf war, blieb ihm nichts anderes übrig als heimzugehen. Eben wollte er den Landungssteg verlassen, als sich ihm der alte böse Greppa in den Weg stellte.

»So, du läufst deiner Tochter auch heut' nach?«, sagte Greppa.

Es ist ja am besten, einem solchen Kerl wie Greppa kein Wort zu erwidern, und Jan wich einfach zur Seite, um an ihm vorbeizukommen.

»Na ja, ich verwundere mich nicht, dass du gerne mit einer so feinen Dame, wie sie eine geworden zu sein scheint, zusammenkommen möchtest«, sagte Greppa.

Doch nun kam August Där Nol auf Greppa losgestürzt und packte ihn am Arm, dass er schweigen solle.

Allein, Greppa wollte nicht nachgeben.

»Die ganze Gemeinde weiß es!«, sagte er. »Da ist es allmählich Zeit, dass auch die Eltern erfahren, wie die Sachen stehen. Jan Andersson ist ein rechtschaffener Mann, obgleich er seine Tochter verzogen hat. Ich halt's nicht mehr aus, ihn eine Woche um die andere hier sitzen zu sehen und auf eine – – – zu warten.«

Hier nannte er das kleine Mädchen von Skrolycka mit einem so abscheulichen Wort, dass Jan, ihr Vater, es niemals wiederholt haben würde, nicht einmal in seinen Gedanken.

Aber nun, wo ihm Agrippa dieses Wort mit lauter Stimme ins Gesicht geschleudert hatte, sodass alle Leute auf dem Landungssteg gehört haben mussten, was er gesagt hatte, brach sich all das Bahn, was er im Laufe des Jahres in Schweigen begraben hatte. Jetzt konnte er es nicht länger verborgen halten. Das kleine Mädchen musste ihm vergeben, dass er es verriet.

Ohne Zorn oder Rachsucht sagte er das, was er zu sagen hatte. Es zuckte um seinen Mund, und er machte eine Handbewegung, als ob es unter seiner Würde sei, auf so etwas zu antworten.

»Wenn die Kaiserin kommt – – –«

»Die Kaiserin, was für eine Kaiserin?«, kicherte Greppa höhnisch, als ob er noch nie etwas von des kleinen Mädchens Erhöhung gehört hätte.

Allein Jan von Skrolycka ließ sich nicht stören, sondern sprach mit derselben Gelassenheit weiter wie vorher.

»Wenn die Kaiserin Klara von Portugallien mit ihrer goldenen Krone auf dem Kopf hier auf der Landungsbrücke steht und sieben Könige die Schleppe ihres Mantels tragen und sieben zahme Löwen zu ihren Füßen liegen und siebenundsiebzig Kriegsobersten mit gezogenen Schwertern vor ihr hergehen, dann wollen wir sehen, ob du ihr dann noch das ins Gesicht zu sagen wagst, Prästberg, was du heut' zu mir gesagt hast.«

Als er das gesagt hatte, blieb er einen Augenblick stehen, um den Schrecken, der sich auf allen Gesichtern malte, auszukosten. Dann drehte er sich um und ging seines Weges, aber selbstverständlich ohne irgendwie hochmütig zu tun.

Sobald er den Rücken gedreht hatte, entstand Lärm und Geschrei auf dem Landungssteg. Er kümmerte sich zuerst nicht darum, aber dann hörte er einen dumpfen Fall, und da musste er zurücksehen.

Der alte Greppa lag zu Boden geschlagen auf der Brücke, und August Där Nol stand mit geballten Fäusten über ihm.

»Du hast sehr gut gewusst, du Schuft, dass er's nicht ertragen würde, die Wahrheit zu hören!«, rief August. »Du kannst kein Herz im Leibe haben.«

So viel vernahm Jan von Skrolycka. Aber aller Streit und alle Händel waren ihm in den Tod zuwider, und so ging er weiter, ohne sich ins Spiel zu mischen.

Aber merkwürdig, als er allen Menschen weit aus den Augen war, überkam ihn heftiges Weinen. Er wusste sich nicht zu erklären, was das zu bedeuten haben sollte. Es waren gewiss Freudentränen darüber, dass er das Geheimnis hatte offenbaren dürfen. Es war ihm, als sei das kleine Mädchen jetzt zu ihm zurückgekommen.

Der Kaiser

Am ersten Sonntag im September bekam die in der Svartsjöer Kirche versammelte Gemeinde etwas zu sehen, über das sie sich höchlich verwundern musste.

In der Svartsjöer Kirche ist ein großer, breiter Chor, der das ganze Langschiff quer abschneidet. Und in der ersten Bank dieses Chors pflegten seit undenklichen Zeiten die vornehmen Herrschaften zu sitzen, die Herren links, die Frauen und Fräulein rechts.

Den andern Kirchenbesuchern war es durchaus nicht verboten, sich dorthin zu setzen, denn in der ganzen Kirche waren alle Plätze frei; aber natürlich wäre es einem armen Häusler niemals eingefallen, sich auf einer dieser Bänke niederzulassen.

Früher hatte sich Jan immer gefreut, wenn er die Herrschaften dort sitzen sah; sie kamen ihm gar so schön und vornehm vor. Und auch an diesem Sonntag im Anfang September hätte er nicht bestritten, dass der Hüttenbesitzer von Duvnäs, der Leutnant von Lövdala und der Ingenieur von Borg sehr stattliche Männer waren, die sich sehen lassen konnten. Aber was war das alles im Vergleich zu der Herrlichkeit, die die Leute nun zu schauen bekamen? Ein richtiger Kaiser, nein, ein solcher hatte doch wohl noch niemals auf den Herrschaftsbänken im Chor Platz genommen!

Aber jetzt, jetzt saß wirklich ein Mächtiger der Welt auf der ersten Bank! Ganz vorne auf dem äußersten Platz, da saß er, beide Hände auf einen langen Stock mit einem großen silbernen Knopf aufgestützt, auf dem Kopf eine hohe, grünlederne Mütze und auf der Brust zwei große wie Gold und Silber glänzende Ordenssterne.

Als die Orgel angestimmt wurde, erhob der Kaiser seine Stimme und sang. Denn ein Kaiser muss in der Kirche laut und deutlich singen, selbst wenn er den Ton nicht trifft und die Melodie nicht festhalten kann. Die Leute sind trotzdem froh, wenn sie ihn hören dürfen.

Die Herren, die neben dem Kaiser saßen, drehten sich zur Seite und sahen ihn einmal ums andere an; aber das war ja nicht zu verwundern, denn dies war sicher das erste Mal, dass eine echte Hoheit unter ihnen Platz genommen hatte.

Die Mütze musste er allerdings abnehmen, denn das tut sogar auch ein Kaiser, wenn er in die Kirche kommt; aber er behielt sie doch so lange wie möglich auf, damit die Leute sie nach Herzenslust betrachten konnten.

Auch von den Leuten, die im Schiff der Kirche saßen, drehten an diesem Sonntag viele den Kopf nach dem Chor. Es war fast, als dächten sie mehr an ihn als an die Predigt.

Aber das musste man ihnen verzeihen. Sie würden sich schon allmählich beruhigen, wenn sie sich erst an die Anwesenheit eines Kaisers in der Kirche gewöhnt hatten.

Sie waren vielleicht etwas erstaunt, ihn, den armen Jan, so erhöht zu sehen. Aber eines würden sie doch verstehen: Der Vater einer Kaiserin musste ja selbstverständlich selbst Kaiser werden; es konnte gar nicht anders sein.

Als Jan nach dem Gottesdienst auf den Kirchenplatz herauskam, gingen ihm gleich einige Leute entgegen; aber er konnte mit keinem auch nur ein Wort wechseln, denn der Küster Svartling kam sofort auf ihn zu, um ihn im Auftrag des Pfarrers in die Sakristei zu bitten.

Als Jan und der Küster in die Sakristei traten, saß der Pfarrer in einem hohen Lehnstuhl, mit dem Rücken nach der Tür, und war im eifrigen Gespräch mit dem Reichstagsabgeordneten Karl Karlsson. Der Pfarrer war über irgendetwas erregt und betrübt, das hörte man seiner Stimme an; es fehlte nicht viel, so hätte er geweint.

»Das sind zwei von den Seelen, die meiner Fürsorge anvertraut waren, und die ich habe verloren gehen lassen«, sagte er.

Der Reichstagsabgeordnete versuchte den Pfarrer zu trösten. »Aber an all dem Bösen, das in den großen Städten getrieben wird, hat der Herr Pfarrer doch keine Schuld«, sagte er.

Doch der Pfarrer ließ sich nicht beruhigen. Er verbarg sein schönes junges Gesicht in den Händen und weinte.

»Nein, das hab' ich allerdings nicht«, sagte er. »Aber was hab' ich getan, um über das junge achtzehnjährige Mädchen zu wachen, das schutzlos in die Welt hinausgeworfen worden ist? Und was hab' ich getan, um ihren Vater zu trösten, dem diese Tochter das Einzige war, für das er lebte?«

»Der Herr Pfarrer ist noch so neu in der Gemeinde«, versetzte der Reichstagsabgeordnete. »Wenn hier von Verantwortlichkeit die Rede sein soll, so trifft der Vorwurf uns andere, die wir mit den Verhältnissen bekannt waren, mehr als den Herrn Pfarrer. Aber wer hätte denken können, dass es so schlimm gehen würde? Die jungen Leute müssen ja in die Welt hinaus. Wir andern im Dorf sind auch einst so hinausgeworfen worden, und den meisten ist's bisher gut gegangen.«

»Ach, lieber Gott, hilf mir, dass ich in der rechten Weise mit ihm rede!«, flehte der Pfarrer. »Dass es mir gelinge, den entfliehenden Verstand festzuhalten.«

Doch nun räusperte sich der Küster Svartling, der neben Jan stand, und der Pfarrer drehte sich um. Rasch stand er von seinem Stuhl auf und nahm Jans Hand in seine beiden Hände.

»Lieber Jan!«, sagte er.

Der Pfarrer war von hoher Gestalt, mit blondem Haar und schönem Gesicht. Wenn er jemand entgegenkam mit seiner gütigen Stimme und den milden blauen Augen, aus denen echtes Mitgefühl leuchtete, war ihm nicht leicht zu widerstehen. Aber hier bei dieser Gelegenheit blieb Jan nichts anderes übrig, als ihn gleich von Anfang an zurechtzuweisen, und das tat er auch.

»Hier ist kein Jan mehr, mein guter Pfarrer, sondern jetzt steht hier der Kaiser Johannes von Portugallien, und mit dem, der ihm nicht seinen richtigen Namen geben will, mit dem hat er nichts mehr zu schaffen.«

Danach gewährte Jan dem Pfarrer noch ein leichtes kaiserliches Kopfnicken zum Abschied, setzte seine Mütze auf und machte kehrt.

Und die drei, die in der Sakristei zurückblieben, sahen alle ganz verdutzt drein, als er die Tür aufmachte und davonging.

Dritter Teil

Das Kaiserlied

Auf dem bewaldeten Hügel über Loby war noch ein Stück der alten Fahrstraße erhalten, die früher von allen Fuhrwerken hatte benutzt werden müssen, jetzt aber eingegangen war, weil sie sich über die verschiedensten Hügel und Berggipfel hinauf und hinunter schlängelte, anstatt sich an den Hängen hinzuziehen. Das jetzt noch befahrbare Stück war indes so steil, dass es von den Fuhrleuten gar nicht mehr benutzt wurde, dagegen arbeiteten sich die Fußgänger zuweilen noch diese Strecke hinauf, weil sie einen guten Richtweg durch den Wald bildete.

Die Straße war an dieser Stelle noch ebenso breit wie eine richtige staatliche Landstraße, auch war sie noch mit schönem gelbem Kies bestreut, ja, sie schien sogar jetzt noch schöner als früher, weil sie keine Wagengeleise aufwies und nicht von Staub und Schmutz starrte.

Dem Wegrand entlang blühten auch heute noch Feldblumen der verschiedensten Art, Kälberkropf und Kuckuckskraut und Butterblumen leuchteten in üppiger Fülle. Aber die Gräben waren ausgefüllt, und eine ganze Reihe Tannen hatte sich da angesiedelt. Es waren lauter junge Tannen, alle gleich hoch und von der Wurzel bis zum Gipfel dicht mit Zweigen bewachsen. Ganz nah aneinandergedrückt, wie die Hecke eines Herrenhofes, umsäumten sie die Straße, aber nicht einer von den Zweigen war dürr oder ohne Nadeln. Alle hatten hellgrüne Spitzen von jungen Trieben, und aus allen Zweigen sang und klang es, und es schwirrte und summte ringsum wie von einer Schar Hummeln, die an einem schönen Sommertag, wenn die helle Sonne vom blauen Himmel herunterscheint, ihren Bass anstimmen.

Als Jan von Skrolycka an jenem Sonntag von der Kirche nach Hause wanderte, nachdem er sich zum ersten Mal in seinem Kaiserstaat dort gezeigt hatte, nahm er den Weg über die alte Fahrstraße.

Es war ein sonnenwarmer Tag, und als er bergauf stieg, drang die Musik aus den Tannen ganz laut an sein Ohr. Darüber verwunderte er sich sehr; er meinte, die Tannen hätten noch niemals in dieser Weise gesungen, und dann kam ihm der Gedanke, er müsste doch eigentlich herausbringen, warum sie gerade heute so laut waren.

Da er keine Eile hatte, ließ er sich mitten unter ihnen auf den schönen Kiesweg nieder, legte den Stock neben sich, nahm die Mütze vom Kopf, um sich den Schweiß von der Stirne zu wischen, und blieb dann mit gefalteten Händen ganz still und ruhig liegen, um zu lauschen.

Das Wetter war vollkommen klar, kein Lüftchen rührte sich, das alle die kleinen Instrumente in Bewegung gesetzt hätte. Nein, man konnte sich nichts anderes denken, als dass die Tannen ganz von selbst hier musizierten, um ihrer Freude Ausdruck zu verleihen, weil sie so jungfrisch waren, weil sie hier an der verlassenen Landstraße so schön und friedlich wachsen durften und weil sie noch so viele Jahre vor sich hatten, ehe es einem Menschen einfallen würde, sie zu fällen.

Aber selbst wenn es sich so verhielt, so war das immer noch keine Erklärung, warum die Bäume gerade an diesem Tag so laut musizierten.

Über alle diese guten Gaben konnten sie sich ja an jedem schönen Sommertag, den Gott gab, freuen, darum brauchten sie nicht gerade heute ein besonderes Konzert zu geben.

Jan saß ganz still auf der Landstraße und lauschte.

Wie schön war dieses Tannenrauschen, obgleich es immer in ein und demselben Ton weiterging, auch gar keine Pausen machte und keine Spur von Takt und Melodie zu erkennen war!

Ja, wonnig und gut war es hier auf dem Waldhügel, wahrlich, es war nicht verwunderlich, dass die Bäume sich froh und glücklich fühlten! Aber warum konnten denn die Tannen nicht besser musizieren, als sie es taten? Das war sehr sonderbar! Jan betrachtete ihre kleinen Zweige: Jede ihrer schönen grünen Nadeln war wohlgeformt und saß an ihrem richtigen Platz. Er sog den harzigen Duft ein, der ihnen entströmte. Die ganze Luft war mit Wohlgeruch erfüllt. Kein Kräutlein auf der Wiese, kein Blümlein am Hag war ohne würzigen Duft. Jan betrachtete aufmerksam die halb ausgewachsenen Tannenzapfen, deren Schuppen gar so kunstgerecht geordnet übereinanderlagen, um den Samen zu beschützen.

Ja, diese Bäume, die sich so gut auf ihre Sache verstanden, sie mussten doch eigentlich auch so musizieren können, dass man verstehen konnte, was sie damit wollten!

Aber es waren nur immer und immer wieder die gleichen Töne, immer dieselben. Jan wurde schläfrig, während er darauf lauschte.

Und er dachte: ›Es wäre vielleicht gar nicht so dumm, wenn ich mich hier auf den schönen reinen Kiesweg ausstreckte und mir ein kleines Schläfchen gönnte!‹

Aber wart einmal! Was war denn das? Gerade als er den Kopf auf die Erde legte und eben die Augen geschlossen hatte, war ihm, als hörte er etwas anderes. Jetzt kam plötzlich Takt und Melodie in die Musik.

Aha, alles bisher war nur ein Vorspiel gewesen, wie beim Orgelspiel in der Kirche, ehe das Lied beginnt! Und siehe, jetzt kamen auch Worte dazu, Worte, die Jan verstehen konnte.

Ja, ja, das war es, was er die ganze Zeit über gefühlt hatte, obgleich er sich's nicht einmal in Gedanken hätte zugestehen wollen. Die Bäume wussten alles, was geschehen war, ja, auch sie wussten es! Seinetwegen, einzig und allein seinetwegen hatten sie schon gleich, als er hierherkam, so laut musiziert.

Und jetzt sangen sie auch um ihn her; er konnte sich nicht täuschen. Jetzt, wo sie glaubten, er schlafe, sangen sie. Er sollte vielleicht nicht hören, wie sie ihn feierten.

Ein solches Lied, ein solcher Gesang! Jan lag mit geschlossenen Augen ganz ruhig da, aber er hörte darum umso besser. Kein noch so leiser Ton entging ihm.

Als die ersten Verse zu Ende waren, kam ein Zwischenspiel ohne Worte, und gerade das war das Herrlichste.

Ja, das war Musik! Nicht nur die kleinen jungen Bäume an der alten Fahrstraße, sondern der ganze Wald spielte mit. Orgeln, Trommeln, Trompeten erklangen. Dazu Drosselflöten und Buchfinkenpfeifen, plätschernde Bäche und lockende Nixen, blaue Glockenblumen und dröhnend hackende Spechte, alles mischte sich darein.

Noch nie hatte Jan etwas so Großartiges gehört. Und noch nie in seinem Leben hatte er einer Musik so gelauscht. Sie setzte sich in seinen Ohren so fest, dass er sie nie wieder vergessen konnte.

Als das Lied zu Ende und der Wald wieder still geworden war, fuhr Jan wie aus einem Traum auf. Und dann sang er sofort das Lied, dieses Kaiserlied des Waldes, von Anfang bis zu Ende durch, damit es ihm ja nicht wieder aus dem Gedächtnis entschwände.

> Dem Vater der Kaiserin
> Ist es gar froh zu Sinn.

Hier kam der Refrain; den hatte er zwar nicht ordentlich auffassen können, aber er sang ihn trotzdem, ungefähr so, wie er ihn zu hören vermeint hatte.

> Die Zeitung hat's gesagt,
> Östreich und Portugal,
> Metz, Japan und sie all,
> Bum, bum, bum rataplan,
> Bum, bum!

> Goldkronen sind seine Mützen,
> Goldsäbel tragen die Schützen.
> Die Zeitung hat's gesagt,
> Östreich und Portugal,
> Metz, Japan und sie all,
> Bum, bum, bum rataplan,
> Bum, bum!

Er mag nicht Rüben beißen,
Nur goldne Äpfel speisen.
Die Zeitung hat's gesagt,
Östreich und Portugal,
Metz, Japan und sie all,
Bum, bum, bum rataplan,
Bum, bum!

Wohin er auch mag gehen,
Gebückt Hofdamen stehen.
Die Zeitung hat's gesagt,
Östreich und Portugal,
Metz, Japan und sie all,
Bum, bum, bum rataplan,
Bum, bum!

Geht er im Wald spazieren,
Die Blätter jubilieren.
Die Zeitung hat's gesagt,
Östreich und Portugal,
Metz, Japan und sie all,
Bum, bum, bum rataplan,
Bum, bum!

Gerade dieses »bum bum« hatte großartiger geklungen als alles andere. Bei jedem Bum stieß er den Stock hart auf den Boden und ließ seine Stimme so tief und laut erschallen wie nur möglich.

Er sang und sang, dass es im Walde widerhallte. Dieses Lied war geradezu wunderbar! Er wurde nicht müde, es ein Mal ums andere von Neuem anzustimmen.

Aber es war ja auch auf ganz ungewöhnliche Weise entstanden, und einen Beweis dafür, wie ganz ausgezeichnet dieses Lied war, sah Jan darin, dass dies das einzige Mal in seinem Leben war, wo es ihm geglückt war, eine Melodie im Ohr festzuhalten.

Der siebzehnte August

Als Jan von Skrolycka zum ersten Mal an einem siebzehnten August zum Geburtstag von Leutnant Liljecrona nach Lövdala gegangen war, hatte sich ja der Besuch für ihn nicht so ehrenvoll gestaltet, wie er es sich gewünscht hatte.

Er war auch seither nicht ein einziges Mal mehr hingegangen, obgleich er von denen, die dort gewesen waren, gehört hatte, der Geburtstag auf Lövdala werde mit jedem Jahr fröhlicher und festlicher begangen.

Aber jetzt, nach der Erhöhung des kleinen Mädchens, war ja alles anders bei ihm geworden. Jetzt war er überzeugt, Leutnant Liljecrona würde sich sehr enttäuscht fühlen, wenn ein so großer Mann wie der Kaiser Johannes von Portugallien ihm nicht die Ehre erwiese, ihm zu seinem Geburtstag seine Glückwünsche darzubringen.

Er legte also den Kaiserstaat an und machte sich auf den Weg. Aber er hütete sich wohl, gleich unter den ersten Gästen zu sein. Für ihn, den Kaiser, schickte es sich am besten, sich erst zu zeigen, wenn die vielen Gäste es sich erst etwas gemütlich gemacht hatten und die Fröhlichkeit in Gang gekommen war.

Bei seinem ersten Besuch hatte sich Jan nicht weiter als in den Garten hinein und auf den Sandweg vor dem Hause gewagt, und er war auch nicht vorgetreten, um die Herrschaften zu begrüßen. Jetzt aber konnte keine Rede von einem so ungewandten Benehmen mehr sein. Jetzt steuerte er sofort geradenwegs auf die große Laube links von der Freitreppe zu, wo Leutnant Liljecrona inmitten einer ganzen Menge von vornehmen Gästen aus Svartsjö und auch aus andern Orten saß. Da trat er auf den Hausherrn zu, reichte ihm die Hand und wünschte ihm noch recht viele glückliche Jahre.

»Ach so, Jan, bist du auch unterwegs?«, sagte Leutnant Liljecrona, und er schien ein wenig erstaunt zu sein. Eine solche Ehre hatte er wohl gar nicht erwartet, deshalb war ihm wohl auch Jans neue Würde nicht gleich gegenwärtig, und er hatte ihm den alten Namen gegeben.

Aber ein so guter Herr wie der Leutnant Liljecrona meinte nichts Böses damit, das wusste Jan wohl, und deshalb wies er den Herrn auch mit aller Sanftmut zurecht.

»Wir wollen's mit dem Herrn Leutnant nicht so genau nehmen, weil ja heut' der Geburtstag ist«, sagte er. »Im Übrigen aber sollt' es mit allem Recht Kaiser Johannes von Portugallien heißen.«

Jan hatte die Worte mit so sanfter Stimme gesagt, wie ihm nur möglich war; aber die andern Herren begannen trotzdem, den Herrn Leutnant auszulachen, weil er sich so dumm benommen hatte, und diesen Verdruss hatte ihm Jan an seinem Geburtstag doch nicht bereiten wollen. Um die Sache rasch zu verwischen, wendete er sich deshalb schnell an die andern Herren.

»Guten Tag, guten Tag, meine guten Herren Generale und Bischöfe und Landräte!«, sagte er laut und lüftete dabei die Mütze mit dem Schwung eines Kaisers.

Seine Absicht war, danach in dem Kreise herumzugehen und allen die Hand zu schütteln, wie es sich gehört, wenn man in Gesellschaft kommt.

Neben Leutnant Liljecrona saß ein kleiner dicker Herr in weißer Weste mit goldgesticktem Rockkragen und einem Degen an der Seite. Als Jan zu diesem kam und ihn begrüßen wollte, reichte er Jan nicht die ganze Hand, sondern nur zwei Finger.

Er meinte vielleicht nichts Böses damit, aber seht, ein Mann wie der Kaiser Johannes von Portugallien wusste, dass man seiner Würde nichts vergeben darf.

»Du hast alle Ursache, mir die ganze Hand zu reichen, mein guter Bischof«, sagte Jan, aber immer noch sehr freundlich, denn er wollte ja die Freude dieses Festtages durch seine Gegenwart nicht stören.

Aber ist es zu glauben, der Mann rümpfte die Nase.

»Ich habe wohl gehört, dass es dir nicht passte, als dich Liljecrona bei deinem Namen nannte«, sagte er. »Jetzt frag' ich mich indes, wie du dich unterstehen kannst, Du zu mir zu sagen? Siehst du diese hier nicht?«, fragte er und deutete zugleich auf drei ärmliche kleine Ordenssterne, die auf seinem Rock angebracht waren.

Wenn solche Worte fielen, dann war es Zeit für Jan, die Demut abzulegen. Darum rasch den Rock aufgerissen, dass die Weste deutlich sichtbar wurde, die vollbesetzt war mit großen, prächtigen, goldenen und silbernen Sternen!

Für gewöhnlich ging Jan mit fest zugeknöpftem Rock, denn seine Orden waren gar empfindlich, sie verloren leicht den Glanz, und die Kanten stießen sich rasch ab. Die Leute wurden auch in der Gesellschaft mit so hohen Herren immer gleich verlegen, und Jan wollte sie nicht durch aufdringliches Zeigen seiner Pracht unnötig einschüchtern, jetzt aber mussten sie heraus ans Tageslicht.

»Sieh her, du!«, sagte er. »La, la, la! So geht es dem, der prahlen will. Nichts als drei ärmliche Sterne, was will das heißen?«

Ha, da zeigte sich's! Jetzt bekam der Mann Respekt! Etwas trug wohl auch dazu bei, dass alle die andern Anwesenden, die wussten, wie es sich mit der Kaiserin und dem Kaisertum verhielt, über den kleinen dicken Mann in schallendes Gelächter ausbrachen und sich gar nicht wieder beruhigen wollten.

»Ei der Tausend!«, sagte der Mann, indem er aufstand und sich verneigte. »Ich sehe, ich habe doch wohl eine wirkliche Majestät vor mir. Und Eure Majestät verstehen es in der Tat, recht treffende Antworten zu geben.«

Ja, so geht es, wenn man weiß, wie man mit den Leuten umgehen muss. Keiner von den Herren war nachher glücklicher, dass er sich mit dem Regenten von Portugallien unterhalten durfte, als gerade dieser kleine Herr, der zuerst so hochmütig gewesen war und ihm nur zwei Finger hatte geben wollen, wenn doch er, der Kaiser, ihm die ganze Hand gereicht hatte.

Dass nachher von denen, die in der Laube saßen, nicht ein Einziger mehr dem Kaiser Johannes von Portugallien den ihm gebührenden Gruß verweigerte, braucht nicht noch besonders erwähnt zu werden. Nachdem die erste Bestürzung und Verlegenheit überstanden war und die vornehmen Herren allmählich merkten, dass mit Johannes trotz seiner Kaiserwürde nicht schwer zu verkehren war, ging es wie bei allen andern Leuten auch, sie konnten nicht genug bekommen an seiner Erzählung von der Erhöhung des kleinen Mädchens und ihrer baldigen Wiederkehr in das Heimatdorf.

Schließlich entspann sich ein so freundschaftliches Verhältnis zwischen Johannes und den Herren, dass er ihnen sogar das Lied vorsang, das er im Walde gelernt hatte. Möglicherweise bewies er ihnen dadurch eine allzu große Herablassung; aber wenn sie sich über jedes Wort, das er sagte, so unbändig freuten, konnte er ihnen das Vergnügen, ihn auch singen zu hören, doch wirklich nicht verweigern.

Aber als er nun die Stimme erhob und sang, ei der Tausend, was gab es da für eine Aufregung! Da hatte er nicht mehr nur die alten Herren als Zuhörer, sondern nun kamen auch die alten Gräfinnen und Generalinnen herbei, die drinnen in der guten Stube auf dem Kanapee gesessen und feines Backwerk geschmaust hatten. Ja und sogar die jungen Barone und die gnädigen Fräulein, die im Ballsaal getanzt hatten, kamen herbeigeeilt, um Johannes singen zu hören. Sie stellten sich in einem dichten Kreis um ihn her, und aller Augen waren auf ihn gerichtet, wie es sein soll, wenn man Kaiser ist.

Ein solches Lied hatten alle hier Anwesenden natürlich noch nie gehört, und sobald Jan den letzten Vers gesungen hatte, baten sie ihn, wieder vorne anzufangen. Er zierte sich zwar eine gute Weile, denn man darf ja nicht zu entgegenkommend sein, aber sie gaben nicht nach mit Bitten, bis er ihnen willfahrte. Und als er dann an den Kehrreim kam, da sangen sie alle mit, und wenn das »bum, bum!« erklang, dann stampften die jungen Barone auf den Boden, während die gnädigen Fräulein mit den Händen den Takt dazu schlugen.

Ja, das war ein merkwürdiges Lied! Als Jan es nun wieder von vorne zu singen anfing und so viele prächtig gekleidete Menschen mitsangen und so viele junge schöne Mädchen ihm freundliche Blicke zuwarfen und so viele lustige junge Herren ihm nach jedem Vers Bravo zuriefen, da fühlte sich Johannes von Portugallien so schwindlig, wie wenn er getanzt hätte. Es war ihm, als nehme ihn etwas in seine Arme und hebe ihn hoch in die Luft empor.

Er verlor das Bewusstsein nicht, sondern wusste die ganze Zeit, dass er noch auf der Erde stand, aber gleichzeitig fühlte er, wie wonnig das war, so hoch steigen zu können, dass man über alle andern hinaufkam. Auf der einen Seite wurde er von der Ehre emporgetragen, auf der andern von der Herrlichkeit. Diese beiden nahmen ihn auf starke Schwingen und setzten ihn auf einen Kaiserthron, der hoch droben zwischen den roten Abendwolken schwebte.

Nur eines fehlte noch, nur eines! Ach, wenn doch die große Kaiserin, die kleine Klara Gulla von Skrolycka, auch hier dabei gewesen wäre!

Der Kaiser hatte diesen Gedanken kaum ausgedacht, als der ganze Hof wie von einem roten Schein umflossen schien. Und als er näher hinsah, siehe!, da ging der Schein von einem rot gekleideten jungen Mädchen aus, das eben aus dem Hause getreten war und nun auf der Freitreppe stand.

Sie war von hoher Gestalt und hatte üppiges blondes Haar. Er konnte ihr zwar nicht ins Gesicht sehen, weil sie halb abgewendet stand, aber es konnte niemand anders sein als Klara Gulla.

Jetzt begriff Jan, warum er sich an diesem Abend so glückselig gefühlt hatte. Es war eine Vorahnung gewesen, dass sie in der Nähe war.

Da brach er mitten im Gesang ab, schob die ihm im Wege stehenden Personen auf die Seite und lief aufs Wohnhaus zu.

Als er die unterste Stufe der Freitreppe erreichte, musste er anhalten, sein Herz schlug so heftig, dass es ihm fast die Brust zersprengte.

Allmählich kehrten indes seine Kräfte zurück, und er konnte sich wieder bewegen. Langsam ging er aufwärts, Stufe um Stufe.

Schließlich war er oben auf der Freitreppe, nun breitete er die Arme weit aus und flüsterte ihren Namen.

Da wendete sich das junge Mädchen um – – Und es war nicht Klara Gulla! Eine Fremde war's, die verwundert ihre Augen auf ihn richtete.

Jan brachte kein Wort über die Lippen, aber heiße Tränen liefen ihm die Wangen herab; er konnte sie nicht zurückhalten. Still stieg er die Treppe wieder hinunter, wendete sich fort von all der Freude und der Pracht und ging durch die Allee davon.

Die Leute riefen ihm nach. Sie wollten, er solle zurückkehren und ihnen vorsingen. Aber er hörte nicht auf sie. So rasch er konnte, eilte er in den Wald hinein, wo er sich mitsamt seinem Kummer verstecken konnte.

Jan und Katrine

Noch niemals hatte Jan in Skrolycka so viel zu denken und zu überlegen gehabt wie jetzt, wo er Kaiser geworden war.

Gleich zuerst, nachdem die große Erhöhung stattgefunden hatte, musste er ja außerordentlich wachsam sein, damit nicht etwa der Hochmut von ihm Besitz ergriff. Er musste sich immer wieder vorhalten, dass wir Menschen alle miteinander aus ein und demselben Stoff gemacht sind, dass wir alle von einem und demselben Elternpaar abstammen und dass wir alle schwach und sündig sind, dass also im Grunde der eine nichts, aber auch gar nichts vor den andern voraushat. Sein ganzes Leben lang war es Jan höchst widerwärtig gewesen, wenn er sehen musste, wie die Menschen sich übereinander zu erheben suchten, und so wollte er es jetzt nicht auch machen. Aber er merkte wohl: Für einen Mann, der so hoch erhoben worden war, dass es nun im ganzen Kirchspiel keinen einzigen Menschen seinesgleichen mehr gab, war es nicht so leicht, in der wahren Demut zu bleiben.

Aber er nahm sich natürlich ängstlich in Acht, nichts zu tun oder zu sagen, wodurch sich die alten Freunde, die sich noch immer bei ihrem bisherigen harten Tagewerk plagten, übersehen oder zurückgesetzt hätten fühlen können. Wenn er sich jetzt, wie es seine Pflicht war, bei allen Gesellschaften und Festen, die im ganzen Bezirk gefeiert wurden, einfand, dann hielt er es fast fürs Beste, gar kein Wort von dem laut werden zu lassen, was ihm widerfahren war. Zwar konnte er die andern nicht der Eifersucht beschuldigen, ach, weit entfernt! Aber jedenfalls sollten sie sich nicht gezwungen fühlen, Vergleiche anzustellen.

Und von solchen Männern wie Börje und dem Netzstricker durfte er auch nicht verlangen, dass sie ihm den Kaisertitel gaben. Solche alten Freunde mussten ihn Jan nennen dürfen, wie sie es von jeher getan hatten. Sie hätten es ja auch gar nicht gewagt, ihn anders anzureden.

Aber an wen Jan am meisten denken und bei wem er am vorsichtigsten sein musste, das war natürlich seine alte Frau, die er daheim in der Hütte sitzen hatte. Es wäre eine sehr große Erleichterung und auch eine rechte Freude gewesen, wenn auch zu ihr eine Botschaft von der Erhöhung gekommen wäre; aber das war nicht geschehen, und sie war noch ganz dieselbe wie vorher.

Vielleicht war es auch gar nicht anders möglich. Klara Gulla verstand wohl, dass man aus Katrine nie und nimmer eine Kaiserin machen konnte. Man konnte sie sich unmöglich mit einem goldenen Stern im Haar vorstellen, wenn sie in die Kirche ging. Eher wäre sie zu Hause geblieben, als dass sie sich mit etwas anderem als mit dem gewöhnlichen schwarzseidenen Kopftuch gezeigt hätte.

Katrine sagte geradeheraus, sie wolle nichts davon hören, dass Klara Gulla Kaiserin geworden sei. Und Jan dachte, alles in allem genommen sei es vielleicht am besten, ihr in diesem Stücke zu willfahren.

Aber für den, der jeden Vormittag an die Schifflände hinunterging, wo er von allen, die auf das Schiff warteten, umgeben war und bei jedem Satz als Kaiser angeredet wurde, war es selbstverständlich nicht leicht, diese ganze Hoheit abzulegen, sobald er den Fuß über die Schwelle seines eigenen Hauses setzte. Nein, gar oft musste er gegen die Versuchung ankämpfen, wenn er für Katrine Holz herbeischaffte oder Wasser holte und überdies von ihr Worte hören musste, als sei es rückwärts mit einem gegangen anstatt vorwärts.

Und wenn sich Katrine damit begnügt hätte, so wäre es ja immer noch angegangen; aber sie beklagte sich auch, weil er nicht mehr wie früher seiner Arbeit nachgehen wollte. Aber wenn sie mit so etwas daherkam, stellte er sich vollständig taub. Er wusste ja, die Kaiserin von Portugallien würde ihm so viel Geld schicken, dass er es nie mehr nötig hatte, seine Arbeitskleider anzuziehen. Er hätte geradezu ein Unrecht gegen die Kaiserin von Portugallien begangen, wenn er Katrine in diesem Punkt nachgegeben hätte.

An einem Nachmittag der letzten Augusttage saß Jan auf der Stufe vor der Haustür und rauchte aus einer kleinen Pfeife, als aus dem Walde junge Stimmen an sein Ohr schlugen und er helle Kleider zwischen den Bäumen hervorschimmern sah.

Katrine war in das Birkenwäldchen gegangen, um Reisig zu einem Besen zu schneiden; aber ehe sie ging, hatte sie noch gesagt, von nun an würden sie es wohl anders einrichten müssen, sie werde nach Falla gehen und schoren, dann könne er ja daheimbleiben und das Essen kochen und die Kleider flicken, weil er jetzt zu vornehm geworden sei, um bei andern zu arbeiten.

Er hatte ihr kein Wort erwidert, aber ihre Reden waren ihm doch sehr nahegegangen, und so war er recht froh, als jetzt seine Gedanken von etwas anderem in Anspruch genommen wurden. So rasch er konnte, holte er seine Kaisermütze und den Stock mit dem silbernen Knopf, und er kam gerade noch zur rechten Zeit bei der Gitterpforte an, als die jungen Mädchen vorbeigingen.

Es waren nicht weniger als fünf; die drei jungen Fräulein von Lövdala waren dabei, und die andern waren wohl Fremde, die auf dem Herrenhofe zu Besuch waren.

Jan schlug die Gitterpforte weit zurück und trat zu den jungen Mädchen hinaus.

»Guten Tag, meine geehrten Hoffräulein!«, sagte er und nahm dabei seine Mütze so tief ab, dass sie fast die Erde berührte.

Die Fräulein blieben stehen und sahen zuerst etwas schüchtern drein; aber er brachte sie bald über die erste Verlegenheit weg.

Dann aber erklang ihr »Guten Tag« und »unser guter Kaiser«, und Jan sah deutlich, wie sehr sie sich über das Wiedersehen mit ihm freuten.

O nein, die jungen gnädigen Fräulein waren nicht wie Katrine und die andern Leute in Askedalarna. Sie hatten gar nichts dagegen, wenn er von der Kaiserin erzählte. Sie fragten auch gleich, wie es ihr gehe, und ob sie nicht bald zu Hause erwartet werden könnte.

Dann fragten sie auch, ob sie nicht ins Haus hineingehen dürften, um zu sehen, wie es da aussehe. Und das brauchte Jan ihnen nicht zu verweigern, denn Katrine hielt das Häuschen immer äußerst sauber und ordentlich, da konnte jedermann, wer es auch immer sein mochte, zu Besuch kommen.

Als die jungen Gutsbesitzerstöchter in die Stube traten, verwunderten sie sich ja wohl ein bisschen, dass die große Kaiserin in einem so kleinen Raume aufgewachsen war. Und sie meinten, früher sei es ja immerhin noch angegangen, weil sie da daran gewöhnt gewesen sei, aber wie solle es nun werden, wenn sie jetzt zurückkomme? Ob sie dann hier bei den Eltern wohnen oder wieder nach Portugallien zurückkehren werde?

Jan hatte dasselbe auch schon gedacht und sich auch gesagt, Klara Gulla könne natürlich nicht in Askedalarna wohnen bleiben, da sie ja ein ganzes Reich zu regieren habe.

»Ja, die Kaiserin wird wohl wieder nach Portugallien zurückkehren«, antwortete Jan auf die Fragen der jungen Fräulein.

»Dann werdet Ihr sie wohl dahin begleiten?«, fragte eines der jungen Mädchen.

Jan fühlte deutlich, dass es ihm viel lieber gewesen wäre, wenn er nicht danach gefragt worden wäre. Er gab dem Fräulein deshalb auch nicht gleich Antwort; aber das junge Mädchen ließ nicht locker.

»Ihr wisst vielleicht noch nicht, wie es werden wird?«, fragte sie wieder.

Doch, das wusste Jan schon; aber er war sich noch nicht klar darüber, wie die Leute seinen Entschluss aufnehmen würden. Sie würden diesen Entschluss vielleicht von einem Kaiser nicht ganz richtig finden.

»Nein, ich werde wohl daheimbleiben«, sagte er nun. »Denn seht, ich kann Katrine nicht allein lassen, das geht nicht.«

»Ach so, Katrine reist also nicht mit?«

»Nein, Katrine könnte wohl nicht dazu gebracht werden, ihr Haus zu verlassen. Und ich werde bei ihr bleiben. Seht, wenn man jemand Treue geschworen hat in Freud und Leid!«

»Ja, dieses Gelübde darf man nicht brechen, das verstehe ich sehr gut«, sagte das gnädige Fräulein, das sich am eifrigsten nach allem erkundigt hatte. »Habt ihr es gehört, ihr andern?«, rief sie den übrigen Fräulein zu. »Jan will seine Frau nicht verlassen, obgleich ihn die Herrlichkeit von ganz Portugallien lockt.«

Und wie merkwürdig! Alle miteinander freuten sich über das, was er ausgesprochen hatte. Sie klopften ihm auf die Schulter und sagten, das sei recht von ihm. Das sei ein gutes Zeichen, sagten sie. Es sei noch nicht aus mit dem alten braven Jan Andersson in Skrolycka.

Jan verstand nicht recht, was sie damit meinen konnten. Aber sie freuten sich wohl, weil sie ihn auf diese Weise im Dorfe behalten durften.

Dann verabschiedeten sich die Fräulein und gingen auch gleich darauf weiter. Sie sagten, sie seien auf dem Weg nach dem Duvnäser Hüttenwerk, wo heute Gesellschaft sei.

Aber siehe!, sie waren kaum gegangen, da kam Katrine herein. Sie musste dicht vor der Tür gestanden und gewartet haben. Sie hatte wohl nicht zu den fremden Gästen hereinkommen wollen;

aber wie lange sie da draußen gestanden und wie viel sie von dem Gespräch mit angehört hatte, das konnte niemand wissen.

Aber wie es sich auch verhalten mochte, jedenfalls sah sie freundlicher und zufriedener aus, als es seit Langem der Fall gewesen war.

»Du bist ein kompletter Narr«, sagte sie. »Und ich möchte wissen, was andere Frauen sagen würden, wenn sie so einen Mann hätten. Aber es war doch gut von dir, dass du gesagt hast, du wollest mich nicht verlassen.«

Das Begräbnis

Zwar war weder eine Botschaft noch eine Einladung für Jan Andersson in Skrolycka gekommen, dass er an Björn Hindrikssons Begräbnis in Loby teilnehmen sollte; nein, das war nicht geschehen, aber die Überlebenden konnten ja auch nicht recht wissen, ob er sich noch als Verwandter rechnen wollte, seit ihm so hohe Ehren zuteilgeworden waren und er in solcher Pracht und Herrlichkeit lebte.

Sie meinten vielleicht auch, es würde ihnen schwerfallen, dies oder jenes umzuordnen, was nötig wäre, wenn so ein Mann wie er zum Begräbnis käme.

Björn Hindrikssons nächste Verwandte würden selbstverständlich ganz vorne in dem Leichenzug fahren; aber für ihn, den Kaiser, müsste ja dann mit allem Recht dort Platz gemacht werden.

Sie konnten ja nicht wissen, wie wenig genau er es mit solchen Dingen, auf die andere so besonders viel Wert legen, nahm. Er war ja trotzdem der, der er war. Es fiel ihm nie ein, denen den Platz streitig machen zu wollen, die froh und beglückt waren, wenn sie bei einer Gesellschaft oben am Tische sitzen durften.

Um nicht Anlass zu irgendeinem Ärgernis zu geben, ging er also am Morgen nicht in das Trauerhaus, bevor der Leichenzug von dort abgefahren war, sondern wanderte geradenwegs nach der

Kirche. Und erst als die Glocken läuteten und er sah, wie sich der lange Zug der Leidtragenden vor der Kirche aufstellte, trat er vor und nahm zwischen den andern Verwandten Platz.

Das ganze Trauergefolge sah etwas bestürzt aus, als er herzutrat; aber er war nun schon daran gewöhnt, dass die Leute von seiner Herablassung überrascht waren, das war also nichts, um sich dabei aufzuhalten.

Man hätte ihn sicherlich in die erste Reihe stellen wollen, aber dazu war jetzt keine Zeit mehr, denn der Zug hatte sich schon nach dem Grabe in Bewegung gesetzt.

Als das Begräbnis vorüber war und er mit den Leidtragenden in die Kirche ging und sich auch auf dieselbe Bank mit ihnen setzte, sahen sie abermals etwas verlegen aus. Aber sie kamen nicht so weit, irgendeine Bemerkung darüber zu machen, dass er ihretwegen den vornehmen Platz im Chor verlassen und sich hier heruntergesetzt habe.

Es hätte sich auch gerade jetzt, wo das erste Lied angestimmt wurde, nicht geschickt, Entschuldigungen vorzubringen.

Nach Schluss des Gottesdienstes, als die Gefährte, die den an dem Begräbnis Beteiligten gehörten, an der Kirche vorfuhren, ging Jan hin und setzte sich auf den großen Leiterwagen, auf dem der Sarg zur Kirche gefahren worden war. Jan wusste, der Wagen würde jetzt leer auf den Hof zurückfahren, und so nahm er also hier niemand den Platz weg.

Björn Hindrikssons Tochter und Schwiegersohn gingen wiederholt vorüber und sahen ihn an, während er da saß. Jan dachte, sie seien vielleicht bekümmert, weil sie ihm nicht einen Platz in einem der ersten Wagen anbieten konnten; aber er wollte ja gar nicht, dass seinetwegen irgendeine Verschiebung in der Anordnung eintreten sollte. Er war ja doch der, der er war.

Während er so von der Kirche wegfuhr, konnte er nicht umhin, daran zu denken, wie er und die kleine Klara Gulla damals nach dem Hofe gewandert waren, um die reichen Verwandten zu begrüßen. Ja, jetzt war es anders, jetzt war alles gerade umgekehrt.

Wer war jetzt der Reiche und Angesehene? Wer war jetzt der, der den andern eine Ehre erwies, wenn er sie besuchte?

Bei der Ankunft im Trauerhause wurden die Gäste zum Ablegen in das große Wohnzimmer im Erdgeschoss geführt. Dann trat einer von Björn Hindrikssons Nachbarn, die, wie es Brauch und Sitte ist, dazu ausersehen waren, dem Leichenschmaus vorzustehen, herzu und bat die vornehmsten unter den Gästen, in den oberen Stock hinaufzukommen, wo der Mittagstisch gedeckt war.

Es war eine recht verantwortungsvolle Aufgabe, die von den Gästen auszuwählen, die zuerst hinaufgehen sollten, denn bei so einem großen Begräbnis war es nicht möglich, für alle Gäste zugleich Platz am Tisch zu schaffen, sondern es musste in verschiedenen Abteilungen hintereinander gegessen werden. Aber es waren viele da, die es für einen großen Beweis von Missachtung angesehen hätten, den sie nie wieder verziehen haben würden, wenn sie nicht unter der ersten Abteilung gewesen wären.

Und was nun insbesondere den betraf, der zum Kaiser erhoben worden war, so konnte er ja in vielen Stücken Nachsicht üben, aber dass er mit der ersten Abteilung zu Tische gebeten würde, darauf musste er durchaus bestehen. Sonst würden ja die Leute meinen, er sei sich seines Rechts, vor allen anderen zu kommen, gar nicht bewusst.

Aber so etwas geschah auch nicht, o nein, dazu war sicher keine Gefahr vorhanden, obgleich er nicht mit den Allerersten in das obere Stockwerk gebeten worden war. Selbstverständlich würde er mit dem Pfarrer und den vornehmen Herrschaften zugleich zu Tische sitzen, darüber brauchte er sich nicht zu beunruhigen.

Still und allein saß er auf einer Bank, denn hier war natürlich niemand, der zu ihm kam und über die Kaiserin mit ihm reden wollte. Ein bisschen bedrückt fühlte er sich jetzt allmählich doch. Als er daheim fortgegangen war, hatte Katrine gesagt, er täte besser, nicht zu dem Begräbnis zu gehen, weil diese Hofbauernfamilie von so altem Geschlecht und so vornehm sei, dass sie sich weder vor König noch Kaiser verbeugte. Jetzt sah es wirklich aus, als sollte Katrine recht bekommen. Alte Bauern, die seit der Erschaffung der Welt auf einem und demselben Hofe sitzen, halten sich für vornehmer, als alle andern Hoheiten.

Es ging nicht so rasch, bis alle ausgesucht waren, die zu der ersten Abteilung der Tischgäste gehören sollten. Die Nachbarsleute, die an diesem Tage den Wirt und die Wirtin vorstellten, gingen lange umher und suchten nach den Würdigsten; aber zu ihm, dem Kaiser, kamen sie nicht.

Neben Jan saßen zwei unverheiratete Frauenzimmer, die nicht die geringste Hoffnung hatten, jetzt schon gerufen zu werden, und die sich in aller Ruhe miteinander unterhielten. Sie sagten, wie merkwürdig es doch sei, dass Linnart Björnsson, Björn Hindrikssons Sohn, gerade noch zu rechter Zeit zu Hause eingetroffen sei, um sich mit seinem Vater zu versöhnen.

Es hatte zwar keine eigentliche Feindschaft zwischen den beiden geherrscht, sondern die Sache verhielt sich folgendermaßen: Vor etwa dreißig Jahren, als Linnart im Anfang der Zwanziger stand und sich verheiraten wollte, hatte er seinen Vater gefragt, ob er ihm den Hof übergeben wolle, oder wie man es sonst einrichten solle, damit er, der Sohn, sein eigener Herr würde. Aber der alte Björn hatte ihm das eine und das andere rundweg abgeschlagen. Sein Wunsch war, der Sohn sollte wie früher daheimbleiben und erst, wenn der Alte einmal den Kopf zur ewigen Ruhe niederlegte, den Hof übernehmen.

Aber da hatte der Sohn eine offene Antwort gegeben. »Nein«, hatte er gesagt, »ich will nicht hier daheimbleiben und Knecht unter dir sein, und wenn du auch mein Vater bist. Da will ich lieber in die Welt hinaus und mir meinen eigenen Herd gründen, denn ich muss ebenso gut Herr sein wie du, sonst wäre es bald aus mit der Freundschaft zwischen uns.«

Darauf hatte Björn Hindriksson geantwortet: »Die Freundschaft kann auch zu Ende sein, wenn du deine eigenen Wege gehst.«

Alsdann war der Sohn in die großen Wälder gezogen, die nördlich und östlich vom Duvsee liegen, hatte sich dort mitten im schlimmsten Ödland niedergelassen und sich einen Hof urbar gemacht. Sein Eigentum lag im Broer Kirchspiel, und er zeigte sich nie mehr in Svartsjö. Seit dreißig Jahren hatten ihn die Eltern nicht ein einziges Mal mehr gesehen; aber siehe!, am letzten Sonntag war er plötzlich daheim erschienen, gerade als der alte Björn im Sterben lag.

Dies erzählten die beiden Frauen, und da wurde es Jan recht froh zumute. Das waren gute Nachrichten. Am letzten Sonntag, als Katrine von der Kirche nach Hause gekommen war und berichtete, es werde mit Björn Hindriksson bald zu Ende sein, hatte Jan gleich nach dem Sohn gefragt und hätte gerne gewusst, ob man nicht nach ihm geschickt hatte.

Aber das war nicht geschehen. Katrine hatte gehört, Björn Hindrikssons Frau habe inständig gebeten, ihm Nachricht senden zu dürfen, aber es sei ihr streng verboten worden. Der Alte habe erklärt, er wolle auf seinem Sterbebette Frieden haben.

Aber damit hatte sich Jan nicht beruhigen können. Immerfort hatte er an Linnart Björnsson denken müssen, der dort weit drinnen in seinem Walde wohnte und von nichts wusste. Und dann hatte er, Jan, beschlossen, dem Wunsche des alten Björn gerade entgegenzuhandeln und dem Sohn Nachricht zu bringen.

Er hatte nachher nicht gehört, wie alles abgelaufen war; erst jetzt hier beim Begräbnis erfuhr er es. Voller Eifer hörte er zu, während die beiden Frauen von Linnart und seinem Vater erzählten, und dabei vergaß er vollständig, wer schließlich zur ersten und zur zweiten Abteilung der Tischgäste bestimmt wurde.

Die eine der Frauen erzählte dann weiter.

Als der Sohn zu Hause ankam, waren alle beide, Vater und Sohn, äußerst freundlich gegeneinander gewesen. Der Alte hatte gelacht und den Anzug des Sohnes verwundert betrachtet. – »Du kommst in diesem Arbeitsanzug?«, hatte er gesagt. – »Ja, ich hätte mich wohl in Staat werfen sollen, da es Sonntag ist«, hatte Linnart Björnsson geantwortet. »Aber seht, Vater, in diesem Sommer hatten wir eine wahre Sintflut von Regen da droben, und da hab' ich am Sonntagnachmittag etwas Hafer einfahren wollen.« – »Nun, und hast du tüchtig hereingebracht?«, fragte der Alte. – »Ja, eine Fuhre hatt' ich schon daheim; aber als dann der Bote kam, hab' ich alles liegen und stehen lassen und mich sofort auf den Weg gemacht, ohne auch nur noch die Kleider zu wechseln.« – »Wer war denn der Mann, der dir die Nachricht gebracht hat?«, fragte nach einer Weile der Vater. – »Es war ein Mann, den ich noch nie gesehen hab'«, antwortete der Sohn. »Ich hab' gar nicht daran gedacht, ihn zu fragen, wer er sei. Er sah eigentlich wie ein alter Bettler aus.« – »Den Mann musst du ausfindig machen, Linnart, und ihm in meinem Namen danken«, hatte der alte Björn mit großem Nachdruck gesagt. »Und wo du ihn triffst, da sollst du ihm Ehre erweisen. Er hat's gut mit uns gemeint.«

Recht friedlich und gut war alles zwischen den beiden gewesen ganz bis zuletzt. Beide waren sehr beglückt über die Versöhnung, fast war es, als wollte ihnen der Tod nicht Kummer, sondern Freude bringen.

Jan war erschreckt zusammengefahren, als er hörte, dass Linnart Björnsson ihn einen alten Bettler genannt hatte. Aber natürlich, er hatte ja weder die Mütze noch den Kaiserstock mit in die Wälder hinaufgenommen, da begriff er es.

Dadurch kehrten Jans Gedanken wieder zu seinem gegenwärtigen Kummer zurück. Nun hatte er sicherlich lange genug gewartet. Er müsste jetzt wirklich schon aufgerufen worden sein, wenn es nicht zu spät werden sollte.

Er stand auf und ging entschlossen über den Hofplatz und die Veranda, stieg die Treppe hinauf und öffnete die Tür zum großen Saal im oberen Stockwerk.

Das Essen war schon im vollen Gang, das sah er gleich. Der große Tisch in Hufeisenform war mit Gästen vollbesetzt, und das erste Gericht war schon herumgereicht worden. Man hatte also nicht die Absicht gehabt, ihn bei der ersten Abteilung mitkommen zu lassen.

Da saß der Pfarrer, da saß der Küster, da saßen der Leutnant von Lövdala und seine Frau, kurz, da saßen alle, die hier sitzen mussten, nur er allein nicht.

Eines der jungen Mädchen, die die Speisen auftrugen, eilte zu Jan hin, sobald er unter der Tür erschienen war.

»Was habt Ihr hier verloren, Jan?«, fragte sie ihn leise. »Geht wieder hinunter!«

»Aber meine liebe Schaffnerin!«, sagte er. »Der Kaiser von Portugallien gehört doch an den ersten Tisch.«

»Ach, schweigt doch still, Jan!«, erwiderte sie. »Heut' passt das nun einmal gar nicht, dass Ihr mit Euern Dummheiten kommt. Geht hinunter, dann bekommt Ihr auch was zu essen, sobald Ihr an der Reihe seid.«

Der Fall war ja nun so, dass Jan für dieses Haus mehr Hochachtung empfand als für irgendein anderes in der Gemeinde. Aber gerade darum hätte er auch großen Wert darauf gelegt, hier so empfangen zu werden, wie es ihm zustand. Und wie er nun so mit der Mütze in der Hand an der Türe stand, überkam ihn eine ganz merkwürdige Niedergeschlagenheit. Er hatte das Gefühl, als falle seine ganze Kaiserwürde auf einmal von ihm ab.

Aber mitten in dieser schwierigen Lage hörte er, wie Linnart Björnsson dort am Tisch plötzlich einen leichten Ruf der Überraschung ausstieß.

»Da steht ja der Mann, der letzten Sonntag mit der Nachricht, dass Vater krank sei, zu mir gelaufen kam!«, rief er.

»Was sagst du?«, fragte seine Mutter. »Bist du deiner Sache auch ganz sicher?«

»Ja, gewiss, es kann ja niemand anders sein. Ich hab' ihn schon früher gesehen, aber ich hab' ihn nicht wiedererkannt, weil er so sonderbar gekleidet ist. Jetzt seh' ich, dass er's ist.«

»Wenn er's wirklich ist, so soll er nicht länger wie ein Bettler dort an der Türe stehen«, sagte die alte Hofbäuerin. »Dann müssen wir hier am Tisch Platz für ihn machen. Wir sind ihm Dank und Ehrerbietung schuldig, denn er ist's gewesen, der dem alten

Björn das Sterben leicht gemacht hat. Und mir hat er den einzigen Trost verschafft, der mir das Leid um so einen Mann, wie ich einen verloren habe, lindern kann.«

Und es wurde für Jan Platz gemacht, obgleich es tatsächlich vorher schon recht eng am Tisch zugegangen war. Er bekam einen Stuhl innen an der hufeisenförmigen Tafel, dem Pfarrer gerade gegenüber. Einen besseren Platz hätte er sich gar nicht wünschen können.

Zu Anfang war er wohl wie vor den Kopf geschlagen, denn er konnte nicht begreifen, dass man ein solches Wesen von ihm machte, nur weil er mit einer Botschaft an Linnart Björnsson ein paar Meilen durch den Wald gelaufen war. Aber bald erkannte er, wie die Sache zusammenhing. Natürlich war es der Kaiser, den sie in erster Linie ehren wollten. Und vielleicht wurde es auf diese Weise gemacht, damit sich niemand zurückgesetzt fühlen konnte.

Eine andere Erklärung konnte sich Jan durchaus nicht denken. Denn freundlich und bescheiden und gefällig war er seiner Lebtag gewesen, aber darum war er noch niemals auch nur im Mindesten geehrt und gefeiert worden.

Das sterbende Herz

Wenn der Ingenieur Boräus von Borg seinen täglichen kleinen Spaziergang an die Landungsbrücke machte, konnte er natürlich nicht umhin zu bemerken, dass seit einiger Zeit regelmäßig um den kleinen alten Mann von Skrolycka eine Menge Volk versammelt war. Dieser brauchte jetzt nicht mehr allein zu sitzen und sich die Langeweile mit stillen Träumen zu vertreiben, wie er es letzten Sommer hatte tun müssen. Stattdessen kamen jetzt alle, die auf das Dampfboot warteten, zu ihm her, um ihn schildern zu hören, wie es bei der Heimkunft der Kaiserin gehen werde, vor allen Dingen, wie es sein würde, wenn sie hier in Borg an Land käme. Sooft Ingenieur Boräus vorbeiging, hörte er von dem goldenen Diadem reden, das die Kaiserin in den Haaren tragen werde, und von den goldenen Blumen, die an den Büschen und Bäumen aufblühen würden, sobald sie den Fuß an Land setze.

Spät im Oktober, nachdem ungefähr drei Monate seit jenem Tage verflossen waren, wo Jan in Skrolycka zum ersten Mal eben hier an dem Landungssteg von Borg Klara Gullas Erhöhung verkündigt hatte, bemerkte der Ingenieur eines Vormittags, dass eine ungewöhnlich große Menschenmenge um Jan versammelt war. Der Ingenieur hatte beabsichtigt gehabt, wie gewöhnlich mit einem kurzen Gruß vorbeizugehen, dann aber änderte er seinen Entschluss und blieb stehen, um zu erfahren, was hier vorging.

Auf den ersten Blick konnte er nichts Bemerkenswertes wahrnehmen. Jan saß wie gewöhnlich auf den Wartesteinen und hatte eine sehr würdige und feierliche Miene aufgesetzt. Neben ihm saß eine hünenhafte Frauensperson, die so rasch und eifrig auf ihn einsprach, dass ihr die Worte nur so aus dem Mund sprudelten. Sie schüttelte ihren Kopf, kniff die Augen zusammen und beugte sich langsam immer mehr vor, sodass ihr Gesicht, als sie endlich mit dem, was sie sagen wollte, fertig war, beinahe die Erde berührte.

Ingenieur Boräus erkannte selbstverständlich die närrische Ingeborg sofort, aber am Anfang war es ihm unmöglich zu verstehen, was sie sagte, und so musste er einen der Umstehenden fragen, um was es sich eigentlich handle.

»Sie bittet ihn, er solle es einrichten, dass sie mit der Kaiserin nach Portugallien dürfe, wenn diese dorthin zurückreise«, lautete die Antwort.»Sie redet jetzt schon eine ganze Weile auf ihn ein, aber er will sich durchaus nicht herbeilassen, ein Versprechen zu geben.«

Jetzt fiel es dem Ingenieur nicht mehr schwer, dem Gespräch zu folgen. Aber er freute sich nicht über das, was er zu hören bekam, und während er lauschte, wurde die Falte zwischen seinen Augenbrauen tief und rot.

Hier saß die Einzige auf der Welt, die außer Jan selbst an die Herrlichkeit von Portugallien glaubte, und ihr wurde verweigert, dorthin zu reisen! Das arme alte Weib wusste, dass es in jenem Lande keinen Hunger und keine Armut mehr gab, keine rohen Menschen, die eine Unglückliche verspotteten, keine Kinder, die einer einsamen, hilflosen, umherziehenden Person große Strecken nachliefen und Steine nach ihr warfen. Dort herrschte ewiger Friede und gute Jahre, und dorthin wollte sie aus dem ganzen Elend ihres armen Lebens heraus versetzt werden. Sie bat und weinte und brauchte alle ihre Überzeugungskünste; aber sie bekam immer wieder ein Nein und nur ein Nein zur Antwort.

Und er, der all ihren Bitten gegenüber taub war, das war einer, der das ganze letzte Jahr in Kummer und Sehnsucht verbracht hatte. Vor einigen Monaten, als sein Herz noch lebendig klopfte, hätte er vielleicht nicht Nein gesagt; aber jetzt, in der Zeit seines Glücks, war es wohl vollständig versteinert worden.

Auch das ganze Äußere des Mannes verriet, dass eine große Veränderung mit ihm vorgegangen war. Er hatte dicke Wangen und ein Doppelkinn bekommen, und auf seiner Oberlippe war ein dunkler Schnurrbart gewachsen. Seine Augen waren etwas vorgequollen, und der Blick war stier geworden. Ja, der Ingenieur überlegte sogar, ob nicht auch die Nase größer geworden sei und eine hochmütigere Form bekommen habe. Die Haare waren augenscheinlich alle ausgefallen, kein einziges Härchen schaute unter der Ledermütze hervor.

Der Ingenieur hatte den Mann seit jenem ersten Zwiegespräch im Sommer im Auge behalten. Jetzt war es nicht mehr die große Sehnsucht, die ihn hinunter an die Landungsbrücke trieb. Nach dem Dampfboot schaute er kaum mehr aus. Er kam nur noch her, um Leute zu treffen, die auf seine Verrücktheiten eingingen und ihn Kaiser nannten, um ihn von seinen Einbildungen erzählen und singen zu hören.

Aber warum nahm er denn ein Ärgernis daran? Der Kerl war ja einfach ein Narr.

›Aber vielleicht wäre es gar nicht nötig gewesen, dass sich die Verrücktheit bei ihm so festgesetzt hätte, wie es nun geschehen ist?‹, dachte der Ingenieur. ›Wer weiß, vielleicht wäre der Mann zu retten gewesen, wenn er gleich von Anfang an kräftig und unbarmherzig von seinem Kaiserthron heruntergerissen worden wäre.‹

Noch einen prüfenden Blick warf der Ingenieur auf Jan von Skrolycka. Er sah jetzt gnädig bedauernd aus, blieb aber immer gleich unerbittlich.

Dort in dem schönen Lande Portugallien sollte es nur Prinzen und Generale, nur prächtig gekleidete Menschen geben. Und so viel war sicher, die verrückte Ingeborg hätte sich in ihrem baumwollenen Tuch und in ihrer selbstgestrickten Jacke dort sonderbar ausgenommen! Aber du liebe Zeit! Der Ingenieur meinte wirklich – – –

Es sah aus, als hätte er selbst gute Lust, Jan den Verweis zu erteilen, den dieser offenbar nötig hatte. Aber dann zuckte er die Schultern. Nein, dazu war er nicht der rechte Mann, er hätte die Sache nur noch schlimmer gemacht.

Schweigend entfernte er sich von dem Menschenhaufen und ging zum Landungssteg hinunter, denn das Dampfboot kam eben an der nächsten Landzunge zum Vorschein.

Absetzung

Lange bevor sich Lars Gunnarsson mit Anna, der Tochter Eriks in Falla, verheiratet hatte, war er einmal bei einer Auktion anwesend gewesen.

Eine arme Familie hatte die Auktion gehalten, und vielleicht hatte sie den Käufern keine verlockenden Gegenstände zu bieten, denn es war merkwürdig, wie schlecht der Handel ging. Mit allem Recht hätte man einen besseren Ausfall erwarten können, denn Jöns von Kisterud war der Ausrufer, und er war ein solcher Spaßmacher, dass die Leute zu den Auktionen liefen, nur um ihn zu hören. Aber merkwürdig, obgleich Jöns mit allen seinen bekannten Späßen herausrückte, vermochte er doch keinen richtigen Zug in das Bieten zu bringen. Zum Schluss wusste er sich nicht mehr anders zu helfen, als dass er den Hammer weglegte und behauptete, er sei ganz heiser geworden und könne nicht mehr ausrufen.

»Herr Reichstagsabgeordneter, Sie müssen einen andern Ausrufer anstellen«, sagte er zu Karl Karlsson von Storvik, der die Auktion leitete. »Ich hab' mich an den Holzklötzen, die da herumstehen, so heiser geschrien, dass ich nach Hause gehen und mehrere Wochen lang den Mund halten muss, eh' ich wieder eine Stimme bekomme.«

Für den Reichstagsabgeordneten war es eine ernste Sache, ohne Ausrufer zu sein, da ja die meisten Gegenstände noch unverkauft waren, und er machte verschiedene Versuche, Jöns in Kisterud zu überreden, weiterzumachen. Dieser aber konnte nicht nachgeben, das war sonnenklar. Er wollte seinen guten Ruf nicht aufs Spiel setzen, indem er eine schlechte Auktion abhielt, und er wurde mit einem Male so heiser, dass er kaum noch flüstern konnte; er zischte nur noch.

»Ist nicht vielleicht unter den Anwesenden jemand, der, während sich Jöns ein wenig ausruht, die Waren ausrufen könnte?«, fragte der Reichstagsabgeordnete. Ohne große Hoffnung, einen Helfer zu finden, schaute er sich unter der Menge um; da drängte sich plötzlich Lars Gunnarsson bis zu ihm durch und sagte, er sei bereit, einen Versuch zu machen. Lars sah damals überaus jung aus; Karl Karlsson lachte ihm gerade ins Gesicht und sagte, er könne keinen Jungen brauchen, der noch nicht einmal konfirmiert sei. Aber Lars erwiderte, er habe sogar schon gedient, und bat so eifrig, den Hammer schwingen zu dürfen, dass der Reichstagsabgeordnete schließlich nachgab.

»Na ja, wir können dich ja die Sache einmal versuchen lassen«, meinte er. »Schlechter, als es seither gegangen ist, kann's auch nicht gehen.«

Lars stieg nun auf Jöns erhöhten Platz hinauf und nahm einen alten Butterkübel in die Hand, um ihn auszubieten. Doch plötzlich hielt er inne, blieb ganz ruhig stehen und betrachtete nur den Kübel von allen Seiten. Er drehte ihn hin und her, beklopfte den Boden und die Seiten, machte dann eine höchst verwunderte Miene, weil er nicht den kleinsten Fehler daran finden konnte, und rief ihn zuletzt mit betrübter Stimme aus, wie unglücklich darüber, dass er notgedrungen ein so wertvolles Stück verkaufen musste.

Er für seine Person hätte es augenscheinlich am liebsten gesehen, wenn auf den Kübel gar nicht geboten wurde. Er glaubte offenbar, es wäre für den Eigentümer am besten, wenn niemand erkannte, was für ein ausgezeichneter Butterkübel das war, sodass er ihn behalten durfte.

Als nun ein Gebot dem andern folgte, konnte man deutlich merken, wie weh ihm das tat. Es ging noch an, solange die Angebote so niedrig waren, dass er nicht darauf einzugehen brauchte; aber als sie nun höher und höher wurden, verzerrte sich sein Gesicht vor Kummer. Es war offenbar ein schweres Opfer, das er brachte, als er sich endlich herbeiließ, den alten sauren Butterkübel loszuschlagen.

Hernach kam die Reihe an Wassereimer, Zuber und Waschfässer. Lars Gunnarsson war etwas zugänglicher, solange es sich um die älteren Stücke handelte, und verkaufte sie ohne allzu großes Seufzen. Aber andere, die etwas neuer waren, wollte er überhaupt nicht ausbieten.

»Die sind noch viel zu gut«, sagte er zu dem Eigentümer. »Sie sind ja so wenig gebraucht, dass Ihr sie auf dem Markt als neu verkaufen könnt.«

Die Umherstehenden wussten nicht, wie es zuging, aber sie boten eifriger und eifriger. Lars Gunnarsson war so entsetzt über jedes neue Angebot, und es geschah gewiss nicht ihm zu Gefallen, wenn jetzt tüchtig geboten wurde. Aber irgendwie waren die Leute zu der Einsicht gelangt, dass hier tatsächlich wertvolle Stücke ausgeboten wurden, und da fanden sie, dass sie das eine oder das andere daheim dringend nötig hätten. Hier waren wirklich gute Geschäfte zu machen; jetzt wurde nicht mehr nur des Spaßes wegen gekauft, wie wenn Jöns von Kisterud der Versteigerer war. Nach diesem Meisterstück wurde Lars Gunnarsson immer und überall darum angegangen, bei den Versteigerungen den Ausrufer zu machen. Seit er den Hammer führte, war es auf den Auktionen nicht mehr so lustig wie früher, aber niemand hatte eine solche Gabe wie er, den Leuten geradezu Sehnsucht einzuflößen, Eigentümer von altem unnützem Gerümpel zu werden, oder ein paar Großbauern zu verlocken, auf Sachen, die sie durchaus nicht nötig hatten, einander um die Wette zu überbieten, nur um zu zeigen, dass sie sich's etwas kosten lassen konnten.

Lars Gunnarsson pflegte auch auf allen Auktionen, wo er den Hammer schwang, alles Rump und Stump auszuverkaufen. Nur ein einziges Mal wäre es ihm beinahe schlecht ergangen, und das war bei der Auktion nach dem Tode von Sven Österberg in Storstuga in Bergvik. Dort hatte Lars eine prächtige Haushaltung auszubieten, und viele Leute waren versammelt. Obgleich der Herbst schon weit vorgeschritten war, herrschte doch noch schönes Wetter, und die Auktion konnte im Freien vorgenommen werden, aber trotzdem wollte der Verkauf nicht recht in Zug kommen. Lars konnte die Leute nicht dazu bringen, ordentlich auf sein Ausrufen zu achten oder zu bieten. Es sah aus, als sollte es ihm nicht besser gehen als damals Jöns in Kisterud, wo Lars an dessen Stelle den Hammer hatte übernehmen müssen.

Allein Lars hatte keine Lust, das Geschäft einem andern zu überlassen, sondern suchte herauszubringen, warum denn die Leute so zerstreut waren und keine Lust hatten, Geschäfte zu machen. Und es währte auch nicht lange, da war er der Sache auf den Grund gekommen.

Lars hatte sich auf einen Tisch gestellt, damit jedermann sehen konnte, was er ausbot, und von diesem Platze aus war es nicht schwer für ihn zu entdecken, dass der neu gebackene Kaiser, der in der kleinen Falla zunächstliegenden Kätnerhütte wohnte und all seiner Lebtage in Taglohn gegangen war, unter der Menge herumging. Lars sah, wie er mit gnädigem Lächeln nach rechts und links grüßte und die Leute seinen prächtigen Stock und seine Sterne betrachten ließ. Ein langer Zug von Kindern und jungen Leuten folgte ihm überallhin dicht auf den Fersen, und auch alte Leute hielten sich nicht für zu gut dazu, ein paar Worte mit ihm zu wechseln. Es war nicht zu verwundern, dass die Auktion schlecht ging, wenn ein so vornehmer Mann in der Nähe war und die Aufmerksamkeit auf sich zog.

Vorerst unterbrach indes Lars die Auktion keineswegs. Er folgte nur Jan in Skrolycka mit den Augen, bis sich dieser in die vorderste Reihe ganz nahe zu den Auktionsleitern durchgedrängt hatte. Man brauchte nicht zu fürchten, Johannes von Portugallien werde im Hintergrunde bleiben. Er schüttelte zwar jedem, den er kannte, die Hand und gewährte ihm einige verbindliche Worte; aber dabei drängte er sich an allen vorbei, bis er innen in der vordersten Reihe stand.

In demselben Augenblick, wo er so weit gelangt war, machte Lars Gunnarsson einen Satz von seinem Tisch herunter, stürzte auf ihn los, riss ihm die Ledermütze vom Kopf und den Kaiserstock aus der Hand und war damit wieder auf dem Tisch, ehe Jan nur daran denken konnte, Widerstand zu leisten.

Jan schrie laut auf und wollte auf den Tisch losstürzen, um die geraubten Schätze zurückzuholen; aber Lars schwang den Stock gegen ihn, sodass er zurückweichen musste. Zu gleicher Zeit entstand ein Gemurmel des Unwillens unter der Menge, allein Lars ließ sich nicht abschrecken.

»Ich seh' wohl ein, dass ihr erstaunt darüber seid, wie ich mich benommen habe!«, rief er mit seiner lauten Ausruferstimme, die über den ganzen Hof zu hören war. »Aber diese Mütze und dieser Stock gehören uns in Falla. Sie haben meinem Schwiegervater Erik Ersa gehört, und dieser hat sie wieder von dem alten Bauern, dem der Hof vor ihm gehörte, geerbt. Diese Sachen sind bei uns zu Hause immer hoch in Ehren gehalten worden, und ich werde nicht dulden, dass ein Narr sie mit sich herumträgt. Ich weiß nicht, wie er zu den Sachen gekommen ist, aber so viel weiß ich, dass er sich von nun an nicht mehr mit dem, was unser Eigentum ist, groß machen soll.«

Jan hatte sich schnell beruhigt, und während Lars diese Rede hielt, stand er mit über der Brust gekreuzten Armen und einem Ausdruck im Gesicht da, als ob es völlig gleichgültig sei, was Lars da schwatze. Sobald Lars schwieg, wandte sich Jan mit befehlender Handbewegung an den ihm Zunächststehenden.

»Nun, mein werter Hofherr, nun müsst Ihr mir mein Eigentum wiederholen«, sagte er.

Aber kein Mensch rührte sich, ihm zu helfen, mehrere lachten ihn sogar aus. Alle miteinander waren auf Lars' Seite übergegangen.

Nur eine einzige Person fand sich unter den hier Versammelten, der Jan leidtat. Mitten aus der Menge heraus hörte er eine Frauenstimme dem Auktionator zurufen: »Ach, Lars, gib ihm doch seine Kaisersachen wieder! Ihr könnt ja weder die Mütze noch den Stock selbst tragen!«

»Ich will ihm eine von meinen eigenen Mützen geben, sobald ich heimkomme«, erwiderte Lars. »Aber er soll nicht länger mit unseren Erbkleinoden herumlaufen und sie zum Spott der Leute machen.«

Auf diese Äußerung hin erscholl lautes Gelächter aus der Menge, und Jan wurde davon so verwirrt, dass er wie angewurzelt stehen blieb und sich nur rings umsah. Er schaute von einem zum andern und konnte aus seinem Erstaunen nicht herauskommen! Lieber Gott! War denn unter diesen allen, die ihm gehuldigt und ihn geehrt hatten, kein Einziger, der ihm jetzt in der Stunde der Not beisprang? Aber sie standen alle unbeweglich da. Für sie alle bedeutete er nichts, gar nichts, und keiner würde auch nur einen Finger für ihn rühren. Das sah er deutlich, und es wurde ihm so angst dabei, dass seine ganze Kaiserwürde von ihm abfiel und er am ehesten wie ein Kind aussah, das in Tränen ausbrechen will, weil man ihm seine Spielsachen weggenommen hat.

Lars Gunnarsson wendete sich jetzt wieder dem großen Haufen von Gegenständen zu, die neben ihm aufgestapelt lagen, und wollte von Neuem mit dem Verkauf beginnen. Da machte Jan einen Versuch, sich selbst zu helfen. Unter Jammern und Klagen ging er vor bis an den Tisch, auf dem Lars stand, und dort angekommen, bückte er sich vor und wollte den Tisch umwerfen.

Allein Lars ließ sich nicht überraschen. Er schwang den Kaiserstock und versetzte Jan einen so heftigen Schlag über den Rücken, dass er zurückweichen musste.

»Nein, du!«, sagte Lars. »Vorerst behalte ich die Sachen da. Und ich meine, du hast jetzt schon mehr als genug Zeit mit deiner Kaiserschaft verloren. Jetzt könntest du auch wieder hingehen und Gräben ziehen. Leute wie du haben nichts bei Auktionen verloren.«

Es sah nicht aus, als ob Jan große Lust hätte zu gehorchen. Aber da schwang Lars den Stock noch einmal, und mehr war nicht nötig, dass der Kaiser von Portugallien kehrtmachte und entfloh.

Niemand setzte sich in Bewegung, um ihm nachzugehen und ihm ein tröstendes Wort zu sagen, niemand rief ihn zurück. Die meisten konnten es sich sogar nicht versagen, laut aufzulachen, als sie sahen, wie kläglich der arme Narr seine ganze Größe verlor.

Aber auch das war nicht nach Lars Gunnarssons Geschmack. Bei seinen Auktionen sollte es so feierlich zugehen wie bei einem Gottesdienst.

»Ich halt' es wirklich für besser, wenn man mit Jan ernsthaft redet, anstatt ihn auszulachen«, sagte er. »Viele gehen auf seine Narrheiten ein und reden ihn sogar als Kaiser an; aber das ist doch wirklich nicht recht gegen ihn gehandelt. Da ist's doch wohl besser, wenn man den Versuch macht, ihm wieder beizubringen, wer er ist, selbst wenn's ihm nicht angenehm sein sollte. Ich bin nun schon seit längerer Zeit sein Dienstherr und halt' es darum für meine Pflicht, darauf zu sehen, dass er wieder zu arbeiten anfängt. Sonst fällt er in Kurzem der Gemeinde zur Last.«

Nach diesem Zwischenfall hielt Lars eine wirklich großartige Auktion ab mit eifrigem Bieten und hohen Preisen. Und die Befriedigung, die er fühlte, wurde nicht geringer, als er bei seiner Heimkunft am nächsten Tage vernahm, Jan habe seine Arbeitskleider wieder angezogen und angefangen, auf dem Brachfeld Gräben zu ziehen.

»Nun wollen wir ihn auch gar nicht mehr an seine Verrücktheit erinnern«, sagte Lars Gunnarsson. »Vielleicht bekommt er dann seinen Verstand wieder. Der ist ohnedies nie so groß gewesen, dass er eine Verminderung vertragen könnte.«

Die Hauschristenlehre

Über nichts war Lars Gunnarsson vergnügter als über seinen Einfall, Jan in Skrolycka die lederne Mütze und den Stock abzunehmen. Es sah ja wahrhaftig aus, als hätte er ihm damit zugleich auch die Verrücktheit abgenommen.

Ein paar Wochen nach der Auktion in Bergvik sollte auf dem Fallaer Hofe die übliche Christenlehre gehalten werden. Aus der ganzen Gegend um den Duvsee versammelten sich die Leute, und unter ihnen waren auch die Bewohner von Skrolycka. Und, o Wunder!, Jan war nicht das Geringste anzumerken, dass irgendetwas mit seinem Verstand nicht in Ordnung war!

Alles, was an Bänken und Stühlen in Falla aufgetrieben werden konnte, war in das große Zimmer im Erdgeschoss gebracht worden. In dichten Reihen nahmen hier die zur Christenlehre gekommenen Leute Platz, und unter ihnen auch Jan, aber ohne dass er sich an einen besseren Platz gedrängt hätte, als ihm zukam. Lars behielt ihn die ganze Zeit über fest im Auge, und wirklich, die Verrücktheit war in der Tat zurückgegangen. Jan benahm sich vollständig wie ein anderer Mensch, das musste Lars zugeben.

Jan war überaus schweigsam, und wer ihn begrüßte, bekam keine andere Erwiderung als ein kurzes Kopfnicken; aber das konnte ja auch daher kommen, dass er die Andacht nicht unterbrechen wollte, denn eine solche Christenlehre wurde ja als eine Art Gottesdienst betrachtet.

Ehe dann die Christenlehre selbst begann, mussten alle Anwesenden aufgeschrieben werden, und als der Pfarrer Jan Andersson in Skrolycka aufrief, antwortete Jan ohne das geringste Zögern, wie wenn der Kaiser Johannes von Portugallien niemals existiert hätte.

Der Pfarrer saß an einem Tisch ganz vorne im Zimmer mit dem gewaltigen Rechenschaftsberichtsbuch vor sich. Neben ihm saß Lars Gunnarsson und half ihm, indem er ihm Auskunft darüber gab, wer während des letzten Jahres aus diesem Gemeindebezirk weggezogen war und wer sich etwa verheiratet hatte.

Als nun Jan so richtig antwortete, sahen alle Anwesenden, wie sich der Pfarrer an Lars wendete und eine stumme Frage an ihn richtete.

»O, 's war nicht so gefährlich, wie's ausgesehen hat«, antwortete Lars. »Ich hab's ihm ausgetrieben. Er kommt jetzt wieder jeden Tag hierher nach Falla und arbeitet gerade wie vorher.«

Lars war nicht so klug gewesen, seine Stimme zu dämpfen, wie der Pfarrer es getan hatte; alle Anwesenden verstanden, von wem die Rede war, und vieler Augen richteten sich auf Jan, der aber so ruhig dasaß, als hätte er gar nichts gehört.

Dann nahm die Christenlehre ihren Anfang, und da befahl der Pfarrer einigen jungen Leuten, die in ihren Kenntnissen der christlichen Lehre geprüft werden sollten und denen es etwas bänglich zumute war, das vierte Gebot herzusagen.

Es war indes nicht so ganz zufällig, dass der Pfarrer an diesem Tage gerade dieses Gebot gewählt hatte. Da er hier in einer behaglichen, stattlichen Stube saß, mit festen Bänken an den Wänden und altertümlichem Hausrat, und er auch sonst überall deutliche Zeichen von Wohlstand wahrnahm, fühlte er sich berufen, die Menschen daran zu erinnern, wie gut es den Familien gehe, wo ein Geschlecht ums andere zusammenhalte, wo die Jungen die

Alten regieren ließen, so lange diese Kraft dazu hätten, und sie auch später noch ehrten und achteten, so lange sie auf dieser Erde weilten.

Er hatte eben angefangen, die große Verheißung zu erklären, die Gott denen gegeben hat, die Vater und Mutter ehren, als Jan von Skrolycka plötzlich von seinem Stuhl aufstand.

»Es steht einer draußen vor der Tür, der nicht hereinzukommen wagt«, sagte er.

»Börje, Ihr sitzt am nächsten an der Tür, seht einmal nach, wie es sich verhält!«, sagte der Pfarrer.

Börje stand auf, öffnete die Tür und sah auf den Flur hinaus.

»Nein, 's ist niemand da«, sagte er. »Jan hat nicht recht gehört.«

Die Christenlehre kam wieder in Gang. Der Pfarrer erklärte seinen Zuhörern, dieses Gebot sei nicht so sehr ein Befehl, sondern vielmehr ein guter Rat, den man genau befolgen sollte, wenn man wolle, dass es einem im Leben gut gehe. Er sei ja nur erst ein junger Mann, sagte er, aber so weit sei er in der Erfahrung doch schon gekommen, um bezeugen zu können, wer seine Eltern verachte und ihnen ungehorsam sei, der lege den sichersten Grund zum Unglück seines Lebens.

Während der Pfarrer also redete, drehte Jan einmal ums andere den Kopf nach der Tür. Dann machte er Katrine, die in der hintersten Stuhlreihe saß und sich leichter durchdrängen konnte, ein Zeichen, hinzugehen und aufzumachen. Katrine blieb noch lange still sitzen; aber sie war doch ein wenig ängstlich, Jan in diesen Tagen zuwiderzuhandeln, und so gehorchte sie ihm schließlich. Aber als sie die Tür aufgemacht hatte und hinausschaute, sah sie ebenso wenig jemand im Flur wie vorhin Börje. Sie schüttelte den Kopf gegen Jan und setzte sich wieder auf ihren Platz.

Der Pfarrer hatte sich durch Katrinens Hin- und Hergehen nicht stören lassen. Zur großen Freude aller derer, die abgefragt werden sollten, war er fast ganz vom Fragenstellen abgekommen und entwickelte dafür seinen Zuhörern alle die schönen Gedanken, die sich ihm aufdrängten.

»Denkt euch«, sagte er, »wie gut und sicher doch alles für die lieben Alten, die in unseren Häusern bei uns wohnen, angeordnet ist! Ist es nicht köstlich für uns, denen eine Stütze sein zu dürfen, die uns geholfen haben, als wir noch nicht vermochten, ihnen das Leben leicht zu machen, die vielleicht gehungert und gefroren haben, um uns Nahrung und Kleidung zu verschaffen? Es ist eine Ehre für ein junges Paar, wenn es einen alten Vater oder eine alte Mutter glücklich und zufrieden mit ihrem Los bei sich im Hause – – –«

Gerade als der Pfarrer dies sagte, erhob sich in einer andern Ecke des Zimmers leises Weinen. Lars Gunnarsson, der mit andächtig gesenktem Kopf dagesessen hatte, stand rasch auf, ging auf den Zehen, um den Pfarrer nicht zu stören, durchs Zimmer, legte den Arm um seine Schwiegermutter und zog sie mit sich vor an den Tisch, wo der Pfarrer saß.

Hier musste sie Lars Gunnarssons Platz einnehmen, während er sich selbst hinter sie stellte und zu ihr hinuntersah. Auch seiner Frau machte er ein Zeichen; da kam sie herbei und stellte sich neben ihn. Das sah sehr schön aus, und alle begriffen, was Lars ihnen zeigen wollte, nämlich dass es hier bei ihm so sei, wie der Herr Pfarrer gesagt hatte, dass es sein sollte.

Der Pfarrer sah froh und erfreut aus, als sein Blick auf der alten Mutter und ihren Kindern ruhte. Eines nur flößte ihm etwas Unbehagen ein; die alte Frau weinte noch immer zum Herzbrechen. Noch nie war es ihm gelungen, bei irgendeinem seiner Gemeindeglieder eine solche Rührung hervorzurufen.

Nach einer kleinen Pause fuhr er fort:

»Ja, es ist nicht schwer, das vierte Gebot zu halten, solange wir jung sind und unter der Vormundschaft der Eltern stehen, aber später, da kostet es Anstrengung. Wenn wir selbst erwachsen und mündig geworden sind und meinen, wir seien ebenso klug –«

Hier wurde der Pfarrer abermals von Jan unterbrochen, der sich nun schließlich bis zur Tür durchgedrückt, sie geöffnet hatte und hinausgetreten war.

Und Jan hatte mehr Glück als die andern. Man hörte, wie er zu jemand, der draußen im Flur stand, Guten Tag sagte.

Aller Augen richteten sich auf die Tür, um zu sehen, wer während der ganzen Christenlehre da draußen gestanden und nicht gewagt hatte hereinzukommen. Sie hörten, wie Jan den draußen inständig bat einzutreten, und sie sahen ihn auch die Tür weit zurückschlagen; aber der Draußenstehende sträubte sich offenbar immer noch. Schließlich zog Jan die Türe wieder zu und trat allein ins Zimmer herein. Aber er ging nicht an seinen vorigen Platz zurück, sondern drängte sich mit großer Mühe bis zu dem Tisch vor, an dem der Pfarrer saß.

»Nun, Jan, werden wir nun erfahren, wer uns den ganzen Abend hindurch gestört hat?«, sagte der Pfarrer etwas ungeduldig.

»Der alte Hofbauer von Falla ist draußen gewesen«, verkündigte Jan, ohne auch nur eine Spur von Verwunderung oder Erstaunen über das, was er mitzuteilen hatte, an den Tag zu legen.

»Er wollte nicht hereinkommen, hat mir aber aufgetragen, Lars Gunnarsson zu sagen, er solle sich vor dem ersten Sonntag nach dem Johannisfest in Acht nehmen.«

Im ersten Augenblick verstanden die Leute nicht, was diese Worte bedeuteten.

Auf den hinteren Bänken hatte man nicht recht verstehen können, was Jan gesagt hatte; aber man sah, dass der Pfarrer heftig zusammenfuhr, und da merkten die Leute wohl, dass Jan etwas Schreckliches gesagt haben musste. Sie sprangen von ihren Sitzen auf, drängten näher herbei und fragten nach rechts und links, von wem denn ums Himmels willen Jan seinen Auftrag erhalten habe.

»Aber Jan!«, rief der Pfarrer mit strenger Stimme. »Weißt du denn, was du sagst?«

»Gewiss weiß ich's«, versetzte Jan und nickte dem Pfarrer zur Bestätigung seiner Worte zu. »Denn ich hatt' ihn ja schon die ganze Zeit draußen gehört. Ich hab' ihn gebeten hereinzukommen, aber er hat nicht gewollt, sondern hat mir nur den Auftrag an seinen Schwiegersohn gegeben; dann ist er gleich fortgegangen. ›Sag ihm‹, hat er gesagt, ›nicht ich wolle ihm etwas Böses antun, weil er mich in meinem elenden Zustand im Schnee draußen liegen gelassen hat und mir nicht zur rechten Zeit zur Hilfe gekommen ist; aber das vierte Gebot sei ein strenges Gebot. Grüß ihn von mir, und sag ihm, er solle bekennen und bereuen, das sei das Beste für ihn. Er habe noch Zeit bis zum ersten Sonntag nach dem Johannisfest.‹«

Da Jan ganz vernünftig redete und den merkwürdigen Auftrag vollkommen glaubwürdig vorbrachte, waren sowohl der Pfarrer als auch alle die andern mehrere Sekunden lang in dem Wahne befangen, Erik von Falla habe tatsächlich vor der Zimmertür seines Hauses gestanden und mit dem alten Häusler geredet. Und unwillkürlich richteten sich aller Augen auf Lars Gunnarsson, um zu sehen, welche Wirkung Jans Worte auf ihn hätten.

Aber Lars begann zu lachen und sagte: »Ich hab' Jan bis jetzt für klug gehalten, sonst hätt' ich ihn nicht an der Christenlehre teilnehmen lassen. Der Herr Pfarrer muss so gut sein und die Störungen entschuldigen. Der Irrsinn bricht wieder bei ihm hervor.«

Der Pfarrer fuhr sich mit der Hand über die Stirne und sagte erleichtert: »Ja, ja, so ist es!«

Er war nahe daran gewesen, an etwas Übernatürliches zu glauben. Aber nun handelte es sich vielleicht nur um das Wahngebilde eines Geisteskranken; das war eine große Beruhigung.

»Der Herr Pfarrer muss nämlich wissen, dass Jan keine besondere Liebe für mich empfindet«, fuhr Lars in seiner Erklärung fort; »und das verrät er jetzt, weil er den Verstand nicht mehr hat, es zu verbergen. Und eins muss ich ja auch zugeben: Wenn man genau zusieht, so bin ich schuld dran, dass die Tochter fortmusste, um Geld zu verdienen. Und das ist's, was Jan mir nie verzeihen kann.«

Der Pfarrer verwunderte sich wohl etwas über den eifrigen Ton. Seine tiefen blauen Augen richteten sich forschend auf Lars Gunnarsson. Und Lars konnte diesen Blick nicht aushalten, sondern wendete sich weg. Aber er fühlte, dass dies unrichtig war, und gab sich deshalb alle Mühe, dem Pfarrer ins Gesicht zu sehen, konnte es jedoch nicht, und so wendete er sich mit einem Fluch ab.

»Lars Gunnarsson!«, rief der Pfarrer. »Was habt Ihr denn?« Lars fasste sich rasch.

»Kann ich denn diesen verrückten Kerl nicht loswerden!«, sagte er, wie wenn er über Jan geflucht hätte. »Da steht nun der Herr Pfarrer mit allen meinen Nachbarn, und man hält mich für einen Mörder, nur weil ein Narr einen alten Groll gegen mich hegt. Ich hab' ja schon gesagt, wie's ist. Wegen der Tochter will er mir zu Leib. Aber ich hab' doch nicht wissen können, dass sie ins Unglück rennen würde, weil ich meine Ansprüche erhoben hatte. Ist denn hier keiner, der für Jan sorgt, damit wir andern unsere Andacht fortsetzen können?«

Noch einmal strich sich der junge Pfarrer mit der Hand über die Stirn. Er fühlte sich von Lars' Worten peinlich berührt, konnte ihm aber auch keinen ernstlichen Vorhalt machen, da er ja nichts Bestimmtes wusste. Er sah sich nach der alten Hofbäuerin um; doch diese hatte sich fortgeschlichen. Dann ließ er seinen Blick über die Versammelten hingleiten, aber von ihnen bekam er keine Hilfe. So viel war sicher, von den Anwesenden wusste jeder, ob Lars ein Verbrecher war oder nicht, aber als der Pfarrer sich zu ihnen wendete, schienen sich alle die Gesichter vor ihm gleichsam zu verschließen und allen Ausdruck zu verlieren.

Katrine war unterdessen vorgetreten und hatte Jan untergefasst. Sie waren schon auf dem Weg nach der Ausgangstür, und mit dem Irrsinnigen wollte der Pfarrer jetzt auch kein Verhör anstellen.

»Ich glaube, ich will es für heute genug sein lassen«, sagte der Pfarrer. »Wir wollen die Christenlehre beschließen.«

Er sprach ein kurzes Gebet, und man sang ein Lied. Dann verließen alle das Zimmer.

Der Pfarrer war der Letzte, der ging.

Als Lars ihn nach der Gitterpforte begleitete, lenkte er das Gespräch von selbst auf das, was sich eben zugetragen hatte.

»Der Herr Pfarrer hat wohl gehört, dass ich mich vor dem ersten Sonntag nach Johanni in Acht nehmen soll?«, sagte er. »Das ist ein Beweis, dass Jan an seine Tochter gedacht hat. Am Sonntag nach Johanni im vorigen Jahre bin ich bei Jan gewesen, um wegen seines Hauses ins Reine zu kommen.«

Dem Pfarrer wurde bei allen diesen Erklärungen immer unheimlicher zumute. Ganz hastig legte er Lars Gunnarsson die Hand auf die Schulter und versuchte, ihm in die Augen zu sehen.

»Lars Gunnarsson!«, sagte er mit herzlicher, überredender Stimme. »Ich bin kein Richter. Und wenn Ihr etwas auf Eurem Gewissen habt, könnt Ihr zu mir kommen. Vergesst das nicht! Ich erwarte Euch jeden Tag, Lars Gunnarsson! Wartet nur nicht, bis es zu spät ist!«

Ein alter Troll

In dem zweiten Winter, den das kleine Mädchen von Skrolycka in der weiten Welt draußen war, wurde es gegen Ende Januar ganz unheimlich kalt. Es war eine furchtbare Kälte. Um die kleinen Häuser in Askedalarna mussten die Leute den Schnee hoch aufhäufen, um ihre Stuben nur einigermaßen warmhalten zu können, und die Kühe im Stall musste man jede Nacht mit Stroh zudecken, damit sie nicht erfroren.

Ja, es war furchtbar kalt! Das Brot gefror, und der Käse gefror, selbst die Butter wurde zu einem Eisklumpen. Und als es am allerkältesten war, schien auch das Feuer nicht mehr die Macht zu haben, so warm zu machen wie sonst. Man mochte ein noch so großes Feuer auf dem Herd anzünden, es wollte nicht warm im Zimmer werden, die Wärme reichte nur gerade bis an den Rand der Herdplatte.

Eines Tages, als die Kälte besonders empfindlich war, ging Jan in Skrolycka nicht zu seiner Arbeit aus, er blieb daheim und half Katrine, das Feuer zu unterhalten. Weder er noch Katrine hatten sich an diesem Tag vor die Tür hinausgewagt, aber je länger sie daheimsaßen, desto mehr froren sie. Als dann gegen fünf Uhr die Dämmerung hereinbrach, sagte Katrine, es wäre am besten, sie gingen jetzt zu Bett. Es habe gar keinen Zweck, noch länger aufzubleiben und zu frieren.

Jan war am Nachmittag mehrmals ans Fenster getreten und hatte durch eine kleine Ecke in der Fensterscheibe, die noch immer durchsichtig war, während sonst alle Scheiben mit dicken Eisblumen bedeckt waren, hinausgespäht, und auch jetzt ging er wieder zum Fenster hin.

»Ja, geh du ruhig zu Bett, Katrine«, sagte er, während er wieder durch die klare Stelle hinauslugte; »ich selbst muss noch eine Weile aufbleiben.«

»Das fehlte grade noch!«, versetzte Katrine. »Was hast du denn zu tun? Warum kannst du nicht ebenso gut zu Bett gehen wie ich?«

Jan gab keine direkte Antwort, sondern sagte: »'s ist merkwürdig, ich hab' Agrippa Prästberg noch nicht vorbeigehen sehen.«

»Ach so, wartest du auf den?«, erwiderte Katrine. »Der ist wahrhaftig nicht so gegen dich gewesen, dass du seinetwegen aufsitzen und frieren müsstest.«

Jan hob gebietend die Hand auf. Von allen den Manieren, die er während seiner Kaiserzeit angenommen, war dies die einzige, die er noch nicht ganz aufgegeben hatte. Er erwartete Prästberg durchaus nicht zu Besuch bei sich, aber er wusste, dass Prästberg bei einem der alten Fischer in Askedalarna zum Abendessen eingeladen war, und verwunderte sich, weil er ihn noch nicht hatte vorüberkommen sehen.

»Er ist wohl so vernünftig gewesen, daheimzubleiben«, sagte Katrine.

Mit dem zunehmenden Abend wurde es immer kälter. Die Balken in den Wänden krachten, wie wenn die Kälte anklopfte und Einlass begehrte. Alle Sträucher und Bäume sahen ganz unförmig aus, in so dicke Pelze aus Eis und Schnee waren sie eingehüllt; aber auch sie waren wohl gezwungen, alles anzuziehen, was sie nur konnten, um sich vor der Kälte zu schützen.

Nach einer Weile machte Katrine ihren Vorschlag aufs Neue.

»Ich seh' zwar, dass es erst halb sechs ist«, sagte sie, »aber jetzt stell' ich jedenfalls den Kessel aufs Feuer und koche das Abendbrot. Dann steht dir's frei, zu Bett zu gehen oder auf Prästberg zu warten, ganz wie du Lust hast.«

Jan war die ganze Zeit nicht vom Fenster weggegangen.

»Ich halt' es für ganz unmöglich, dass er schon vorbeigekommen ist, sonst hätt' ich ihn sehen müssen«, sagte er.

»Aber 's ist doch wohl ganz einerlei, ob so ein Kerl vorbeikommt oder nicht!«, versetzte Katrine in scharfem Ton; denn jetzt war sie es überdrüssig, immer von diesem alten Landstreicher reden hören zu müssen.

Jan stieß einen tiefen Seufzer aus. Katrine hatte mit dem, was sie sagte, mehr recht, als sie selbst wusste. Jan machte sich nicht das Geringste daraus, ob der alte Greppa vorüberging oder nicht. Wenn er davon geredet hatte, dass er auf ihn warte, so war das nur ein Vorwand, um noch länger am Fenster stehen bleiben zu können.

Seit jenem Tag, an dem Lars in Falla die Macht und Herrlichkeit von ihm genommen hatte, war von der großen Kaiserin, dem kleinen Mädchen von Skrolycka, kein Zeichen und keine Botschaft zu Jan gelangt. Er war überzeugt, es hatte nicht ohne ihre Einwilligung geschehen können, und daraus erkannte er, dass er, Jan, etwas getan haben musste, was ihr unangenehm gewesen war. Aber was es war, das konnte er nicht herausbringen, ob er sich auch noch so sehr den Kopf zerbrach. Er grübelte darüber nach in den langen Winterabenden und während der langen dunklen Morgen, wenn er in der Scheune auf Falla den Dreschflegel schwang, und auch während der kurzen Tage, wo er Brennholz aus dem Walde nach dem Hofe fuhr.

Er konnte nicht glauben, dass sie über das, was mit dem Kaisertum selbst zusammenhing, ärgerlich sein könnte. Drei Monate lang war ja alles ausgezeichnet gegangen. Da hatte er eine Zeit gehabt – nie, nie hätte er sich das träumen lassen, was er, der arme Mann wirklich erlebt hatte! Aber dagegen konnte doch Klara Gulla nichts haben.

Nein, er musste etwas getan oder gesagt haben, mit dem sie unzufrieden war, und deshalb war die Strafe über ihn gekommen.

Aber so unversöhnlich konnte sie doch nicht sein, dass sie ihm nie verzeihen würde? Ach, wenn sie ihm doch nur sagen wollte, warum sie böse über ihn war! Was er tun konnte, um sie zu versöhnen, dem wollte er sich ohne Klage unterwerfen. Da konnte sie ja selbst sehen, er hatte seine Arbeitskleider wieder angezogen und war zu seinem Tagewerk gegangen, sobald sie ihn hatte wissen lassen, dass sie es so haben wollte.

Wie ihm zumute war, darüber wollte er indes weder mit Katrine noch mit dem Netzstricker reden. Ganz geduldig wollte er warten, bis ein sicheres Zeichen von Klara Gulla eintraf. Gar oft fühlte er dieses Zeichen auch ganz nahe, ja eigentlich zum Greifen nahe, wenn er nur die Hand danach ausstreckte.

Gerade an diesem Tag, wo er bei der großen Kälte im Zimmer eingeschlossen saß, hatte er wieder ganz deutlich gefühlt, dass Nachrichten von Klara Gulla im Anzug waren. Und nach diesen Nachrichten spähte er durch die kleine durchsichtige Ecke in der Fensterscheibe aus. Wenn die Nachrichten jetzt nicht bald kamen, dann war es ihm unmöglich, das Leben noch länger zu ertragen, das fühlte er deutlich.

Jetzt war es indes schon so dunkel, dass er kaum noch die Gitterpforte unterscheiden konnte, und so war also auch für diesen Tag alle Hoffnung zu Ende. Deshalb machte er nun auch keine Einwendungen mehr, als Katrine wieder vom Zubettgehen redete. Sie trug die Grütze auf, das Abendbrot wurde gegessen, und ehe die Uhr ein Viertel nach sechs zeigte, waren die beiden schon zur Ruhe gegangen.

Sie schliefen auch bald ein; aber es wurde kein langer Schlaf. Die große Kastenuhr hatte kaum halb sieben geschlagen, als Jan schon wieder aus dem Bett sprang. Rasch legte er frisches Holz auf die Glut, die noch nicht ganz ausgegangen war, und dann zog er sich an.

Er gab sich zwar alle Mühe, so leise wie möglich zu sein, aber dennoch wachte Katrine auf. Sie setzte sich im Bette auf und fragte, ob es denn schon Morgen sei.

Nein, nein, beruhigte sie Jan, das sei es gewiss nicht; aber das kleine Mädchen habe ihn im Traum gerufen und ihm befohlen, in den Wald zu gehen.

Jetzt war die Reihe zu seufzen an Katrine! Ach, der Wahnsinn hatte sich Jans wohl wieder bemächtigt! Sie hatte das in der letzten Zeit jeden Tag erwartet, denn Jan war gar so niedergedrückt und ruhelos gewesen.

Jetzt machte sie gar keinen Versuch, ihn zum Dableiben zu überreden; stattdessen stand sie auch auf und kleidete sich an.

»Wart' ein wenig!«, sagte sie, als Jan fertig unter der Tür stand und eben hinausgehen wollte. »Wenn du heut' Nacht in den Wald hinausmusst, dann will ich mit dir gehen.«

Sie hatte erwartet, er werde Einwendungen machen; aber er widersprach ihr nicht, sondern blieb an der Tür stehen, bis sie fertig war. Er schien es allerdings eilig zu haben, war aber jetzt doch vernünftiger und gefasster, als er den ganzen Tag über gewesen war.

Ja, das war auch ein Abend, um unterwegs zu sein! Die Kälte stellte sich ihnen entgegen wie eine Mauer von scharfen spitzigen Glasscherben. Sie schnitt ihnen wie mit Messern ins Gesicht, und sie hatten das Gefühl, als werde ihnen die Nase aus dem Gesicht gerissen. Die Fingerspitzen taten ihnen bitter weh, und es war, als würden ihnen sofort die Zehen abgehauen, sie fühlten gar nicht mehr, dass sie noch welche hatten.

Aber Jan ließ nicht einen Ton der Klage über seine Lippen dringen und auch Katrine nicht. Unentwegt gingen sie weiter. Jan schlug denselben Weg über den Hügel ein, den er damals am Weihnachtsmorgen mit Klara Gulla gegangen war, als sie noch so klein gewesen, dass man sie hatte tragen müssen.

Der Himmel war klar, und eine schmale silberne Mondsichel blinkte im Westen; es war also durchaus nicht dunkel. Aber trotzdem fiel es den beiden nächtlichen Wanderern schwer, auf dem Weg zu bleiben, denn alles war ganz weiß. Ein Mal ums andere kamen sie über den Wegrand hinaus und sanken tief in den Schnee ein.

Doch gelang es ihnen schließlich, sich bis zu dem großen Steinblock hindurchzuarbeiten, der einstmals von einem Riesen nach der Svartsjöer Kirche geschleudert worden war.

Jan war schon an ihm vorübergegangen, als Katrine, die hinter ihm ging, einen lauten Schrei ausstieß.

»Jan, Jan! Siehst du denn nicht, dass hier jemand sitzt?«, rief sie entsetzt.

Und seit jenem Tag, wo Lars Gunnarsson gekommen war, um ihnen ihr Häuschen zu nehmen, hatte sie Jan nie wieder so angstvoll aufschreien hören.

Er drehte um und trat zu ihr, und es hätte nicht viel gefehlt, so hätten beide das Hasenpanier ergriffen. Denn wahr und wahrhaftig, saß da nicht, an den Stein gelehnt und mit Raureif fast ganz überzogen, ein großer alter Troll mit struppigem Bart und einer Nase wie ein Rüssel?

Ganz regungslos saß er da, und es war nicht anders anzunehmen, als dass er, von Kälte ganz erstarrt, nicht mehr in seine Erdhöhle, oder wo er sich sonst aufhielt, hatte zurückkehren können.

»Wie merkwürdig, Jan, dass es solche doch wirklich gibt!«, sagte Katrine. »Das hätt' ich nicht geglaubt, so viel ich auch schon von ihnen reden hörte.«

Aber welches von den beiden sich zuerst fasste, und wer zuerst erkannte, was er sah, das war nicht Katrine, sondern Jan.

»Es ist kein Troll«, sagte er. »Nein, es ist kein Troll, es ist Agrippa Prästberg.«

»Ums Himmels willen, was sagst du?«, rief Katrine. »Und wahrhaftig, es ist Greppa! Aber er sieht einem Troll zum Verwechseln ähnlich.«

»Er hat sich hier niedergesetzt und ist eingeschlafen«, sagte Jan.
»Er wird doch nicht am Ende tot sein?«
Sie riefen den Alten beim Namen und schüttelten ihn; aber er blieb trotzdem starr und regungslos sitzen.
»Lauf du heim, und hol den Schlitten, damit wir ihn nach Haus schaffen!«, befahl Jan. »Ich bleib' hier und reib' ihn mit Schnee, bis er aufwacht.«
»Wenn du dann nur nicht auch erfroren bist, bis ich zurückkomme«, erwiderte Katrine.
Aber Jan sagte: »Meine liebe Katrine, mir ist seit Jahren nicht so heiß gewesen wie heut' Abend. Ich bin so glücklich über das kleine Mädchen. Ist es nicht sehr schön von ihr, dass sie uns hier herausgeschickt hat, damit wir dem das Leben retten, der so viele Lügen über sie verbreitet hat?«

Ein paar Wochen später, gerade als Jan auf dem Heimweg von seiner Arbeit war, kam ihm Agrippa entgegen.
»Jetzt bin ich wieder ganz frisch und gesund«, sagte Greppa. »Aber so viel ist sicher, wenn du und Katrine mir nicht zu Hilfe gekommen wäret, dann wär' heutigen Tags nicht mehr viel übrig von Johann Utter Agrippa Prästberg, und ich hab' mir deshalb auch den Kopf zerbrochen, wie ich euch einen Gegendienst leisten könnte.«
»Mein guter Agrippa Prästberg, deshalb braucht Ihr Euch keine grauen Haare wachsen zu lassen«, sagte Jan und hob abwehrend die Hand auf.
»Ach schweig, und hör mich an!«, sagte Prästberg. »Wenn ich gesagt hab', ich hätt' mir den Kopf zerbrochen, wie ich euch einen Gegendienst leisten könnte, so ist's kein leeres Gerede, sondern 's ist ernsthaft gemeint. Und jetzt ist's auch schon ausgeführt. Vor einigen Tagen bin ich hier dem Handelsmann begegnet, der eurem Mädel damals das rote Kleid geschenkt hatte.«
»Wem?«, fragte Jan, und er war so aufgeregt, dass er förmlich nach Luft schnappte.

»Dem Mann, der eurem Mädel das Kleid geschenkt hat, und durch dessen Vermittlung sie dann in Stockholm ins Unglück geraten ist. Da hab' ich ihm zuerst auf eure Rechnung eine so feste Tracht Prügel gegeben, als er vertragen konnte, und dann hab' ich zu ihm gesagt, wenn er sich das nächste Mal in diesem Bezirk zeige, könne er noch einmal so viel bekommen.«

Jan wollte nicht glauben, dass er recht gehört hatte.

»Aber was sagte er? Habt Ihr ihn nicht nach Klara Gulla gefragt? Hat er keine Botschaft von ihr gehabt?«

»Was hätte er sagen sollen? Er hat die Prügel hingenommen und geschwiegen. So, nun hab' ich euch also einen Gegendienst geleistet, nun sind wir quitt. Johann Utter Agrippa Prästberg bleibt nicht gern jemand was schuldig.«

Damit marschierte Greppa weiter; aber Jan blieb mitten auf dem Wege stehen und jammerte laut.

Das kleine Mädchen, das kleine Mädchen! Es hatte ihm eine Botschaft schicken wollen. Dieser Handelsmann hatte ganz gewiss Grüße von ihr gehabt. Aber jetzt erfuhr er ja nichts, der Mann war fortgejagt.

Jan rang die Hände. Er weinte nicht, aber sein ganzer Körper tat ihm weh, viel weher, als wenn er krank gewesen wäre.

Jetzt erst begriff er Klara Gullas Absicht! Prästberg, der immer unterwegs war, hätte von dem Handelsmann eine Botschaft entgegennehmen und sie Jan weitergeben sollen. Ach, bei Prästberg war es genau so, wie es mit einem Troll zu gehen pflegt: Einerlei, ob dieser helfen oder schaden will, es geschieht immer ein Unglück.

Der Sonntag nach Johanni

Am ersten Sonntag nach dem Johannisfest waren alle Leute in Askedalarna beim Netzstricker zu der großen Gasterei geladen, die der Netzstricker und seine Schwiegertochter jedes Jahr um diese Zeit zu geben pflegten.

Man hatte wohl Grund, sich darüber zu verwundern, dass zwei so bettelarme Leute jedes Jahr ein Gastmahl geben; aber allen denen, die mit den Verhältnissen bekannt waren, kam die Sache ganz natürlich vor.

Es verhielt sich nämlich folgendermaßen: Als der Netzstricker noch ein reicher Mann gewesen war, hatte er jedem von seinen Söhnen einen Hof gegeben. Der älteste von ihnen hatte dann mit seinem Eigentum ungefähr so gehaust wie Ol' Bengtsa selbst und war als ein armer Mann gestorben.

Der andere Sohn aber war von gesetzterer und ordentlicherer Art. Er hatte seinen Hof noch in gutem Stand, ja, er hatte seinen Besitz überdies vermehrt und war nun ein vermögender Mann.

Aber was er jetzt sein Eigen nannte, war nur ein ärmlicher Besitz gegen den, den er hätte haben können, wenn der Vater nicht so verschwenderisch mit dem Seinen umgegangen wäre und seine Gelder und seinen Grundbesitz nicht ganz zweck- und sinnlos verschleudert hätte. Wenn diesem Sohn in seinen jungen Jahren solcher Reichtum zugefallen wäre, dann hätte er es weiß Gott wie weit bringen können. Er hätte alle Wälder des Lövsjöer Bezirks sein Eigen nennen, in Broby ein Handelshaus und auf dem Löven ein Dampfboot haben können. Ja, er hätte sogar als Herr auf dem Ekebyer Hüttenwerk sitzen können!

Der Sohn hatte natürlich dem Vater seine Misswirtschaft nur schwer verzeihen können; aber er hatte sich doch immer zusammengenommen, damit es zu keinem Bruch gekommen war. Als Ol' Bengtsa bankerott wurde, hatten allerdings viele Leute und auch der Vater selbst erwartet, nun werde der Sohn dem Vater mit seinen Mitteln zu Hilfe kommen. Aber was hätte das nützen können? Es wäre ja nur alles in die Hände der Gläubiger gefallen. Gerade in Gedanken daran, dass der Vater noch irgendwo hinkommen könnte, wenn alles zu Ende wäre, hatte der Sohn das zurückbehalten, was er bekommen hatte.

Dass dann Ol' Bengtsa zu der Witwe des älteren Sohnes gezogen war und ihr angeboten hatte, sich und sie durch Netzstricken zu versorgen, daran war der jüngere Sohn nicht schuld. Nicht einmal, sondern hundertmal hatte er den Vater gebeten, zu ihm zu kommen und bei ihm zu wohnen. Mit seiner Weigerung beging der Vater fast ein neues Unrecht gegen ihn; denn der Sohn wurde von denen, die wussten, wie schlecht es dem Alten ging, scheel darob angesehen.

Aber selbst darum war es nicht zum Streit zwischen Vater und Sohn gekommen, und um dem Alten seine Freundschaft zu beweisen, legte der Sohn jeden Sommer einmal mit Frau und Kindern den lebensgefährlichen Weg nach Askedalarna zurück und blieb den ganzen Tag dort.

Wenn nun die Leute gewusst hätten, wie bedrückt sich sowohl er als seine Frau fühlten, sooft sie die kleine Hütte mit dem baufälligen Schuppen und dem steinigen Kartoffelacker sowie die vielen in Lumpen gekleideten Kinder der Schwägerin sahen, dann hätten sie wohl verstanden, wie groß ihre Liebe für den Vater war, da sie, nur um mit ihm zusammen zu sein, dies alles einmal im Jahre aushielten.

Am verdrießlichsten aber war ihm und seiner Frau, dass ihretwegen eine Gasterei gegeben werden sollte. Sooft sie wieder fortgingen, baten und flehten sie, der Vater solle es doch im nächsten Jahr, wenn sie wiederkämen, lassen, ihnen zu Ehren die Nachbarn einzuladen; aber der Alte war unerbittlich. Er wollte nicht auf das Gastmahl verzichten, obgleich er sicherlich nicht das Geld dazu hatte. Man hätte nicht geglaubt, dass von dem alten Ol' Bengtsa auf Ljusterby noch so viel übrig war, wenn man ihn so alt und stumpfsinnig umhergehen sah; aber die Lust zum Großtun war ihm eben doch noch geblieben. Sie hatte ihn ins Unglück gestürzt, und er schien sich ihrer nicht entschlagen zu können.

Der Sohn hatte es auf Umwegen gehört, und er wusste es ja auch ohnedies, dass der Alte und die Schwägerin das ganze Jahr hindurch sparten und zusammenscharrten, nur um an dem Tag, wo die Verwandten kamen, ein richtiges Gastmahl halten zu können. Aber dann wurde auch in einem fort geschmaust! Ein reich gedeckter Kaffeetisch wartete ihrer, ehe man aus dem Wagen gestiegen war. Dann kam das Mittagessen für alle Nachbarn mit Fisch und Braten und Reispudding und Saftcreme und einer großen Menge Getränke. Das war alles so traurig, dass der Sohn und seine Frau am liebsten geweint hätten. Beiden taten sie nichts, um dieser Torheit Vorschub zu leisten. Sie brachten als Gastgeschenke immer nur solche Dinge, die zum einfachen täglichen Leben gehörten. Aber das Festessen wurde deshalb doch gegeben.

Manchmal sagten sie zueinander, es werde ihnen am Ende nichts anderes übrig bleiben, als den Besuch ganz einzustellen, damit sich der Vater nicht noch einmal ihretwegen zugrunde richte. Aber sie fürchteten, wenn sie daheimblieben, so würde die gute Absicht, die sie dabei hatten, von niemand verstanden werden.

Und mit was für Leuten mussten sie bei diesem Festessen zusammensitzen! Mit alten Schmieden und Fischern und Kätnersleuten! Wenn nicht auch immer so angesehene Leute wie die von Falla gekommen wären, so wäre nicht ein Mensch dabei gewesen, mit dem sich ein vernünftiges Wort hätte reden lassen.

Ol' Bengtsas Sohn hatte natürlich Erik auf Falla selbst am meisten geschätzt, aber er fühlte auch große Achtung vor Lars Gunnarsson, der nach dem Tode des Schwiegervaters den Hof übernommen hatte. Lars stammte allerdings nicht aus vornehmem Geschlecht, aber er war ein Mann, der es verstanden hatte, sich eine gute Heirat zu sichern, und der auch sicherlich nicht ruhte, bis er sich Reichtum und Ansehen unter den Leuten erworben hatte.

Es war also eine große Enttäuschung für Ol' Bengtsas Sohn, als er im dritten Jahre nach Erik auf Fallas Tod gleich bei seiner Ankunft in Askedalarna hörte, Lars Gunnarsson werde wohl diesmal nicht zum Fest kommen.

»Ich bin nicht schuld daran«, sagte der alte Netzstricker. »Er gehört zwar nicht gerade zu meinen Leuten, aber deinetwegen bin ich doch nach Falla hinübergegangen und hab' ihn eingeladen.«

»Das Fest hier ist vielleicht nicht nach seinem Geschmack«, meinte der Sohn.

»O doch«, versetzte der Alte, »ich glaub', er wär' mehr als gern dabei gewesen. Was ihn dran hindert, ist was anderes.«
Der Alte gab keine nähere Erklärung, was er damit meinte; aber als die Gäste noch bei der ersten Tasse Kaffee saßen, kam er wieder darauf zurück.
»Du brauchst nicht zu bedauern, dass Lars heute nicht hierherkommt«, sagte er. »Es ist gar nicht sicher, ob du dich jetzt in seiner Gesellschaft wohlfühlen würdest. Er ist in der letzten Zeit etwas unordentlich geworden.«
»Ihr wollt doch nicht sagen, dass er das Trinken angefangen hat«, warf der Sohn ein.
»Doch, das ist nicht fehlgeschossen«, antwortete der Alte. »Seit dem Frühling ist's über ihn gekommen, und seit Johanni ist er gewiss nicht an einem einzigen Tag mehr ganz nüchtern gewesen.«

Bei diesen Besuchen wurde es so gehalten: Nachdem der Kaffee getrunken war, nahmen Vater und Sohn ihre Angelruten, gingen damit an den See hinunter und angelten. Um die Fische nicht zu vertreiben, verhielt sich der Alte meist mäuschenstill, doch in diesem Jahr machte er eine Ausnahme.

Ein Mal ums andere redete er den Sohn an. Natürlich kamen die Bemerkungen wie gewöhnlich nur langsam heraus und auch nur in kurzen Sätzen, aber der Vater war lebhafter als in den vorhergehenden Jahren, das war unverkennbar.

Man hätte fast glauben können, er habe etwas Besonderes auf dem Herzen, oder besser gesagt, er möchte gerne von dem Sohne auf irgendetwas eine Antwort haben. Er war wie jemand, der vor einem leeren Haus steht und immer wieder ruft und die Hoffnung, es werde schließlich jemand kommen und aufmachen, nicht aufgeben will.

Mehrere Male kam er wieder auf Lars Gunnarsson zurück. Er erzählte, wie es damals bei der Christenlehre gegangen war, und kramte auch all den Klatsch aus, der seit Erik in Fallas Tod in Askedalarna über Lars im Umlauf war.

Der Sohn gab dem Vater darin recht, dass Lars Gunnarsson wohl nicht so ganz unschuldig sein werde. Und wenn er jetzt das Trinken angefangen habe, so sei das auch ein schlimmes Zeichen.

»Ja, ja, ich bin neugierig, wie er über den heutigen Tag hinüberkommt«, sagte der Alte.

In demselben Augenblick zappelte ein Fisch an der Angel des Sohnes, und so war dieser einer Antwort überhoben. Es war in dieser Geschichte nichts, was mit dem, was zwischen ihm und dem Vater stand, die geringste Ähnlichkeit gehabt hätte, aber er war doch fest überzeugt, dass der Alte bei dem, was er sagte, eine bestimmte Absicht hatte.

»Ich hoffe, dass er heut' Abend zum Pfarrer geht«, begann der Alte wieder. »Denn 's gibt Vergebung, wenn man sie nur sucht.«

Nachdem der Alte das gesagt hatte, herrschte lange tiefes Schweigen zwischen Vater und Sohn. Der Sohn war eifrig dabei, einen neuen Köder an die Angel zu stecken, und dachte deshalb gar nicht daran, etwas zu erwidern. Und es war auch nichts gewesen, was eine Antwort erheischte. Aber dann stieß der Alte plötzlich einen so tiefen Seufzer aus, dass der Sohn ihn unwillkürlich ansah.

»Seht Ihr's nicht, Vater? Ein Fisch hat angebissen«, sagte er. »Ich glaub', Ihr lasst den Barsch mit der Angel davonschwimmen.«

Der Alte fuhr zusammen. Er löste den Fisch vom Angelhaken, benahm sich aber sehr ungeschickt, und so fiel der Fisch ins Wasser zurück.

»Ich hab' heut' offenbar kein Glück beim Fischen, so gern ich auch welche fangen möchte«, sagte er.

Ja, es war kein Zweifel, der Vater hatte etwas auf dem Herzen, was er dem Sohne sagen und bekennen wollte. Aber das konnte man doch wohl nicht verlangen, dass er sich auf die gleiche Stufe mit einem stellen sollte, der im Verdacht stand, seinen Schwiegervater umgebracht zu haben.

Der Alte hatte keinen neuen Köder auf seinen Angelhaken gesteckt. Mit zusammengelegten Händen stand er auf seinem Stein und starrte mit erloschenen Augen in das klare Wasser hinein.

»Ja, 's gibt Vergebung«, sagte er. »Für alle, die ihre Eltern vernachlässigen und sie in eisiger Kälte vergeblich auf Hilfe warten lassen, gibt's bis auf den heutigen Tag noch Vergebung. Aber dann ist es zu Ende.«

Dies konnte doch nicht dem Sohne gelten. Der Vater dachte wohl nur laut nach der Gewohnheit der alten Leute.

Nun aber fiel ihm ein, er könnte ja auch einen Versuch machen, mit dem Vater von etwas anderem zu reden, und so begann er: »Wie geht es denn dem Mann in Askedalarna, der im letzten Herbst verrückt geworden ist?«

»Ach so, du meinst Jan von Skrolycka?«, antwortete der Alte. »Nun, der ist den ganzen Winter über vernünftig gewesen. Auch er will heut' nicht zu unserem Gastmahl kommen, aber ihn wirst du wohl nicht vermissen. Er ist ja nur so ein armer Häusler wie ich auch.«

Das war freilich wahr; aber der Sohn war nur zu froh, dass er nun von jemand anders sprechen konnte als von Lars Gunnarsson, und so fragte er mit großer Teilnahme, was denn Jan in Skrolycka eigentlich fehle.

»Ach, es fehlt ihm nichts, als dass er vor lauter Heimweh nach seiner Tochter, die vor zwei Jahren in die Welt hinausgegangen ist und seither nicht ein einziges Wort von sich hat hören lassen, krank geworden ist.«

»Ist's die, die ins Unglück geraten ist?«

»Ach so, das weißt du noch? Aber das ist's nicht, warum sich der Vater zu Tode grämt. Die große Lieblosigkeit ist's, die er nicht vertragen kann.«

Die Redseligkeit des Vaters war geradezu ängstlich, er sagte gewiss mehr, als gut war.

»Ich glaub', ich will einmal dort auf den äußersten Stein hinausgehen«, sagte der Sohn. »Dort seh' ich viele Fische herumschwimmen.«

Durch diese Platzveränderung kam er außer Hörweite des Alten, und nachher fand sich den ganzen Vormittag keine Gelegenheit mehr zu einer Unterhaltung. Aber wo immer der Sohn sich aufhielt, fühlte er sich von den trüben glanzlosen Augen des Vaters verfolgt.

Er war diesmal wirklich froh, als die Gäste allmählich ankamen. Der Tisch war vor dem Hause gedeckt, und als der Vater zum Essen kam, machte er einen Versuch, Sorgen und Bekümmernisse abzuwerfen. Wenn er als Gastgeber an einem wohlbesetzten Tisch saß, trat noch so viel von dem alten Ol' Bengtsa zutage, dass man einen Begriff davon bekam, wie er früher gewesen war.

Von Falla war niemand anwesend; aber Lars Gunnarsson war in aller Gedanken, das merkte man wohl, und darüber konnte man sich natürlich nicht verwundern, denn es war ja gerade der Tag, vor dem Lars gewarnt worden war. Der Sohn von Ol' Bengtsa bekam nun auch noch sehr viel von der Christenlehre auf Falla und wie merkwürdig es gewesen war, dass der Pfarrer gerade an jenem Abend von den Pflichten der Kinder gegen die Eltern gesprochen hatte, zu hören, jedenfalls mehr, als ihm angenehm war. Er sagte zwar nichts, aber der alte Ol' Bengtsa musste ihm am Gesicht angesehen haben, dass er dieser Sache allmählich überdrüssig wurde, denn nun wendete er sich an den Sohn und redete ihn an.

»Was sagst du zu all dem, Nils?«, fragte er. »Du denkst gewiss in deinem Herzen, es sei sehr sonderbar, dass unser Herrgott nicht auch ein Gebot für die Eltern geschrieben habe, wie die sich gegen ihre Kinder verhalten sollten?«

Das kam dem Sohn ganz unerwartet. Er fühlte, dass er rot wurde, wie wenn er auf frischer Tat ertappt worden wäre.

»Aber Vater!«, sagte er. »Ich hab' niemals weder gedacht noch gesprochen – – –«

»Ja, das ist wahr«, unterbrach ihn der Alte, und zugleich wendete er sich an alle, die am Tisch saßen. »Ich weiß, es wird euch schwer werden, das zu glauben, was ich jetzt sage. Aber es ist die reine Wahrheit, dass dieser mein Sohn mir noch niemals ein böses Wort gegeben hat, und seine Frau auch nicht.«

Der Alte hatte sich mit diesen Worten nicht an eine bestimmte

Person gewendet, und es schien sich auch keiner von den Anwesenden bemüßigt zu fühlen, ihm etwas zu erwidern.

»Ja, die Meinigen haben harte Prüfungen durchmachen müssen«, fuhr Ol' Bengtsa fort. »Es waren große Güter, die ihnen entgangen sind. Sie könnten jetzt Herrenleute sein, wenn ich mich nur um das Meinige ordentlich angenommen hätte. Aber sie haben sich niemals beklagt. Und jeden Sommer kommen sie hierher und besuchen mich, um zu zeigen, dass sie mir nicht böse sind.«

Das ganze Gesicht des Alten sah jetzt wieder wie erstorben aus, und seine Stimme klang sehr ruhig. Der Sohn wusste nicht, ob der Vater an etwas Bestimmtes dachte, das er ihm mitteilen wollte, oder ob er nur sprach, um überhaupt etwas zu sagen.

»Bei ihnen ist's ganz anders als bei der Lisa hier«, begann der Alte wieder, und er deutete dabei auf seine Schwiegertochter, bei der er wohnte. »Sie jammert mir jeden Tag den Kopf voll, dass ich mein Hab und Gut verschleudert habe.«

Die Schwiegertochter fühlte sich nicht im Geringsten gekränkt über diese Worte, sondern antwortete ihm mit einem gutmütigen Lachen.

»Und Ihr, Ihr jammert über mich, weil ich mit dem Stopfen und Flicken von all den vielen Löchern in den Kleidern der Kinder nicht fertig werde.«

»Ja, das ist wahr«, gab er zu. »Seht, wir nehmen kein Blatt vor den Mund, sondern reden frei heraus miteinander. Wir können über alles miteinander reden, und alles, was ich hab', gehört ihr, und alles, was sie hat, gehört mir. Deshalb ist's mir nachgerade auch, als sei sie mein wahres Kind.«

Der Sohn fühlte sich wieder eigentümlich berührt, und allmählich wurde er ängstlich. Ganz gewiss, der Alte wollte irgendetwas erzwingen, es war eine bestimmte Antwort, auf die er wartete.

Aber diese musste doch nicht gerade hier, inmitten aller der fremden Menschen gegeben werden.

Es war darum auch eine wirkliche Erleichterung für Ol' Bengtsas Sohn, als er aufsah und Lars Gunnarsson mit seiner Frau erblickte, die an der Gitterpforte standen und eben in den Hof hereinkommen wollten.

Aber nicht nur er, sondern alle Anwesenden waren froh über die Ankunft der beiden. Jetzt schien kein Einziger mehr eine Erinnerung an die misstrauischen Gedanken zu haben, die man über Lars hegte.

Lars und seine Frau entschuldigten sich viele Male für ihr Zuspätkommen, aber Lars habe so schreckliche Kopfschmerzen gehabt, dass sie gemeint hätten, sie könnten gar nicht an dem Gastmahl teilnehmen. Dann sei es aber doch ein wenig besser mit ihm geworden, und da habe er gedacht, er wolle sich doch bei Ol' Bengtsa einstellen. Vielleicht könne er seine Schmerzen vergessen, wenn er mit andern zusammen sei.

Lars sah ein wenig hohläugig aus, und an den Schläfen war er etwas kahl geworden; sonst aber war er ebenso vergnügt und umgänglich wie im vorigen Jahre hier bei Ol' Bengtsa. Kaum hatte er ein paar Bissen gegessen, so waren er und der Sohn von Ol' Bengtsa auch schon mitten in einem Gespräch über den Holzhandel, über großen Verdienst und ausgeliehene Gelder.

Die kleinen Leute ringsum waren geradezu bestürzt über die großen Summen, die sie da nennen hörten, und wagten nicht mitzureden. Nur der alte Ol' Bengtsa wollte auch das Wort haben.

»Da ihr jetzt vom Geld sprecht«, sagte er, »so möcht' ich wissen, ob du, Nils, dich noch an den Schuldschein über siebzehntausend Reichstaler erinnern kannst, den ich von dem alten Besitzer auf Duvnäs bekommen hatte? Du wirst dich entsinnen, dass er verlegt worden war und absolut nicht gefunden wurde, als ich mich in der allergrößten Not befand? Ich hatte zwar doch an den Hüttenbesitzer geschrieben und machte meine Ansprüche geltend, aber die Antwort bekommen, dass er im Sterben liege. Und nachdem er tot war, konnte das Nachlassgericht nichts darüber in den Büchern finden. Ich bekam den Bescheid, es sei den Herren unmöglich, meine Forderung zu bezahlen, da ich ja den Schein nicht vorweisen könne. Wir haben ihn überall gesucht, ich und meine Söhne, aber er ist nirgends zu finden gewesen.«

»Ihr wollt doch nicht sagen, Vater, dass Ihr ihn jetzt gefunden habt«, rief der Sohn.

»Es ist zu merkwürdig«, fuhr der Alte fort. »Eines Morgens kam Jan von Skrolycka zu mir und sagte mir aufs Bestimmteste, er wisse, dass der Schein in dem Geheimfach meiner Kleidertruhe liege. Er habe im Traum gesehen, wie ich ihn dort herausgenommen habe.«

»Aber da habt Ihr doch wohl gesucht gehabt?«

»Jawohl, in dem Geheimfach, das links in meiner Kleidertruhe ist, hatte ich gesucht. Aber Jan behauptete, nein, der Schein liege rechts in der Truhe. Und wie ich nun da nachsehe, entdecke ich auf der rechten Seite ein Geheimfach, von dem ich gar nichts gewusst habe. Und darin lag der Schein.«

Der Sohn legte einen Augenblick Messer und Gabel weg, nahm sie dann aber wieder auf. In der Stimme des Alten hatte etwas gelegen, das ihn warnte. Es war vielleicht alles miteinander nicht wahr.

»Der Schein ist wohl verjährt?«, warf er hin.

»Ja, bei einem anderen Schuldner wär' er das sicherlich gewesen«, sagte der Alte. »Ich bin aber dann mit ihm zu dem jungen Herrn auf Duvnäs gefahren, und er hat ihn sogleich anerkannt. ›Es ist sonnenklar, dass ich meines Vaters Schuld bereinigen werde, Ol' Bengtsa‹, hat er gesagt. ›Aber Ihr müsst mir ein paar Wochen Frist lassen, denn es ist eine große Summe, wenn sie auf einmal bezahlt werden soll.‹«

»Das ist wie ein Ehrenmann gesprochen«, sagte der Sohn und legte die Hand schwer auf den Tisch.

Trotz allem Misstrauen schlich die Freude in sein Herz hinein. Wie merkwürdig, etwas so Herrliches hatte der Alte den ganzen Tag mit sich herumtragen und es nicht über sich vermocht, damit herauszurücken!

»Da hab' ich zu dem Hüttenbesitzer gesagt, er brauche das Geld gar nicht zu bezahlen«, erklärte der Netzstricker. »Wenn er mir nur einen neuen Schein ausstellen wolle, dann könne es ruhig bei ihm stehen bleiben.«

»Das ist auch sehr gut«, versetzte der Sohn. Es wurde ihm schwer, sich so ruhig zu zeigen, wie er für wünschenswert hielt. Seine Stimme klang unwillkürlich froh und laut. Aber er wusste, bei Ol' Bengtsa durfte man nie ganz sicher sein; im nächsten Augenblick konnte es ihm möglicherweise einfallen zu sagen, alles miteinander sei nur eine Erdichtung gewesen.

»Du glaubst mir gewiss nicht«, sagte der Alte. »Willst du den Schein sehen? Du, Lisa, geh, und hol ihn her!«

Gleich darauf hatte der Sohn den Schein vor Augen. Er sah zuerst nach der Unterschrift und erkannte sofort den klaren deutlichen Namenszug. Dann sah er nach der Summe, und auch die war richtig.

Er nickte seiner Frau zu, die ihm gegenüber saß, um ihr anzudeuten, dass alles seine Richtigkeit habe, und reichte ihr zugleich den Schein hin, denn sie war natürlich furchtbar begierig, ihn selbst zu sehen.

Die Frau las den Schuldschein von Anfang bis zu Ende sorgfältig durch.

»Aber was ist das hier?«, fragte sie. »›Bezahle Lisa Persdotter in Askedalarna, der Witwe von Bengt Olsson in Ljusterby‹« – – – »Soll Lisa den Schein bekommen?«

»Ja«, sagte der Alte, »sie hat dies Geld von mir bekommen, denn sie ist mein rechtes Kind.«

»Aber das ist Unrecht gegen – – –«

»Nein, es ist kein Unrecht«, entgegnete der Alte mit seiner müden Stimme. »Ich habe meine Gläubiger bezahlt und bin niemand mehr etwas schuldig.«

»Es hätte ja sein können«, fuhr er fort, indem er sich an den Sohn wendete, »dass ich auch noch einen anderen Gläubiger gehabt hätte, aber ich hab' mir genaue Auskunft darüber verschafft, und ich weiß, ich habe keinen.«

»Damit meint Ihr mich«, erwiderte der Sohn. »An mich denkt Ihr nie – – –«

Aber alles, was der Sohn nun im Begriff war, dem Vater zu sagen, blieb ungesagt. Er wurde von einem lauten Schrei auf der andern Seite des Tisches unterbrochen.

Dort hatte Lars Gunnarsson ganz plötzlich eine volle Branntweinflasche ergriffen und an den Mund gesetzt. Seine Frau hatte den Schreckensruf ausgestoßen, und sie versuchte, Lars die Flasche zu entreißen. Lars wehrte seine Frau ab, bis er die Flasche halb ausgetrunken hatte. Dann stellte er sie auf den Tisch und wendete sich an seine Frau. Sein Gesicht war dunkelrot, seine Augen starrten verwirrt umher, und er ballte die Fäuste.

»Hast du nicht gehört, dass Jan es war, der den Schein gefunden hat? Nun ist's klar, er hat das zweite Gesicht. Alles, was er träumt, ist wahr. Und du wirst sehen, dass mit dem heutigen Tag noch das Unglück über mich kommt, wie er gesagt hat.«

»Er hat dir ja nur gesagt, du solltest dich in Acht nehmen«, versuchte Lars' Frau zu beruhigen.

»Du hast nicht nachgelassen, bis ich mit hierherging, weil ich da vergessen würde, was heut' für ein Tag ist. Und nun hab' ich dafür diese Warnung bekommen.«

Noch einmal setzte er die Branntweinflasche an den Mund; aber seine Frau warf sich über ihn und weinte und flehte. Da stellte er sie wieder auf den Tisch und stieß ein lautes Gelächter aus.

»Behalt sie, behalt sie nur!«, sagte er, indem er aufstand und den Stuhl wegstieß. »Und gut' Nacht, Ol' Bengtsa! Ihr entschuldigt mich wohl, wenn ich schon aufbreche. Heut' muss ich an einen Ort, wo ich in aller Ruhe trinken kann.«

Er ging nach der Pforte, und seine Frau folgte ihm.

Aber als er an der Gittertür angekommen war und eben hindurchgehen wollte, stieß er seine Frau zurück.

»Was willst du noch bei mir? Ich hab' meine Warnung bekommen. Mit mir geht's dem Verderben zu.«

Sommernacht

An dem Tag, wo bei dem Netzstricker die große Gasterei gegeben wurde, war Jan von Skrolycka zu Hause geblieben. Erst als es Abend wurde, setzte er sich nach seiner Gewohnheit auf die steinernen Stufen vor der Haustür.

Er war nicht gerade krank, fühlte sich aber matt und schwach; in der Stube war es nach dem langen sonnigen Tag drückend heiß, und so freute er sich, draußen frische Luft zu schöpfen. Aber auch im Freien war noch nicht viel von Abkühlung zu spüren, das merkte er sehr bald; trotzdem blieb er draußen sitzen, hauptsächlich deshalb, weil es da gar so viel Schönes zu sehen gab.

Der Juni war außerordentlich heiß und trocken gewesen, und die Waldbrände, die in allen trockenen Sommern wüteten, hatten auch ihren Anfang genommen. Das merkte Jan an den schönen blauweißen Rauchschichten, die sich gerade vor ihm über den Bergen jenseits des Duvsees auftürmten. Bald sah er auch weit gegen Süden ein hell glänzendes lockiges Wolkenhaupt, und als er seinen Blick auf den Storsnipa im Westen richtete, gewahrte er auch dort große, mit Feuer untermischte Wolken aufsteigen. Es war, als sollte die ganze Welt in Brand geraten.

Von der Stelle aus, wo Jan saß, sah er keine Flammen; aber es war ihm doch recht unheimlich zumute bei dem Gedanken, dass im Walde das Feuer raste und sich ungehindert ausbreiten konnte. Hoffentlich beschränkte es sich auf die Waldstrecken und verheerte nicht auch noch Häuser und Bauernhöfe.

Die Luft war überaus drückend, und Jan fiel es schwer, Atem zu holen; es war ihm fast, als sei schon sehr viel Luft verbrannt und nächstens keine mehr da. Nicht immer gleichmäßig, aber in kurzen Zwischenräumen kam eine Woge Brandgeruch daher, der einem die Nase beizte. Aber dieser Geruch kam nicht aus einer Herdstelle in Askedalarna, sondern es war ein Gruß von dem großen Feuer aus Tannennadeln und Moos und Reisig, das mehrere Meilen entfernt brannte und zischte.

Die Sonne war schon vor einer kurzen Weile feurigrot untergegangen, hatte aber noch so viel Purpurfarbe zurückgelassen, um den ganzen Himmel rot zu malen. Nicht nur nach der Seite, wo die Sonne vor Kurzem noch geleuchtet hatte, war der Himmel mit zartem Rot übergossen, sondern in seiner ganzen weiten Ausdehnung.

Und zu gleicher Zeit wurde das Wasser des Duvsees dunkel wie ein schwarzer Spiegel, und über diese schwarze Fläche ergossen sich Streifen von purpurschimmerndem Blut und glänzendem Gold.

Das war eine Nacht! Eine von den Nächten, in denen man für die Erde gar keinen Blick mehr übrig hat, in denen man nur noch Augen hat für den Himmel und für das Wasser, in dem sich der Himmel widerspiegelt.

Aber während Jan da vor seinem Häuschen saß und ganz in den wundervollen Anblick versunken war, stieg plötzlich ein Gedanke in ihm auf. Es war wohl ganz ausgeschlossen, dass er recht sah, aber ihm war, als sei das Himmelsgewölbe herabgesunken. Für seine Augen wenigstens war es der Erde heute viel näher als gewöhnlich.

Ganz bestimmt war das nichts Verkehrtes, er konnte sich doch auch nicht vollständig täuschen. Die große blassrosa Kuppel senkte sich auf die Erde herab. Zugleich nahmen auch der Qualm und die Hitze zu, und Jan war drauf und dran hineinzugehen. Er fühlte schon die große Hitze, die von dem zum Schmelzen heißen Gewölbe, das auf ihn herunterkam, ausging.

Jan hatte ja oft und viel davon reden hören, dass die Erde einmal untergehen werde, und meistens hatte er sich gedacht, der Weltuntergang werde unter furchtbarem Donner und Blitz und Erdbeben vor sich gehen, wobei die Gebirge in die Meere stürzten und die Wasserwogen sich über die Täler und das ebene Land ergießen und alles Lebendige vernichten würden.

Aber niemals hatte sich Jan gedacht, das Ende könnte auf die Weise kommen, dass die Erde unter dem Himmelsgewölbe begraben würde und die Menschen von der Hitze und dem Qualm umkämen. Das kam ihm fürchterlicher vor als alles andere.

Er legte die Pfeife weg, obgleich sie erst halb ausgeraucht war, blieb aber sonst ruhig auf demselben Fleck sitzen. Denn was hätte er wohl tun sollen? Das war nichts, das er von sich abwehren, nichts, dem er aus dem Wege gehen konnte. Man konnte nicht zu den Waffen greifen, um sich zu verteidigen, auch nicht ein Versteck suchen, um sich darin zu verbergen. Ja, ob man auch so mächtig gewesen wäre, alle Seen und Meere zu leeren, so würden alle Wasser nicht hingereicht haben, die Glut des Himmelsgewölbes zu löschen. Wenn man die Berge aus ihrem Grund hätte herausreißen und sie als Stützen unter das Himmelsgewölbe aufrichten können, dieses schwere Gewölbe hätten sie doch nicht zu tragen vermocht, wenn es heruntersinken sollte und musste.

Aber eins war sehr merkwürdig dabei: Es war, als merke außer ihm gar niemand etwas von dem, was vorging.

Doch jetzt, seht, seht! Was war das, was dort über dem Bergkamm emporstieg? Wurde dort nicht eine Menge schwarzer Punkte auf den hellen Rauchwolken sichtbar? Diese Funken fuhren sehr schnell durcheinander und dehnten sich dann zu kurzen Strichen aus, ungefähr so, wie wenn Bienen schwärmen.

Das waren natürlich Vögel. Aber wie merkwürdig, sie hatten sich von ihrer nächtlichen Ruhestätte erhoben und waren mitten in der Nacht hoch in die Luft hinaufgeflogen!

Ja, die Vögel wussten immer mehr als die Menschen. Sie hatten es gefühlt, dass etwas Außerordentliches im Anzug war.

Es wurde nicht früher Nacht als sonst, im Gegenteil, die Hitze nahm noch immer zu. Und etwas anderes war ja auch gar nicht zu erwarten, denn das rote Gewölbe kam immer näher. Jan kam es vor, als sei es nun schon so tief herabgesunken, dass es den Gipfel des Snipa, der dort drüben so hoch aufragte, berührte.

Aber wenn der Weltuntergang so nahe war und er nicht mehr auf eine Botschaft von Klara Gulla und noch weniger auf ein Wiedersehen mit ihr hoffen konnte, ehe alles zu Ende war, dann wollte er nur noch um eine einzige Gnade bitten: dass es ihm vergönnt würde herauszubringen, in was er ihr zuwidergehandelt hatte, damit er es wiedergutmachen könnte, ehe alles, was zum irdischen Leben gehörte, zu Ende war. Was war es nur, was hatte er getan, was sie nicht vergessen und nicht vergeben konnte? Warum waren ihm die Kaiserkleinode genommen worden?

Gerade als er sich diese Fragen stellte, fiel sein Blick auf ein kleines Stückchen Goldpapier, das vor ihm auf dem Boden lag. Es glänzte und blinkte, wie wenn es die Aufmerksamkeit auf sich lenken wollte, aber in diesem Augenblick war Jan nicht danach gestimmt, sich um so etwas zu kümmern. Das Goldpapier rührte wohl von einem der Sterne her, die er von der närrischen Ingeborg entlehnt hatte. Aber von dieser Eitelkeit hatte er schon den ganzen Winter über nichts mehr wissen wollen.

Es wurde immer heißer, und das Atmen fiel Jan immer schwerer. Ja, das Ende kam heran, und es war vielleicht recht und gut, dass es sich nicht weiter hinauszog.

Er fühlte eine große Mattigkeit über sich kommen, und diese Schwäche nahm rasch zu. Nun konnte er schon nicht mehr aufrecht dasitzen, sondern musste sich von den Stufen heruntergleiten lassen und sich auf der Erde ausstrecken.

Es war vielleicht Unrecht gegen Katrine, dass er ihr nicht mitteilte, was im Anzug war. Aber Katrine war noch nicht heimgekommen, sondern noch auf der Gesellschaft beim Netzstricker.

›Wenn ich mich doch nur bis zum Netzstricker hinschleppen könnte!‹, dachte Jan. ›Dem alten Ol' Bengtsa hätt' ich auch noch gern ein Abschiedswort gesagt.‹

In diesem Augenblick sah er Katrine in Gesellschaft des Netzstrickers daherkommen. Darüber freute er sich sehr. Er wollte ihnen zurufen, sie sollten sich beeilen, brachte aber kein einziges Wort über die Lippen.

Gleich darauf standen die beiden bei Jan und beugten sich über ihn.

Katrine holte Wasser und gab ihm zu trinken, und allmählich

kehrten seine Kräfte einigermaßen zurück, und er konnte ihnen sagen, dass das Jüngste Gericht angebrochen sei.

»Ja, das muss wahr sein!«, sagte Katrine, »Das Jüngste Gericht! Nein, du hast Fieber und redest irre.«

Nun wendete sich Jan an den Netzstricker.

»Und Ihr, Ol' Bengtsa«, sagte er, »seht Ihr auch nicht, dass das Himmelsgewölbe immer tiefer heruntersinkt?«

Der Netzstricker gab Jan gar keine Antwort, sondern richtete seine Worte an Katrine: »So kann's nicht weitergehen«, sagte er. »Ich glaube, wir müssen jetzt das versuchen, was wir auf dem Weg hierher besprochen haben. Es wird am besten sein, ich gehe jetzt gleich nach Falla hinüber.«

»Aber Lars wird nicht wollen«, erwiderte Katrine.

»Ihr wisst doch, dass Lars nach dem Wirtshaus gefahren ist. Ich glaube, die alte Mutter auf Falla wird schon den Mut haben und – – –«

Hier wurde der Netzstricker von Jan unterbrochen, der es nicht ertragen konnte, die beiden von alltäglichen Dingen reden zu hören, wenn sich so Großes vollzog.

»Sagt jetzt nichts mehr!«, bat er. »Hört Ihr nicht die Posaunen des Gerichts? Hört Ihr nicht, wie es in den Bergen dröhnt?«

Um Jan zu willfahren, schwiegen die beiden andern und lauschten einen Augenblick hinaus. Und da konnte man ihnen wohl anmerken, dass auch sie etwas Außergewöhnliches hörten.

»Es kommt ein Gefährt vom Wald hergerasselt«, sagte Katrine. »Was soll denn das bedeuten?«

Je näher das Gefährt kam, desto mehr verwunderten sie sich.

»Und es ist doch Sonntagabend!«, meinte Katrine. »Wenn es Werktag wäre, könnte man es eher verstehen. Wer kann das nur sein, der in einer Sonntagsnacht mit einem Wagen durch den Wald fährt?«

Darauf schwieg sie und lauschte wieder hinaus. Und jetzt hörte man deutlich die Räder über die Felsen schleifen und den Hufschlag eines Pferdes, das den steilen Hügel herabstürmte.

»Hört ihr's? Hört ihr's?«, sagte Jan.

»Ja, ich hör's«, antwortete Katrine. »Aber 's geht mich nichts an, wer's ist. Jetzt muss ich zuallererst dich zu Bett bringen, Jan. Daran hab' ich zu denken und an weiter nichts.«

»Und ich geh' nach Falla«, sagte der Netzstricker. »Das ist wichtiger als alles andere. Also auf später miteinander!«

Der Alte machte sich, so schnell er konnte, auf den Weg, und Katrine ging ins Haus hinein, um das Bett für Jan zurechtzumachen. Aber sie war kaum hineingegangen, als das Gerassel, das sie und der Netzstricker für gewöhnliches Wagengerassel gehalten hatten, schon ganz nahe war. Nun hörte es sich an wie das Dröhnen von schweren Streitwagen, und der ganze Boden zitterte, als es näher herankam. Jan rief laut nach Katrine, und sie eilte rasch zu ihm hinaus.

»So hab' doch keine Angst, Jan!«, rief sie. »Jetzt seh' ich auch das Pferd. Es ist die alte Braune von Falla. Komm, richte dich auf, dann kannst du sie auch sehen!«

Sie schob den Arm unter Jans Nacken und richtete ihn auf.

Zwischen dem Erlengebüsch, das den Weg umsäumte, nahm Jan einen Schein von einem Pferd wahr, das in wilder Eile auf Skrolycka zustürmte.

»Siehst du's jetzt?«, fragte Katrine. »'s ist nur Lars Gunnarsson, der nach Hause fährt. Er hat sich wohl im Wirtshaus einen Rausch angetrunken, und so weiß er nicht, welchen Weg er genommen hat.«

Gerade als sie das sagte, fuhr das Gefährt an ihrer Gitterpforte vorüber, und da konnte man es besser sehen. Und da sahen alle beide, Jan und Katrine, dass der Wagen leer war; das Pferd hatte keinen Lenker.

In demselben Augenblick stieß Katrine einen lauten Schrei aus und zog ihren Arm so heftig zurück, dass Jan mit einem dumpfen Fall wieder auf den Boden zurücksank.

»Gott helfe mir!«, rief sie. »Hast du's gesehen, Jan? Er ist geschleift worden!«

Sie wartete Jans Antwort nicht ab, sondern stürmte durch den Vorplatz auf den Weg hinaus, wo das Pferd eben vorübergerast war.

Jan ließ sie gehen, ohne eine Einwendung zu machen. Er freute sich sogar, dass er wieder allein war. Noch immer hatte er keine Antwort auf die Frage gefunden, warum die Kaiserin böse auf ihn war.

Das kleine Stückchen Goldpapier lag jetzt dicht unter seinen Augen und glitzerte ganz hell, er musste es unwillkürlich noch einmal ansehen. Und von dem Goldpapier glitten seine Gedanken zu der närrischen Ingeborg hin und zu jenem Tag, wo er mit ihr vor dem Landungssteg bei Borg zusammengetroffen war.

Und jetzt ging ihm ein Licht auf! Ja, hier war die Antwort, nach der er gesucht hatte! Jetzt wusste er, weswegen das kleine Mädchen den ganzen Winter hindurch unzufrieden mit ihm gewesen war. Gegen die närrische Ingeborg hatte er sich versündigt. Er hätte ihr ihre Bitte, mit nach Portugallien reisen zu dürfen, nicht abschlagen sollen.

Dass er doch eine so schlechte Meinung von der großen Kaiserin gehabt hatte, zu denken, sie würde die närrische Ingeborg nicht bei sich haben wollen! Gerade solchen, wie diese arme Ingeborg, wollte sie am liebsten helfen.

Es war nicht verwunderlich, dass sie erzürnt gewesen war. Er hätte es besser verstehen müssen; die Armen und Unglücklichen, gerade sie waren in ihrem Reich willkommen.

Es war indes nicht viel in der Sache zu tun, wenn es keinen morgenden Tag mehr gab. Aber wenn es noch ein Morgen gab, dann würde er gleich zur närrischen Ingeborg gehen und mit ihr reden; das sollte das Erste sein, was er tat.

Er schloss die Augen und legte die Hände zusammen. Nun war doch diese Sorge gestillt, das empfand er als eine große Erleichterung. Jetzt kam ihm das Sterben lange nicht mehr so schwer vor.

Er wusste nicht, wie viel Zeit vergangen sein mochte, als er Katrinens Stimme wieder dicht neben sich hörte.

»Aber Jan, was ist denn mit dir? Du wirst mir doch nicht wegsterben wollen?«

Das klang so ängstlich, dass er nicht anders konnte, als die Augen aufmachen.

Und was sah er da auf den ersten Blick? Katrine hielt den Kaiserstock und die grüne Ledermütze in der Hand.

»Ich hab' die in Falla gebeten, mich das für dich mitnehmen zu lassen«, sagte Katrine. »Ich hab' zu ihnen gesagt, wie's auch gehen möge, so sei's besser, du bekommst sie wieder, als dass dir die Lust zum Leben vollends ganz verginge.«

Jan faltete die Hände.

Das kleine Mädchen, die große Kaiserin, war sie nicht merkwürdig! Kaum war er sich seiner Sünde bewusst geworden und hatte versprochen, sie wiedergutzumachen, als sie ihm auch schon ihre Gnade und ihr Wohlgefallen wieder zuteilwerden ließ.

Jan überkam eine große wunderbare Erleichterung. Das Himmelsgewölbe hob sich wieder, die Luft strömte frischer herein, und die große Hitze entwich. Er war jetzt imstande, sich wieder aufzurichten und nach den Kaiserkleinoden zu greifen.

»Ja, jetzt kannst du in aller Ruhe zu Bett gehen«, sagte Katrine. »Jetzt wird sie dir niemand mehr streitig machen wollen, denn Lars Gunnarsson ist tot.«

Die Frau des Kaisers

Katrine von Skrolycka befand sich in der Küche von Lövdala; sie brachte frisch gesponnenes Garn, das Frau Liljecrona selbst in Empfang nahm, abwog und bezahlte; dabei sprach sie sich lobend über die Arbeit aus.

»Es ist gut für Euch, Katrine, dass Ihr Euch so ausgezeichnet auf Eure Arbeit versteht«, sagte sie. »Denn jetzt müsst Ihr ja nicht nur für Euch selbst, sondern auch noch für Euern Mann Unterhalt verdienen.«

Katrine richtete sich ein wenig auf, und auf ihren Wangen, gerade an den spitzigen Backenknochen, zeigte sich ein roter Fleck.

»Jan hilft auch mit«, erwiderte sie. »Aber er ist ja nie so stark gewesen wie ein gewöhnlicher Feldarbeiter.«

»Jetzt aber tut er jedenfalls gar nichts«, sagte Frau Liljecrona. »Ich habe gehört, er laufe nur immer von einem Hof zum andern, um seine Sterne zu zeigen und Lieder zu singen.«

Frau Liljecrona war eine ernste, pflichtgetreue Frau, die für andere fleißige und strebsame Menschen, wie Katrine in Skrolycka einer war, großes Wohlwollen empfand. Sie hatte Mitleid mit dem armen Weib, und das hatte sie ihr zeigen wollen.

Aber Katrine verteidigte ihren Mann noch weiter.

»Jan ist alt, und er hat in den letzten Jahren sehr viel Kummer gehabt«, sagte sie. »Und nachdem er sein ganzes Leben lang im Taglohn hart gearbeitet hat, ist ihm ein kleiner Feierabend wohl zu gönnen.«

»Es ist ja gut, dass Ihr Euer Unglück so ruhig auf Euch nehmen könnt«, erwiderte Frau Liljecrona mit einem leichten Anflug von Schärfe in der Stimme. »Im Übrigen bin ich der Ansicht, Ihr müsstet versuchen, Jan die Grillen zu vertreiben. Ihr seid ja sonst eine so verständige Frau. Ihr werdet sehen, wenn es so weitergeht, müssen wir ihn schließlich noch ins Irrenhaus bringen.«

Aber jetzt richtete sich Katrine hoch auf und sah ganz gekränkt aus.

»Jan ist nicht verrückt«, widersprach sie. »Aber der liebe Gott hat eine Decke vor seine Augen gehängt, damit er das nicht zu sehen braucht, was er nicht ertragen konnte. Und dafür kann man Gott nur dankbar sein.«

Frau Liljecrona wollte sich nicht rechthaberisch zeigen. Und sie fand es auch ganz richtig und schön, dass sich die Frau auf die Seite des Mannes stellte.

»Nun, dann ist ja alles gut, Katrine«, sagte sie freundlich. »Und hier bei uns gibt's Arbeit für Euch fürs ganze Jahr, vergesst das nicht!«

Als sie dies sagte, trat ein weicher Ausdruck in das alte scharfe Gesicht der armen Katrine, und es taute auf. Alles, was es verschlossen und hart gemacht hatte, gab nach. Kummer und Angst und Liebe brachen hervor, und die Augen flossen ihr über.

»'s ist meine einzige Freude, dass ich für ihn arbeiten darf«, sagte sie. »Er ist mit den Jahren so merkwürdig geworden, dass er jetzt mehr ist als ein Mensch, aber gerade deshalb wird man mir ihn schließlich doch noch nehmen.«

Vierter Teil

Der Willkommensgruß

Sie war gekommen, das kleine Mädchen war gekommen! Es ist schwer, die richtigen Worte zu finden, um ein so großes Ereignis zu berichten.

Sie traf erst spät im Herbst ein, als die Personenboote auf dem Löven schon ihre Fahrten eingestellt hatten und der Verkehr auf dem See nur noch durch ein paar kleine Frachtdampfer aufrechterhalten wurde. Aber mit diesen hatte sie nicht fahren wollen – vielleicht hatte sie auch nicht einmal gewusst, dass es solche Frachtdampfer gab –, sondern sie hatte von der Eisenbahnstation aus einen Wagen nach Askedalarna genommen.

Jan in Skrolycka konnte sie also nicht auf dem Landungssteg bei Bro, wo er nun seit fünfzehn Jahren auf sie gewartet hatte, in Empfang nehmen.

Denn fünfzehn Jahre lang war sie fort gewesen. Achtzehn Jahre lang hatte er sie in seinem Hause sein Eigen nennen dürfen, und fast ebenso lange hatte er sie entbehren müssen.

Es traf sich auch nicht einmal so glücklich, dass Jan gerade daheim in seinem Hause war und Klara Gulla, als sie ankam, empfangen konnte; gerade da war er auf einen kleinen Schwatz nach Falla hinübergegangen zu der alten Großmutter, die jetzt aus dem Wohnhaus ausgezogen war und das Ausdingstübchen bewohnte. Sie gehörte zu den vielen einsamen alten Menschen, die der Kaiser sich bisweilen zu besuchen verpflichtet fühlte, um ihnen ein freundliches Wort zu sagen und ihnen den Mut zu stärken.

Nur Katrine stand zum Empfang auf der Schwelle des Hauses, als das kleine Mädchen in seine Heimat zurückkehrte.

Katrine hatte den ganzen Tag am Spinnrocken gesessen und eben das Rädchen angehalten, um einen Augenblick auszuruhen, als Wagengerassel vom Weg her an ihr Ohr drang. Es war ein sehr ungewohntes Ereignis, wenn ein Gefährt durch Askedalarna kam; Katrine trat an die Tür, um hinauszuschauen, und da merkte sie, dass es nicht ein gewöhnlicher Karren, sondern ein Stuhlwagen war.

In diesem Augenblick fingen Katrinens Hände heftig an zu zittern. Dies war eine Schwäche, die sich jetzt immer bei ihr einstellte, sooft sie erschrak oder sich über etwas aufregte. Sonst war sie trotz ihrer zweiundsiebzig Jahre noch recht gesund und kräftig. Sie hatte nur Angst, das Zittern könnte zunehmen und sie schließlich am Arbeiten hindern, und sie würde dann am Ende nicht mehr imstande sein, für sich und Jan den Unterhalt zu verdienen, was ihr bisher immer gelungen war.

Um diese Zeit hatte Katrine die Hoffnung, die Tochter je wiederzusehen, so gut wie aufgegeben, und an diesem Tag hatte sie noch mit keinem Gedanken an sie gedacht. Aber sie sagte später, von dem Augenblick an, wo das Wagengerassel vernehmlich geworden sei, habe sie bestimmt gewusst, wer komme.

Sie ging an ihre Kleidertruhe, um eine reine Schürze herauszunehmen; aber ihre Hände zitterten zu heftig, sie konnte den Schlüssel nicht ins Schlüsselloch stecken. Es war ihr darum nicht möglich, sich ein wenig herauszuputzen, sie musste so, wie sie war, hinausgehen und die Tochter begrüßen.

Das kleine Mädchen kam nicht in einer goldenen Kutsche dahergefahren, ja, sie saß nicht einmal auf dem Wagen, sondern ging zu Fuß. Der Weg nach Askedalarna war nämlich noch ebenso schlecht wie zu der Zeit, als Erik in Falla und seine Frau mit dem Kinde zum Pfarrer gefahren waren, um es taufen zu lassen; jetzt ging sie auf der einen Seite des Wagens und der Fuhrmann auf der andern, um zwei große Koffer zu stützen, die hinter dem Wagenstuhl aufgestapelt und in Gefahr waren, in den Graben herunterzufallen. Großartiger ging's bei der Heimkehr nicht zu, aber mehr konnte vielleicht auch nicht verlangt werden.

Katrine hatte eben noch die Haustür aufmachen können, als der Wagen auch schon vor der Pforte hielt. Eigentlich hätte sie hineilen und die Gittertür öffnen sollen; aber sie tat es nicht. Ganz plötzlich fühlte sie einen so schweren Druck auf der Brust, dass ihr der Atem versagte und sie keinen Schritt machen konnte.

Obgleich der Gast, der jetzt die Pforte öffnete, wie eine Dame gekleidet war, wusste Katrine bestimmt, dass es ihre Tochter Klara Gulla war. Sie trug einen mit Federn und Blumen geschmückten Hut und ein Kleid aus feinem Stoff; aber es war trotz allem und allem das kleine Mädchen von Skrolycka.

Klara Gulla eilte vor dem Gefährt in den Hof hinein und trat mit ausgestreckter Hand auf Katrine zu. Aber Katrine blieb starr und steif stehen und schloss die Augen. Gerade in diesem Augenblick stieg eine große Bitterkeit in ihrem Herzen auf. Sie meinte, der Tochter nicht vergeben zu können, dass sie lebte und nun gesund und munter daherkam, nachdem sie ihre Eltern alle diese vielen Jahre hindurch vergeblich auf sich hatte warten lassen, ja, sie wünschte beinahe, die Tochter wäre überhaupt nicht auf den Gedanken gekommen, sich wieder zu zeigen.

Klara Gulla musste gesehen haben, dass die Mutter am Umsinken war, denn sie schlang hastig die Arme um sie und trug sie fast in die Stube hinein.

»Liebe Mutter, du wirst doch nicht erschrecken!«, sagte sie. »Kennst du mich nicht mehr?«

Katrine schlug die Augen auf und betrachtete ihre Tochter genau. Sie war ein verständiger Mensch und hatte nie erwartet, dass das Mädchen, das fünfzehn Jahre lang fort gewesen war, ganz genau so wiederkehren würde, wie sie gegangen war; aber sie erschrak doch über das, was sie sah. – Das Mädchen, das sie vor sich hatte, sah viel älter aus, als es eigentlich sollte, denn sie war ja erst im Anfang der Dreißiger; aber das kam nicht daher, dass ihr Haar an den Schläfen schon grau schimmerte oder dass die Stirne voller kleiner Falten war, sondern weil Klara Gulla hässlich geworden war. Das Gesicht hatte eine merkwürdig fahle Hautfarbe, und ein verschwommener, grober Zug lag um den Mund. Das Weiße des Auges hatte einen grauen Ton und war blutunterlaufen, und unter den Augen hing die Haut dick herab.

Katrine war auf einen Stuhl gesunken und hielt die Hände fest um die Knie geschlungen, um sie am Zittern zu hindern, und dachte an das strahlende achtzehnjährige Mädchen in dem roten Kleid. So hatte sie in Katrinens Erinnerung bis jetzt immer weitergelebt. Und die arme alte Frau fragte sich ängstlich, ob sie es je so weit bringen würde, sich über die Rückkehr von Klara Gulla zu freuen.

»Du hättest uns schreiben müssen«, sagte Katrine. »Wenigstens einen Gruß hättest du uns schicken müssen, damit wir gewusst hätten, dass du noch am Leben bist.«

»Ja, das hätt' ich tun sollen, ich weiß es wohl«, entgegnete die Tochter. Und ihre Stimme wenigstens war die alte geblieben, sie klang frisch und froh wie früher. »Aber im Anfang ist's mir ja schlecht gegangen – – – Ja, das habt Ihr vielleicht gehört?«

»O ja, so viel wissen wir«, sagte Katrine mit einem tiefen Seufzer.

»Deshalb hab' ich zuerst nicht geschrieben«, sagte Klara Gulla und lachte dabei laut auf. Auch jetzt hatte sie etwas Gesundes und Tatkräftiges an sich, gerade wie früher. Sie gehörte sicher nicht zu denen, die sich mit Reue und Selbstprüfungen quälen.

»Denk jetzt nicht daran, Mutter!«, sagte sie, als Katrine fortgesetzt schwieg. »Jetzt geht's mir sehr gut. Ich bin Gastwirtin gewesen, das heißt, ich führe die Küche auf einem großen Dampfboot, das zwischen Lübeck und Malmö fährt, und jetzt im Herbst hab' ich mir eine eigene Wohnung in Malmö gemietet. Bisweilen hab' ich freilich gedacht, ich müsste Euch eigentlich schreiben, aber ich hab' nicht recht gewusst, wo ich anfangen soll. Dann hab' ich gedacht, ich will's lassen, bis ich so weit sei, dass ich Euch und den Vater zu mir nehmen könnte. Und jetzt, wo alles geordnet ist und ich Euch aufnehmen kann, dacht' ich, es sei eine größere Freude, wenn ich selbst komme, als wenn ich schriebe.«

»Und du hast gar nichts von uns gehört?«, fragte die Mutter.

Alle diese Aufklärungen hätten sie ja froh stimmen sollen, aber sie fühlte sich noch immer bedrückt.

»Nein«, antwortete Klara Gulla, fügte indes sofort gleichsam als Entschuldigung hinzu: »Ich wusste ja, dass man Euch helfen würde, wenn es Euch wirklich schlecht ginge.«

In diesem Augenblick musste sie gesehen haben, wie sehr Katrinens Hände zitterten, obgleich sie sie fest ineinandergeschlungen hielt. Da begriff sie, dass die Eltern es wohl schwerer gehabt hatten, als sie sich je gedacht hatte, und sie versuchte, eine Art Rechtfertigung vorzubringen.

»Ich wollte nicht wie andere kleine Summen schicken, sondern lieber sparen, bis ich's so weit gebracht hatte, dass ich Euch zu mir nehmen konnte«, sagte sie.

»Wir haben kein Geld nötig gehabt, wir wären zufrieden gewesen, wenn du geschrieben hättest«, entgegnete Katrine.

Klara Gulla versuchte, die Mutter aus ihrer Betrübnis herauszureißen, wie sie es immer getan hatte.

»Ihr dürft mir diesen Augenblick nicht verderben, Mutter«, sagte sie. »Jetzt bin ich ja wieder da. Kommt, wir wollen meine Koffer hereinschaffen und sie auspacken. Es ist allerlei Gutes zum Essen drin. Wir wollen ein Gastmahl herrichten, bis Vater heimkommt.«

Sie ging hinaus, um beim Abladen des Gepäckes zu helfen; aber Katrine folgte ihr nicht.

Klara Gulla hatte nicht gefragt, wie es dem Vater gehe. Sie dachte gar nicht anders, als dass er noch ganz wie früher auf Falla im Taglohn arbeitete. Ach, Katrine wusste wohl, dass sie der Tochter mitteilen musste, wie es in Wirklichkeit um ihn stand; aber sie schob und schob es hinaus. Mit dem kleinen Mädchen war eben doch ein frischer Luftzug in die Stube hereingekommen, und Katrine bebte davor zurück, Klara Gullas Freude über ihre Heimkehr so schnell ein Ende zu bereiten.

Während Klara Gulla beim Abladen des Koffers mit Hand anlegte, sah sie sechs bis sieben Kinder an die Gitterpforte herankommen und in den Hof hineinlugen. Sie sagten nichts, sondern lachten nur, deuteten auf sie und liefen wieder davon.

Aber nach ein paar Augenblicken waren sie wieder da, und diesmal hatten sie in ihrer Mitte einen kleinen alten Mann, der zwar gelb und zusammengeschrumpft aussah, aber mit zurückgeworfenem Kopf und stramm aufgerichtet daherkam und die Füße hart auf den Boden setzte, wie ein marschierender Soldat.

»Das ist einmal ein sonderbarer Kerl«, sagte Klara Gulla zu dem Fuhrmann, gerade als der Alte und die Kinderschar durch die Pforte hereindrängten. Sie hatte nicht die geringste Ahnung, wer er war, aber ein Mann, der so großartig angetan war, musste ihr ja auffallen. Auf dem Kopf trug er eine hohe Ledermütze mit einem Federbusch darauf und um den Hals bis weit auf die Brust herab, zu einer Kette zusammengefügt, Sterne und Kreuze aus steifem Goldpapier. Es sah aus, als sollten sie ein goldenes Halsgeschmeide vorstellen.

Jetzt verhielten sich die Kinder nicht mehr still, sondern schrien aus vollem Halse: »Kaiserin, Kaiserin!«

Der arme alte Mann gebot ihnen Schweigen und schritt voran, wie wenn die schreienden, lachenden Kinder eine Ehrenwache wären.

Als die Schar schon beinahe vor der Haustür angekommen war, stieß Klara Gulla einen lauten Schrei aus und flüchtete zu Katrine hinein.

»Wer ist das?«, fragte sie in hellem Entsetzen. »Ist's der Vater? Ist er verrückt geworden?«

»Ja«, antwortete Katrine. Sie fing vor Aufregung an zu weinen und verbarg das Gesicht in ihrer Schürze.

»Ist er meinetwegen so geworden?«

»Der liebe Gott hat ihn aus Barmherzigkeit so werden lassen«, schluchzte Katrine. »Er sah, dass es ihm zu schwer wurde.«

Weiter kam sie nicht in ihrer Erklärung; denn jetzt stand Jan auf der Schwelle, hinter sich die ganze Kinderschar, die sehen wollte, wie diese Begegnung, die sie so oftmals hatten beschreiben hören, in Wirklichkeit ablaufen würde.

Der Kaiser von Portugallien ging nicht bis zu seiner Tochter hin. Er blieb dicht bei der Tür stehen und sagte seinen Willkommensgruß her:

»Willkommen, willkommen, du klare,
du feine, du reiche Gulleborg!«

Diese Worte sprach er mit einer so abgemessenen Würde, wie die Hochstehenden in großen Augenblicken sie an den Tag legen, aber zugleich standen ihm helle Freudentränen in den Augen, und er konnte das Zittern seiner Stimme nur mit großer Anstrengung überwinden.

Nachdem der großartige, wohlüberlegte Willkommensgruß hergesagt war, stieß der Kaiser mit dem silberbeschlagenen Stock dreimal hart auf den Fußboden, um Stille und Andacht zu gebieten, und dann fing er mit dünner schmetternder Stimme zu singen an.

Klara Gulla hatte sich dicht neben ihre Mutter gestellt. Es sah aus, als wolle sie sich verstecken, sich hinter die Mutter verkriechen. Bisher hatte sie geschwiegen, aber als Jan zu singen begann, schrie sie in wildem Schrecken laut auf und wollte ihm Einhalt gebieten.

Aber da packte sie Katrine hart am Arm.

»Lass ihn!«, befahl sie. »Seit du für uns verschollen gewesen bist, hat er sich darauf gefreut, dir dieses Lied vorsingen zu dürfen.«

Da schwieg Klara Gulla und ließ Jan singen.

»Dem Vater der Kaiserin
Ist es gar froh zu Sinn.
Die Zeitung hat's gesagt,
Östreich und Portugal,
Metz, Japan und sie all.
Bum, bum, bum, rataplan,
Bum, bum!«

Aber mehr konnte Klara Gulla nicht aushalten. Sie stürzte vor, jagte die Kinder eilig hinaus und machte die Tür hinter ihnen zu.

Dann wendete sie sich an ihren Vater, und sie stampfte überdies mit dem Fuß auf den Boden, sie war im Ernst erzürnt.

»So schweig doch, schweig!«, befahl sie. »Hast du im Sinn, mich zum Spott und Gelächter des ganzen Dorfes zu machen, indem du mich Kaiserin nennst?«

Jan sah etwas verdutzt aus, aber nur für einen Augenblick. Sie war ja die große Kaiserin! Alles, was sie tat, war wohlgetan. Alles, was sie sagte, war Honig, war Balsam. In seiner Freude hatte er ganz vergessen, nach der goldenen Krone und dem goldenen Thron und den goldstrotzenden Kriegsobersten zu schauen. Wenn sie arm und hilflos scheinen wollte, so war das ganz allein ihre Sache. Sie war zu ihm zurückgekehrt, das war Freude genug.

Die Flucht

Acht Tage nach ihrer Rückkehr ins Elternhaus stand Klara Gulla eines Vormittags mit ihrer Mutter auf dem Landungssteg bei Borg, um für immer fortzugehen. Die alte Katrine trug einen Hut und einen schönen Tuchmantel. Sie sollte mit ihrer Tochter nach Malmö reisen und dort eine feine Stadtfrau werden. Nie mehr sollte sie sich ums tägliche Brot abschinden müssen. Mit müßigen Händen sollte sie auf dem Sofa sitzen und den Rest ihres Lebens in aller Ruhe sorgenfrei verbringen.

Aber trotz allem Guten, das sie erwartete, hatte sich Katrine gewiss in ihrem ganzen Leben noch nie so elend und unglücklich gefühlt wie jetzt, während sie hier auf dem Steg stand und auf das Dampfboot wartete.

Klara Gulla musste etwas gemerkt haben, denn sie fragte die Mutter, ob sie Angst vor der Seereise habe, und sie sagte, es sei gar nicht gefährlich, obgleich es so heftig wehe, dass sich die Leute kaum auf der Brücke halten konnten. Sie selbst sei es so gewohnt, auf der See zu fahren, sie wisse also, was sie sage.

»Das sind ja noch gar keine rechten Wellen«, sagte sie zu ihrer Mutter; »sie haben zwar kleine weiße Schaumkronen, aber ich würde ohne Angst in unserm alten Einbaum hinausfahren.«

Klara Gulla machte sich nichts aus dem Sturm und blieb ruhig auf dem Landungssteg stehen. Aber Katrine trat in das große Warenlager, damit ihr der Wind nicht durch Mark und Bein ging. Da verkroch sie sich in einer dunklen Ecke hinter ein paar Warenballen. Hier wollte sie stehen bleiben, bis das Dampfboot ankam, denn sie wollte vor der Abreise mit niemand mehr aus dem Dorfe zusammentreffen.

In demselben Augenblick ging ihr ein Gedanke durch den Kopf, bei dem sie ganz bestürzt wurde. Wenn sie Angst hatte, sich vor den Leuten sehen zu lassen, so war das, was sie vorhatte, wohl sehr unrecht, dachte sie.

Von einem jedoch konnte sie sich freisprechen. Aus Verlangen nach Wohlleben ging sie nicht mit Klara Gulla, sondern einzig und allein darum, weil ihre Hände allmählich versagten. Was hätte sie anderes tun können, wenn sie doch fühlte, dass ihre Hände immer zittriger wurden und sie nicht mehr spinnen konnte?

Jetzt sah sie den Küster Svartling in das Warenhaus treten, und sie betete inbrünstig, Gott möge es so fügen, dass Svartling sie nicht sehe, damit er nicht zu ihr herkomme und sie frage, wohin sie reisen wolle. Wie hätte sie ihm sagen sollen, dass sie Jan und ihr Haus und ihr ganzes bisheriges Leben verlassen wollte?

Zuerst hatte sie Klara Gulla dazu bringen wollen, es so einzurichten, dass sie mit Jan in Skrolycka bleiben könnte. Sie meinte, wenn die Tochter ihnen etwas Geld schicken würde, vielleicht nur zehn Reichstaler im Monat, dann würden sie sich schon einigermaßen durchbringen können. Aber alle ihre Vorstellungen waren umsonst gewesen, Klara Gulla wollte gar nichts von einer solchen Einrichtung wissen und sagte, sie gebe ihnen nicht einen roten Heller, wenn Katrine nicht mit ihr ginge.

Katrine verstand wohl, wie alles zusammenhing. Klara Gulla sagte nicht aus Schlechtigkeit Nein. Sie hatte ja auch schon eine Wohnung gemietet und sich auf beide Eltern eingerichtet und sich auf den Augenblick gefreut, wo sie ihnen würde zeigen können, wie sie an die Eltern gedacht und für sie gearbeitet hatte. Um nun für alle ihre Mühe belohnt zu werden, wollte sie jetzt wenigstens die Mutter mitnehmen.

Während Klara Gulla geschafft und gesorgt hatte, um für ihre Eltern eine Heimat zu erlangen, hatte sie sicherlich viel mehr an den Vater als an die Mutter gedacht gehabt, denn früher war sie ja so ganz besonders gut Freund mit dem Vater gewesen; aber jetzt meinte sie, diesen könnte sie unmöglich mitnehmen.

Gerade darin lag das ganze Unglück. Klara Gulla hatte einen großen Widerwillen gegen ihren Vater gefasst. Sie konnte ihn einfach nicht ertragen. Er durfte durchaus nicht mit ihr von Portugallien reden, ja, sie konnte es kaum aushalten, wenn sie ihn in seinem Kaiserstaat sah. Er selbst hatte sie zwar noch ebenso lieb wie früher und wollte immer in ihrer Nähe sein; aber davon war Katrine fest überzeugt, wenn die Tochter schon nach knapp acht Tagen die alte Heimat wieder verließ, so tat sie es nur, um den Vater nicht mehr sehen zu müssen.

Jetzt trat Klara Gulla auch in den Warenraum. Und sie hatte keine Angst vor dem Küster Svartling, sondern ging gleich auf ihn zu, redete ihn an und erzählte ihm sofort, sie sei auf dem Weg in ihr eigenes Heim, und Katrine gehe mit ihr.

Darauf fragte der Küster, was ja auch nicht anders zu erwarten war, wie es denn mit ihrem Vater werden solle. Und vollkommen ruhig, wie wenn sie mit einem Fremden spräche, berichtete Klara Gulla, wie sie es eingerichtet hatte. Sie sagte, sie habe ihn bei Lisa, der Schwiegertochter des alten Netzstrickers, in Kost und Wohnung gegeben. Lisa habe sich nach Ol' Bengtsas Tod ein neues Haus gebaut, und dort sei eine leere Stube, in der Jan wohnen solle.

Küster Svartlings Gesicht verriet nicht mehr von seinen Gedanken, als er selbst zeigen wollte, und es blieb vollständig unbewegt, während er mit Klara Gulla redete. Aber Klara Gulla wusste trotzdem, was er, der wie ein Vater für das ganze Dorf war, dachte.

›Warum soll ein alter Mann, der noch Frau und Tochter hat, zu Fremden ziehen müssen? Lisa ist eine gute Frau, aber sie kann ja unmöglich so viel Nachsicht und Geduld mit ihm haben, wie es seine Eigenen mit ihm haben würden.‹ Also dachte der Küster; und es war recht, dass er so dachte.

Katrine richtete ihre Augen rasch auf ihre Hände. Sie hatte sich vielleicht selbst betrogen, wenn sie dieses Zittern als Grund für ihr Fortgehen vorschob? Der eigentliche Grund, warum sie Jan verließ, war doch wohl der, dass sie der Tochter keinen Widerstand leisten konnte, diese war ihr zu gewaltig.

Klara Gulla sprach noch immer mit dem Küster. Jetzt eben erzählte sie ihm, wie sie und die Mutter sich hatten von Hause fortstehlen müssen, damit Jan ja nichts von ihrer Abreise erfuhr.

Das war für Katrine das Schrecklichste von allem gewesen. Klara Gulla hatte Jan mit einem Auftrag nach einem Handelshaus weit droben im Broer Bezirk geschickt, und sobald er fortgegangen war, hatten sie die Koffer gepackt und sich auf den Weg gemacht.

Katrine war sich wie ein Dieb und ein Verbrecher vorgekommen, als sie sich auf diese Weise von ihrem Haus fortstahl; aber Klara Gulla hatte gesagt, es gehe nicht anders. Wenn der Vater etwas von der Abreise erführe, würde er sich eher vor dem Wagen auf den Weg legen und die Räder über sich weggehen lassen, als dass er sie abreisen ließe. Wenn er heimkomme, werde Lisa in der Wohnung auf ihn warten und sie werde sich gewiss alle Mühe geben, ihn zu trösten; aber Katrine war der Gedanke schrecklich, wie furchtbar unglücklich Jan sein würde, wenn er erfuhr, dass Klara Gulla ihn verlassen hatte.

Der Küster Svartling stand ganz still da und ließ Klara Gulla reden. Katrine fragte sich allmählich, ob er am Ende mit dem, was er erfuhr, einverstanden sei; doch da ergriff er ganz plötzlich Klara Gullas Hand und sagte mit großem Ernst: »Da ich dein alter Lehrer bin, Klara Gulla, so sage ich dir jetzt meine Meinung geradeheraus. Du willst einer Pflicht entfliehen, aber es ist nicht gewiss, ob dir das gelingt. Ich habe andere gesehen, die dasselbe versucht haben, aber es hat sich gerächt.«

Als Katrine dies hörte, richtete sie sich auf und tat einen tiefen, erleichternden Atemzug! Das waren die Worte, die sie selbst gerne zu der Tochter gesagt hätte.

Aber Klara Gulla antwortete ganz gelassen, sie wüsste durchaus nicht, wie sie es anders einrichten sollte. In eine fremde Stadt könne sie einen Verrückten unmöglich mitnehmen, aber sie könne auch nicht in Svartsjö bleiben, dafür habe ihr Vater selbst gesorgt. Wenn sie an einem Hofe vorbeigehe, so kämen die Kinder herausgestürzt und riefen ihr Kaiserin nach, und am letzten Sonntag in der Kirche hätten die Leute sie so angestarrt und umdrängt, dass sie sie fast umgeworfen hätten.

Aber der Küster blieb trotzdem bei seiner Ansicht.

»Ja, ich begreife, dass dies schwer ist«, sagte er. »Aber du und dein Vater, ihr seid gar so innig verbunden gewesen, das lässt sich nicht so leicht zerschneiden, glaub es mir, Klara Gulla!«

Als dies gesagt war, verließen beide das Warenlager, und Katrine folgte ihnen. Sie war jetzt ganz anderer Meinung als vorher und wollte den Küster gerne sprechen; aber ehe sie zu ihm hinging, drehte sie sich um und spähte nach dem Hügel hinüber, denn sie hatte das Gefühl, dass Jan nun bald kommen würde.

»Hast du Angst, Vater könnte hierherkommen?«, fragte Klara Gulla, als sie von dem Küster weggegangen und wieder zu ihrer Mutter getreten war.

»Angst!«, antwortete Katrine. »Ich bitte den lieben Gott um nichts weiter, als dass er Jan hier eintreffen lässt, ehe ich abgereist bin.« Dann nahm sie all ihren Mut zusammen und fuhr fort: »Klara Gulla, ich hab' das Gefühl, dass ich ein Unrecht begangen hab', und ich glaub', ich werd' mein ganzes Leben lang dafür leiden müssen.«

»Das sagt Ihr nur, Mutter, weil Ihr Euer Leben lang in Elend und Dunkelheit habt sitzen müssen«, erwiderte Klara Gulla. »Das wird anders werden, wenn Ihr nun in die Welt hinauskommt. Und Vater kann keinesfalls hierherkommen, denn er weiß ja nicht, dass wir fortgereist sind«, fügte sie hinzu.

»Glaub das nicht zu fest!«, sagte Katrine. »Jan weiß trotzdem, was er zu wissen braucht. Seit du für uns verschollen gewesen bist, ist er hellseherisch geworden, und das hat mit jedem Jahr zugenommen. Der liebe Gott hat wohl gedacht, dafür, dass er ihm seinen klaren Verstand genommen hat, müsse er ihm ein anderes Licht geben, mit dem er sich leuchten könnte.«

Und um Klara Gulla zu beweisen, dass Jan das zweite Gesicht hatte, wie man es nennt, erzählte ihr Katrine in gedrängter Kürze von Lars Gunnarssons Tod sowie ein paar andere Ereignisse der letzten Jahre.

Klara Gulla hörte aufmerksam zu. Vorher schon hatte Katrine versucht, ihr zu berichten, wie gut Jan gegen mehrere arme alte Leute gewesen sei; aber davon hatte Klara Gulla nichts hören wollen.

Jetzt aber schien sie tief ergriffen zu sein, und Katrine hoffte schon, sie werde Jan nun mit andern Augen betrachten und überdies sogar mit ihr nach Hause zurückkehren.

Aber diese Hoffnung durfte sie nicht lange festhalten.

»Da ist das Dampfboot, Mutter«, unterbrach sie Klara Gulla mit froher Stimme. »Jetzt geht alles gut, und wir kommen endlich vom Fleck.«

Als Katrine das Dampfboot am Landungssteg anlegen sah, traten ihr die Tränen in die Augen. Sie hatte den Küster Svartling bitten wollen, für sie und Jan ein gutes Wort bei Klara Gulla einzulegen, damit sie miteinander in ihrem Häuschen bleiben dürften; aber dazu war nun keine Zeit mehr, und sie sah keinen Ausweg, der Reise zu entgehen.

Das Boot musste sich verspätet haben, denn es hatte es sehr eilig, wieder abzufahren. Nicht einmal das Gangbrett wurde hinausgeschoben. Ein paar arme Reisende, die aussteigen wollten, wurden von den Bootsleuten auf den Landungssteg beinahe hinübergeworfen. Klara Gulla fasste Katrine am Arm, ein Mann zog sie hinüber, und dann war sie an Bord. Sie weinte und wollte umkehren, aber da gab es kein Erbarmen.

In dem Augenblick, wo Katrine auf Deck gekommen war, trat Klara Gulla zu ihr und legte den Arm um sie, wie um sie zu stützen.

»Komm, wir wollen auf die andere Seite hinübergehen!«, sagte sie.

Aber es war zu spät; jetzt eben sah die alte Katrine einen Mann eilig den Hügel herablaufen, und sie erkannte ihn auch sofort.

»Da ist Jan!«, sagte sie. »Ach, was wird er nun tun? Er stürzt sich am Ende ins Wasser!«

Jan blieb ganz außen auf dem Steg stehen. Da stand er, klein und jammervoll. Er sah Klara Gulla auf dem abfahrenden Boot, und größere Verzweiflung und tieferen Gram kann ein Gesicht nicht ausdrücken, als das seinige jetzt zeigte.

Aber mehr als der Anblick ihres Mannes war für Katrine nicht nötig, um ihr die Kraft zu geben, sich der Tochter zu widersetzen.

»Wenn du durchaus reisen willst, so tu's«, sagte sie. »Ich aber steig' an der nächsten Haltestelle aus und geh' wieder heim.«

»Tut, was Ihr wollt, Mutter«, sagte Klara Gulla verdrossen. Sie sah wohl ein, dass sie hier nichts ausrichten würde. Und vielleicht fühlte sie auch, dass sie gegen den Vater zu grausam gewesen waren.

Aber es ward ihnen keine Zeit zum Wiedergutmachen gewährt. Zum zweiten Mal wollte Jan der Freude seines Lebens nicht verlustig gehen. Er sprang vor und warf sich ins Wasser.

Vielleicht hatte er zu dem Dampfboot hinüberschwimmen wollen, vielleicht aber hatte er auch ganz einfach eingesehen, dass er das Leben nun nicht mehr ertragen könnte, wer konnte es wissen?

Auf dem Landungssteg erhob sich lautes Geschrei; sofort wurde ein Boot ausgesetzt, und ein Frachtdampfer legte bei und schickte seine kleine Jolle aus. Aber Jan war sofort untergegangen, und er tauchte nicht ein einziges Mal mehr an der Oberfläche des Wassers auf.

Der Kaiserstock und die grüne Ledermütze schwammen auf dem Wasser, aber der Kaiser selbst war verschwunden, ganz still und spurlos; wenn diese Kleinode nicht auf den Wellen gespielt hätten, würde man kaum geglaubt haben, dass er da verschwunden war.

Zurückgehalten

Die Leute fanden es höchst merkwürdig, dass Klara Gulla nun Tag um Tag auf dem Borger Landungssteg stehen musste, um auf jemand zu warten, der niemals kam.

Nicht an schönen Sommertagen stand Klara Gulla wartend auf dem Landungssteg, sondern bei düsterem, stürmischem Novemberwetter und im dunklen, kalten Dezember. Auch träumte sie da nicht schöne holde Träume von Reisenden, die aus weiter Ferne kämen und mit Pomp und Staat an Land stiegen. Ihre Augen und Gedanken waren nur immer auf ein Boot gerichtet, das vor der Schiffslände hin und her fuhr und nach einem Ertrunkenen suchte. Im Anfang hatte sie gemeint, der, auf den sie wartete, werde gleich gefunden werden, sobald man mit dem Trecken in Gang käme; aber darin hatte sie sich getäuscht. Tag um Tag arbeiteten zwei alte geduldige Fischer mit der Treckleine, aber sie fanden nichts.

Ganz nahe bei dem Borger Landungssteg sollten im Seegrund ein paar tiefe Löcher sein, und mehrere von den Leuten meinten, Jan sei gewiss in einem von diesen versunken. Andere wieder sagten, hier an der Landzunge sei eine sehr starke Strömung, die nach der großen Kirchenbucht hinführe, und Jan könnte ja möglicherweise dorthin mitgerissen worden sein. Klara Gulla ließ die Treckleinen verlängern, sodass sie bis in die tiefste Tiefe des Löven hinabreichten, auch ließ sie den Treckanker über jeden Zollbreit in der Kirchenbucht hingleiten; aber es glückte trotzdem nicht, ihren Vater ans Tageslicht heraufzubefördern.

Gleich am ersten Tag nach dem Unglück hatte Klara Gulla einen Sarg bestellt, und als er fertig war, ließ sie ihn nach dem Landungssteg befördern, damit man den Toten, sobald er gefunden würde, hineinlegen könnte. Von da an stand der Sarg fortwährend auf der Brücke. Klara Gulla ließ ihn nicht einmal bei Nacht in das Warenlager hineinstellen. Das Lager wurde geschlossen, wenn der Aufseher fortging, der Sarg aber sollte immer bereit sein, damit Jan nicht auf ihn zu warten brauchte.

Der alte Kaiser hatte auf dem Steg oft gute Freunde um sich her gehabt, die ihm die Wartezeit verkürzten; aber Klara Gulla stand fast immer ganz allein draußen. Sie redete niemand an, und man ließ sie auch sicherlich gern in Ruhe; denn in den Augen der Leute hatte diese Tochter, die die Schuld an ihres Vaters Tod trug, etwas Unheimliches.

Im Dezember hörten die Bootfahrten auf, und von da an stand Klara Gulla vollständig allein auf dem Landungssteg. Niemand störte sie. Die Fischer wollten das Suchen nach dem Leichnam auch einstellen. Aber da gebärdete sich Klara Gulla ganz verzweifelt; der Vater musste gefunden werden, das war ihre einzige Hoffnung, ihre einzige Rettung. Solange der See nicht zugefroren war, durften die Männer ihre Versuche nicht einstellen. Sie mussten an der Landzunge bei Nygård und bei Storvik suchen, der ganze Löven sollte abgesucht werden.

Je länger die Ungewissheit dauerte, desto ängstlicher und eifriger wurde Klara Gulla, dass der Tote gefunden wurde. Sie hatte sich bei einem Häusler in der Nähe von Borg eingemietet und es im Anfang auch über sich gebracht, wenigstens einige Stunden am Tag zu Hause zu bleiben. Aber allmählich wurde sie von so großer Angst erfasst, dass sie sich kaum zum Schlafen und zum Essen Ruhe gönnte. Jetzt hielt sie sich beständig auf dem Landungssteg auf, nicht allein während der kurzen Tage, sondern auch während der langen endlosen Abende, bis es Zeit war, zu Bett zu gehen.

Während der beiden ersten Tage nach Jans Tod hatte die alte Katrine neben Klara Gulla auf dem Steg gestanden und auf Jan gewartet. Aber dann ging sie zurück nach Skrolycka.

Sie verließ den Steg nicht aus Gleichgültigkeit, sondern weil sie es nicht aushalten konnte, mit der Tochter zusammen zu sein und sie von Jan reden zu hören. Denn Klara Gulla verstellte sich nicht, und Katrine wusste wohl, wie es stand. Klara Gulla war nicht aus zärtlicher Fürsorge oder aus Gewissensqual so eifrig für die Bergung des Leichnams und dessen Begräbnis in geweihter Erde bemüht, sondern weil sie sich fürchtete, solange der Vater, an dessen Tod sie schuld war, unbegraben auf dem Grunde des Sees lag. Sie hoffte, wenn der Vater erst gefunden war und sie ihn in der Erde des Kirchhofs begraben lassen konnte, dann würde er ihr nicht mehr so gefährlich erscheinen. Aber solange er sich da befand, wo er jetzt war, fühlte sie unbeschreibliches Entsetzen vor ihm und vor der Strafe, die seinetwegen über sie kommen würde.

Klara Gulla stand auf dem Landungssteg bei Borg und sah in den See hinunter, dessen Wasser immer erregt und grau war. Keiner ihrer Blicke konnte die Oberfläche des Wassers durchdringen, aber ihr war trotzdem, als könne sie den weiten Grund des Sees sehen, der sich unter ihr ausbreitete.

Da drunten, da saß er, der Kaiser von Portugallien. Er saß auf einem Stein, hatte die Hände um die Knie geschlungen, und seine Augen starrten in das graugrüne Wasser hinein, in der beständigen Erwartung, dass sie zu ihm kommen würde.

Den ganzen Kaiserstaat hatte er abgelegt. Der Stock und die Ledermütze waren ja nicht mit in die Tiefe gesunken, und die papierenen goldenen Sterne hatten sich wohl im Wasser aufgelöst. Da saß er in seinem alten fadenscheinigen Rock mit zwei leeren Händen. Aber dafür war jetzt auch nichts Unechtes und Lächerliches mehr an ihm. Jetzt war er nur noch gewaltig und furchtbar.

Nicht mit Unrecht hatte er gesagt, er sei Kaiser. Eine so große Macht hatte er im Leben gehabt, dass der Feind, den er gehasst hatte, gestürzt und dass seinen Freunden geholfen worden war. Diese Macht hatte er auch jetzt noch, und sie verließ ihn nicht, weil er tot war.

Nur zwei Menschen hatten ihm in seinem Leben wirklich Böses getan. An dem einen war er schon gerächt worden. Der andere aber war sie, seine eigene Tochter, die ihn zuerst wahnsinnig gemacht und ihn dann in den Tod getrieben hatte. Auf sie harrte er nun da drunten in der Tiefe.

Jetzt war seine Liebe zu ihr zu Ende. Jetzt erwartete er sie nicht mehr, um sie zu loben und zu preisen. In das düstere Reich der Toten wollte er sie hinunterziehen zur Strafe für alles, was sie an ihm verbrochen hatte.

Manchmal verspürte Klara Gulla eine große Versuchung. Sie hätte den großen schweren Deckel des Sarges abnehmen und diesen dann über den Landungssteg wie ein Boot aufs Wasser hinausgleiten lassen mögen. Dann wäre sie selbst hineingestiegen, wäre vom Land abgestoßen und hätte sich dann ganz vorsichtig auf dem Lager von Sägespänen ausgestreckt.

Sie wusste nicht, ob sie dann gleich untersinken oder vorher eine Weile auf dem See umhertreiben würde, bis der Wellenschlag ihr Fahrzeug mit Wasser gefüllt und es in die Tiefe hinabgezogen hätte.

Sie dachte auch, ob sie vielleicht gar nicht untersinken würde, sondern zuerst weit auf den See hinausgeführt und schließlich an einer der erlenumsäumten Landzungen an Land geworfen würde.

Die Versuchung, diese Probe zu machen, war sehr stark für Klara Gulla. Sie würde die ganze Zeit vollkommen still liegen bleiben und keine Bewegung machen und weder Hände noch Arme benutzen, um den Sarg weiterzutreiben, sondern sich vollständig der Gewalt ihres Richters übergeben. Er sollte sie zu sich in die Tiefe ziehen oder sie mit dem Leben davonkommen lassen, ganz wie er wollte.

Wenn sie sich in dieser Weise seinem Willen unterwarf, würde vielleicht die große Liebe wieder ein Wort sprechen. Vielleicht würde sie sich ihrer erbarmen und ihr gnädig sein.

Aber ihre Furcht war zu groß; sie wagte es nicht mehr, sich auf seine Liebe zu verlassen. Nein, sie wagte es nicht, den schwarzen Sarg auf den See hinauszuschieben.

In diesen Tagen wurde Klara Gulla von einem alten Bekannten und Freund auf dem Landungssteg aufgesucht. Er hieß August und wohnte noch bei seinen Eltern daheim auf Där Nol in Prästerud.

August war ein ruhiger und kluger Mann, und Klara Gulla tat es gut, als sie mit ihm redete. Er sagte ihr, es wäre besser, wenn sie fortreiste und ihre frühere Arbeit wieder aufnähme. Es sei gewiss nicht gut für sie, wenn sie hier auf dem einsamen Landungssteg noch länger auf den Toten warte.

Klara Gulla antwortete, ehe ihr Vater nicht in geweihter Erde begraben sei, wage sie nicht abzureisen; aber davon wollte August nichts hören.

Als er zum ersten Mal mit ihr redete, wurde nichts entschieden; aber als er sie zum zweiten Mal aufsuchte, versprach sie ihm, seinen Rat zu befolgen. Sie trennten sich mit der Verabredung, dass August sie am nächsten Tag mit seinem eigenen Gefährt abholen und nach der Eisenbahnstation fahren würde.

Wenn August das nun getan hätte, wäre vielleicht alles gut gegangen. Aber er war verhindert, selbst zu kommen, und schickte einen Knecht mit dem Wagen. Trotzdem setzte sich Klara Gulla auf den Stuhlwagen und fuhr ab. Aber auf dem Weg redete sie mit dem Fuhrmann von ihrem Vater und munterte ihn auf, ihr einige von den Geschichten zu erzählen, die bewiesen, dass er das zweite Gesicht gehabt hatte; da berichtete dieser dasselbe, was ihr Katrine damals auf dem Landungssteg gesagt hatte, und noch mehrere andere Bespiele.

Als Klara Gulla eine Weile zugehört hatte, befahl sie dem Knecht umzukehren. Entsetzen hatte sie gepackt, und sie wagte nicht weiterzufahren. Der alte Kaiser von Portugallien war zu mächtig. Klara Gulla wusste wohl, dass die Toten, die nicht in geweihter Erde begraben sind, ihre Feinde verfolgen und hinter ihnen herjagen. Sie musste den Vater aus dem Wasser herausschaffen, musste ihn in den Sarg legen, Gottes Wort musste über ihm gesprochen werden, sonst fand sie nie wieder einen Augenblick Ruhe.

Die Abschiedsworte

Gegen Weihnachten bekam Klara Gulla Botschaft, ihre Mutter liege im Sterben, und dies endlich konnte sie vom Landungssteg wegbringen.

Sie legte den Weg zu Fuß zurück, weil dies die beste Art war, wie man um diese Jahreszeit nach Askedalarna gelangen konnte; sie nahm den alten Weg über Loby und durch den Hochwald über die Snipahöhe.

Als Klara Gulla an dem Hof vorbeiging, in dem der alte Björn Hindriksson einst gewohnt hatte, stand ein großer Mann von energischem, ernsthaftem Aussehen am Weg und besserte einen Zaun aus. Er begrüßte sie mit kurzem Kopfnicken und ließ sie vorübergehen, dann aber blieb er stehen und sah ihr nach, schließlich eilte er hinter ihr her, bis er sie eingeholt hatte.

»Ihr seid gewiss Klara Gulla von Skrolycka«, sagte er. »Ich hätt' Euch etwas zu sagen. Ich bin Linnart, der Sohn von Björn Hindriksson«, fügte er hinzu, als er merkte, dass sie nicht wusste, wer er war.

»Ich hab's außerordentlich eilig, vielleicht hat's Zeit bis zu einem andern Mal«, versetzte Klara Gulla. »Denn ich hab' Nachricht bekommen, dass meine Mutter am Sterben ist.«

Aber statt umzukehren, bot ihr Linnart an, sie eine Strecke Wegs zu begleiten. Er sagte, er habe schon mehrere Male die Absicht gehabt, sie drunten an der Schiffslände aufzusuchen, und nun wolle er die gute Gelegenheit nicht ungenutzt vorübergehen lassen. Er glaube, dass das, was er zu sagen habe, sehr wichtig für sie sei.

Klara Gulla machte keine weitere Einwendung. Aber sie merkte wohl, wie schwer es dem Mann fiel, mit dem herauszukommen, was er zu sagen hatte, und so erwartete sie nichts Gutes. Er räusperte sich mehrere Male und suchte nach Worten.

»Ihr werdet wohl nicht wissen, dass ich der letzte Mensch gewesen bin, der mit Eurem Vater, dem Kaiser, wie ihn alle hier nannten, gesprochen hat?«, begann er schließlich.

Klara Gulla sagte Nein, das habe sie nicht gewusst. Und zugleich beschleunigte sie ihre Schritte. Sie dachte, dieses Gespräch werde so sein, dass sie ihm lieber ausgewichen wäre.

»Eines Tages im Herbst«, fuhr Linnart Björnsson fort, »stehe ich da vor meinem Hof und spanne ein Pferd ein, weil ich im Kaufladen Einkäufe zu machen hatte. Da seh' ich plötzlich den Kaiser auf dem Weg daherkommen. Er hatte es sehr eilig, das war deutlich zu sehen; aber als er mich erkannte, blieb er doch stehen und fragte mich, ob ich nicht die Kaiserin habe vorbeifahren sehen. Das konnte ich ja nicht leugnen, und als ich es zugab, stürzten ihm die Tränen aus den Augen. Er sagte, er sei auf dem Weg nach Bro gewesen, als er plötzlich von einer großen Angst überfallen worden sei, und da sei er wieder umgekehrt. Als er aber daheim angekommen sei, habe er das Haus leer gefunden. Katrine sei auch verschwunden. Sie wollten gewiss mit dem Dampfboot fortfahren, und er wisse nun nicht, wie er noch zeitig genug nach Borg kommen könnte, ehe sie abgereist wären.«

Klara Gulla blieb stehen.

»Und dann habt Ihr ihn wohl mit Euch fahren lassen?«, sagte sie.

»Ja«, antwortete der Bauer. »Jan hat mir in früherer Zeit einmal einen großen Dienst geleistet, den hab' ich ihm vergelten wollen. Aber 's war vielleicht ein Fehler, dass ich ihm weitergeholfen habe.«

»Ach nein, der Fehler war auf meiner Seite«, erwiderte Klara Gulla. »Ich hätt' mir nie einfallen lassen sollen, von ihm fortzugehen.«

»Solange er auf meinem Wagen saß, hat er immerfort geweint wie ein kleines Kind«, sagte Linnart Björnsson, »und ich hab' ja nicht gewusst, was ich sagen sollte, um ihn zu trösten, deshalb hab' ich geschwiegen und hab' ihn weinen lassen. Schließlich aber sagte ich: Wir kommen schon noch recht, Jan. Weine doch nicht so! Jetzt im Herbst fahren nur noch kleine Boote, und die haben es nicht so sehr eilig. Aber kaum hatte ich das gesagt, als er mir auch schon die Hand auf den Arm legte und mich fragte, ob ich glaube, dass die, die die Kaiserin entführt hatten, hart und roh gegen sie sein würden.«

»Die, die mich entführt hätten!«, wiederholte Klara Gulla aufs Höchste überrascht.

»Auch ich bin sehr überrascht gewesen und hab' ihn gefragt, wen er denn meine. Nun ja, er meinte die, die im Hinterhalt gelegen hätten, während die Kaiserin daheim gewesen war. Alle die Feinde, vor denen Klara Gulla so große Angst gehabt habe, dass sie es nicht wagte, ihre goldene Krone aufzusetzen oder auch nur von Portugallien zu reden, und die sich nun auf sie geworfen, sie überwältigt und gefangen fortgeführt hätten.«

»Ach so, so hat er's gemeint?«, meinte Klara Gulla.

»Ja, gerade so hat er's gemeint, Klara Gulla«, sagte Linnart Björnsson mit großem Nachdruck. »Versteht mich recht, Klara Gulla, Euer Vater hat nicht darum geweint, weil er verlassen und allein gelassen worden war, sondern weil er geglaubt hat, seine Klara Gulla sei in Gefahr.«

Linnart Björnsson war es schwergefallen, die letzten Worte herauszubringen. Sie wollten ihm im Hals stecken bleiben. Er dachte vielleicht an den alten Björn Hindriksson und an sich selbst. Sicherlich war es die Erinnerung an seine eigene Geschichte, die ihn erkennen ließ, wie hoch man eine Liebe schätzen sollte, die nie weicht noch wankt.

Aber das erkannte Klara Gulla noch nicht. Seit sie nach Hause gekommen war, hatte sie nur mit Widerwillen und Entsetzen an ihren Vater gedacht. Sie murmelte etwas vor sich hin, dass ihr Vater ein Narr gewesen sei.

Linnart Björnsson hörte, was sie sagte, und es verletzte ihn.

»Ich weiß doch nicht, ob Jan wirklich verrückt gewesen ist«, wendete er ein. »Ich hab' ihm geantwortet, dass ich keine Feinde bei Klara Gulla gesehen hätte. Doch da erwiderte er: ›Habt Ihr wirklich nicht gesehen, wie eifrig sie Klara Gulla umlauert haben, als sie an Euch vorbeigekommen ist? Jawohl, mein guter Linnart

Björnsson, die Feinde waren da, der Hochmut und die Härte und das Laster und die Begierde, alle miteinander, gegen die sie in ihrem Kaiserreich zu kämpfen hat.‹«

Klara Gulla blieb wieder stehen und sah Linnart Björnsson an. »Ach so!«, sagte sie nur.

»Und ich hab' ihm erwidert, diese Feinde hätt' ich auch gesehen«, versetzte Linnart Björnsson barsch.

Da lachte Klara Gulla laut auf; doch Linnart fuhr fort: »Aber ich hab' sofort bereut, dass ich das gesagt hab'. Denn jetzt weinte Jan zum Verzweifeln. ›Ach Linnart, mein guter Linnart Björnsson‹, sagte er, ›bitte den lieben Gott, dass es mir gelingen möge, das kleine Mädchen von allem Bösen zu erretten! Es ist einerlei, wie es mir geht, wenn nur ihr geholfen wird.‹«

Klara Gulla schritt rascher aus und erwiderte nichts mehr. In ihrem Herzen hatte sich etwas erhoben, das riss und zerrte, aber sie zwang es zur Ruhe. Wenn das, was drinnen verborgen lag, frei wurde, dann wusste sie nicht, wie sie weiterleben sollte.

»Ja, das sind also gleichsam seine Abschiedsworte gewesen«, sagte Linnart Björnsson. »Und es hat ja dann auch nicht mehr lange gedauert, bis er beweisen konnte, dass es ihm mit dem, was er sagte, Ernst gewesen war. Glaubt doch ja nicht, Klara Gulla, dass er ins Wasser gesprungen ist, um seinem Schmerz zu entgehen. O nein, einzig und allein, um seine Klara Gulla von ihren Feinden zu erretten, hat er sich dem Dampfboot nach ins Wasser gestürzt.«

Rascher und rascher stürmte Klara Gulla dahin. Die ganze Liebe ihres Vaters von Anfang bis zu Ende offenbarte sich ihr und wurde ihr allmählich klar. Aber sie wollte ihr entfliehen. Sie konnte diese Erkenntnis nicht ertragen.

»Hier im Dorf weiß man so ziemlich alles voneinander«, fuhr Linnart Björnsson fort, der ohne alle Anstrengung Schritt mit Klara Gulla hielt. »Gleich nachdem der Kaiser ertrunken war, hat allgemeine Entrüstung über Euch geherrscht, Klara Gulla. Und was mich betrifft, so hab' ich Euch nicht für wert gehalten, die letzten

Worte und Gedanken Eures Vaters zu vernehmen. Aber wir sind jetzt anderer Meinung geworden. Es hat uns gefallen, dass Ihr die ganze Zeit über drunten auf der Brücke gestanden seid und auf ihn gewartet habt.«

Jetzt hielt Klara Gulla an. Ihre Wangen glühten, und ihre Augen funkelten vor Zorn.

»Ich steh' nur dort, weil ich Angst vor ihm hab'«, lautete ihre Antwort.

»Ihr habt Euch nie besser zeigen wollen, als Ihr seid, das wissen wir wohl«, sagte Linnart Björnsson ruhig. »Aber wir verstehen vielleicht besser als Ihr selbst, was unter diesem Warten dort verborgen liegt. Wir haben auch Eltern gehabt. Und auch wir haben nicht recht an ihnen gehandelt.«

Klara Gulla war so zornig, dass sie gerne etwas Schreckliches gesagt hätte; aber sie brachte es nicht heraus. Sie hätte gern auf den Boden gestampft, um Linnart zum Schweigen zu bringen; aber auch das vermochte sie nicht. Da sah sie keinen anderen Ausweg mehr, als sich abzuwenden und aus Leibeskräften zu laufen.

Linnart Björnsson folgte ihr nicht mehr. Nun hatte er gesagt, was er hatte sagen wollen, und er war nicht unzufrieden mit der Arbeit dieses Vormittags.

Katrines Tod

Als Klara Gulla in die kleine Hütte in Skrolycka trat, lag Katrine leichenblass und mit geschlossenen Augen auf ihrem Bett. Es sah aus, als sei das Ende schon eingetreten.

Aber sobald Klara Gulla neben ihr stand und ihr die Hand streichelte, schlug sie die Augen auf und begann zu sprechen.

»Jan will mich holen«, brachte sie mit großer Anstrengung heraus. »Er trägt's mir nicht nach, dass ich von ihm fortgegangen bin.«

Klara Gulla zuckte zusammen. Sie fing an zu verstehen, warum die Mutter starb. Sie, die ein ganzes Leben lang treu gewesen war, grämte sich zu Tode, weil sie Jan zuletzt im Stich gelassen hatte.

»Deshalb werdet Ihr Euch doch keine Sorgen machen?«, wendete Klara Gulla ein. »Ich bin's ja gewesen, die Euch zu der Reise gezwungen hat.«

»Jedenfalls ist mir der Gedanke daran schrecklich gewesen. Aber jetzt ist alles wieder schön und gut zwischen uns«, sagte Katrine.

Sie schloss wieder die Augen und lag ganz regungslos da. Über das abgezehrte Gesicht flog ein heller Schein wie ein Glücksschimmer.

Aber gleich darauf sprach sie wieder. Sie hatte noch allerlei auf dem Herzen, was notwendig gesagt werden musste, sonst fand sie keine Ruhe.

»Sei deinem Vater nicht böse, weil er dir nachgesprungen ist. Er hat's nur gut gemeint. Du hast's nicht gut gehabt, seit du von uns gegangen bist. Und das hat er gewusst. Und auch er hat's nicht gut gehabt. Ihr seid alle beide in die Irre gegangen, jedes auf seinem Weg.«

Klara Gulla hatte gewusst, dass die Mutter wohl etwas Ähnliches sagen würde, und sich im Voraus dagegen gewappnet. Aber was die Mutter eben gesagt hatte, rührte sie mehr, als sie gedacht hätte, und so versuchte sie, eine freundliche Antwort zu geben.

»Ich will an Vater denken, so wie er früher war«, sagte sie. »Ihr wisst doch, wie gute Freunde wir damals immer gewesen sind?«

Es sah aus, als sei Katrine von dieser Antwort befriedigt, denn sie legte sich wieder zur Ruhe. Sie hatte auch gewiss nicht im Sinn gehabt, noch mehr zu sagen, aber plötzlich lächelte sie die Tochter voller Liebe an.

»Ich bin so froh, Klara Gulla, denn du bist jetzt wieder schön geworden«, sagte sie.

Bei diesen Worten und bei diesem Lächeln verließ Klara Gulla alle Selbstbeherrschung. Sie fiel neben dem niederen Bett auf die Knie nieder und fing an zu weinen. Jetzt, zum ersten Mal seit ihrer Heimkehr, brach sie in richtiges Weinen aus.

»Ich begreif' nicht, dass Ihr so gut gegen mich sein könnt, Mutter«, schluchzte sie. »Meine Schuld ist's ja, dass Ihr jetzt sterbt, und an Vaters Tod bin ich auch schuld.«

Katrine lächelte noch immer und bewegte die Hände zu einer kleinen Liebkosung.

»Ihr seid so gut, Mutter, Ihr seid so gut gegen mich«, sagte Klara Gulla, während sie noch immer heftig weinte und schluchzte.

Da fasste Katrine plötzlich Klara Gullas Hand mit festem Griff und richtete sich im Bett auf, um ein letztes Zeugnis abzulegen.

»Alles Gute, was in mir ist, verdanke ich Jan«, sagte sie mit deutlicher Stimme.

Dann sank sie zurück, und von da an drangen keine klaren verständlichen Worte mehr über ihre Lippen. Der Tod kam herbei, und am nächsten Morgen war es zu Ende.

Aber während des ganzen Todeskampfes lag Klara Gulla weinend neben dem Bett auf dem Fußboden. Da lag sie und weinte sich die Angst und die Fieberträume und die Schuldenlast vom Herzen. Ihre Tränen flossen, sie konnte nicht aufhören zu weinen.

Des Kaisers Begräbnis

Am Sonntag vor Weihnachten sollte Katrine in Skrolycka begraben werden, und um diese Zeit pflegen ja nicht viele Leute in der Kirche zu sein, denn die meisten wollen sich ihren Kirchgang auf die großen Festtage aufsparen.

Aber als die wenigen Leute von Askedalarna, die sich dem kleinen Leichenzug angeschlossen hatten, auf dem Platz zwischen der Kirche und dem Gemeindehaus ankamen, fühlten sie sich fast verlegen. Denn eine so große Schar Menschen, wie an diesem Tag vor der Kirche versammelt war, konnte man kaum sehen, wenn der alte Propst von Bro einmal im Jahr in der Kirche zu Svartsjö predigte, oder wenn eine Pfarrwahl stattfand.

Selbstverständlich waren alle diese Leute nicht hierhergekommen, um die alte Katrine zu ihrer letzten Ruhestatt zu begleiten, nein, es musste etwas anderes hier vor sich gehen. Vielleicht wurde irgendein besonders vornehmer Herr beim Gottesdienst erwartet, oder es sollte ein anderer Pfarrer als der gewohnte an diesem Tag predigen.

Die Leute aus Askedalarna wohnten ja so sehr entlegen, da konnte im Kirchspiel manches geschehen, was sie nicht wussten und nicht erfuhren.

Die Leidtragenden fuhren wie gewöhnlich in ihren Gefährten auf den Platz vor dem Gemeindehaus und stiegen da aus. Der Platz stand gedrängt voll mit Menschen, aber sonst war nichts Außergewöhnliches wahrzunehmen. Die Leidtragenden verwunderten sich immer mehr, aber sie scheuten sich doch zu fragen, was denn eigentlich los sei. Denn die Leute, die sich einem Leichenzug anschließen, sollen ja für sich bleiben und sich nicht mit denen unterhalten, die nichts mit dem Trauerfall zu tun haben.

Der Sarg wurde von dem Leiterwagen, auf dem er während der Fahrt nach der Kirche gestanden hatte, heruntergehoben und auf zwei schwarze Böcke gestellt, die schon vor dem Gemeindehaus bereitstanden. Hier mussten nun alle, die zu dem Leichengefolge gehörten, warten, bis die Glocken läuteten und der Pfarrer und der Küster sich einfanden, um mit dem Leichenzug auf den Kirchhof ans Grab zu gehen.

Schon seit dem Morgen war das Wetter sehr schlecht gewesen. Heftige Regengüsse stürzten hernieder und klatschten auf den Sargdeckel. So viel war sicher: Was auch immer so viele Menschen an diesem Tag nach der Kirche gelockt hatte, des schönen Wetters wegen hatte kein Einziger von ihnen sein Haus verlassen.

Aber niemand schien an diesem Tag auch nur das Geringste nach Wind und Regen zu fragen. Still und geduldig standen die Leute im Freien, ohne in der Kirche oder im Gemeindehaus Schutz zu suchen.

Die sechs Träger und die andern, die um Katrine versammelt waren, sahen, dass außer den Böcken, auf denen Katrinens Sarg stand, noch ein zweites Paar Böcke daneben aufgestellt war. Es sollte also noch jemand begraben werden. Auch davon hatten die Leute in Askedalarna nichts gewusst. Es kam offenbar auch kein zweiter Leichenzug, und überdies war es jetzt schon so spät, dass er schon vor der Kirche hätte angekommen sein müssen.

Als es nur noch zehn Minuten bis zehn Uhr war, und man jeden Augenblick zum Gang auf den Kirchhof bereit sein musste, sahen die Leute aus Askedalarna, dass sich alle Umherstehenden jetzt nach Där Nol in Prästerud begaben, einem Hof, der nur ein paar hundert Schritte von der Kirche entfernt lag.

Und nun sahen sie, was sie vorher nicht bemerkt hatten. Von dem Gemeindehaus bis zu dem Wohnhaus war mit Tannenreisern gestreut, und auf beiden Seiten der Haustür waren Tannen aufgepflanzt. Dort also lag wohl ein Toter im Hause. Aber sie verstanden immer noch nicht; dass gar keine Nachricht von einem Todesfall in dem Hause dort zu ihnen gedrungen war. Auch waren die Fenster nicht verhängt, wie es doch sein soll, wenn ein Toter im Hause ist.

Jetzt wurde die Haustür weit aufgemacht, und nun kam ein Leichenzug aus dem Hause heraus. August Där Nol ging voraus mit dem Trauerstab in der Hand, und hinter ihm kamen die Träger mit dem Sarg.

Dann schlossen sich diesem Zug alle die Menschen an, die bisher vor der Kirche gestanden und gewartet hatten. Um dieses Toten willen waren sie also hierhergekommen.

Der Sarg wurde bis vors Gemeindehaus getragen und rechts von dem andern gestellt, der schon da war. August Där Nol rückte die Böcke zurecht, damit die beiden Särge dicht nebeneinander zu stehen kamen.

Der Sarg, der jetzt niedergestellt wurde, war nicht so neu und glänzend wie Katrines. Er sah aus, als sei er schon vor diesem Tag von vielen Regenschauern übergossen worden. Er war auch unachtsam behandelt worden, wodurch er Schrammen bekommen und an den Kanten abgestoßen war.

Fast war es, als komme ein und derselbe tiefe Atemzug der Erleichterung aus der Brust aller der Leute, die aus Askedalarna hier versammelt waren, denn jetzt fingen sie an zu verstehen. In diesem Sarg lag nicht ein Verwandter von August Där Nol. Alle die Leute, die hier vor der Kirche versammelt waren, hatten sich nicht in das Regenwetter hinausbegeben, um etwas Merkwürdiges zu sehen. O nein, sie wollten nur hier dabei sein, wo zwei alte Eheleute wieder vereinigt wurden.

Jetzt flogen aller Blicke zu Klara Gulla hinüber, um zu sehen, ob auch sie begriff, was hier vorging. Und man sah ihr wohl an, dass es so war.

Sie hatte die ganze Zeit über bleich und verweint neben dem Sarg ihrer Mutter gestanden; aber als sie den andern Sarg, der aus Där Nol herausgetragen wurde, erkannte, drückte ihr Gesicht eine fast überwältigend frohe Erwartung aus, wie dies wohl geschieht, wenn jemand das vor sich sieht, um das er sich lange bemüht hat. Aber sie beruhigte sich rasch wieder. Ein trauriges Lächeln machte der frohen Erwartung Platz, und sie strich nur sachte ein paarmal über den Sarg der Mutter hin.

›Jetzt geht es dir so gut, wie du dir überhaupt jemals hättest wünschen können‹, schien sie zu der toten Mutter sagen zu wollen.

August Där Nol trat zu Klara Gulla und reichte ihr die Hand.

»Ihr habt doch wohl nichts dagegen, dass wir es auf diese Weise eingerichtet haben?«, sagte er. »Er ist erst am letzten Freitag gefunden worden, und ich dachte, es werde auf diese Weise leichter für Euch sein, Klara Gulla.«

Klara Gulla antwortete nur mit ein paar Worten, aber ihre Lippen zitterten dabei so heftig, dass er kaum verstehen konnte, was sie sagte.

»Ich dank' Euch. Es ist gut so. Ich weiß, er kommt nicht zu mir, sondern zur Mutter.«

»Er kommt zu Euch beiden, Klara Gulla, Ihr werdet es schon sehen«, erwiderte August Där Nol.

Die alte Mutter in Falla, die jetzt achtzig Jahre alt und von vielen Sorgen gebeugt war, hatte es sich nicht nehmen lassen, mit zur Kirche zu fahren, um Katrine, die ihr so lange eine treue Dienerin und Freundin gewesen war, die letzte Ehre zu erweisen. Sie hatte den Kaiserstock und die Mütze mitgenommen, die ihr wieder zurückgegeben worden waren. Es war ihre Absicht gewesen, sie Katrine mit ins Grab zu legen, denn sie dachte, die Alte würde sich darüber freuen, wenn sie etwas bei sich hätte, das an Jan erinnerte.

Doch nun trat Klara Gulla zu der Mutter in Falla und bat um die Kaiserkleinode; sie lehnte den langen Stock an Jans Sarg und hängte die Mütze an den silbernen Knopf. Und die Leute verstanden Klara Gullas Tun. Jetzt dachte sie daran, dass sie seit ihrer Rückkehr Jan nicht mehr hatte erlauben wollen, sich mit dem Kaiserstaat zu schmücken. Nun wollte sie wiedergutmachen, was in ihrer Macht stand, ob es auch noch so wenig war. Für einen Toten kann man nicht mehr viel tun.

Kaum lehnte der Stock an dem Sarg, als die Kirchenglocken läuteten, und zugleich traten der Pfarrer und der Küster und der Kirchendiener aus der Sakristei und stellten sich an die Spitze des Leichenzuges.

Ein Regenschauer nach dem andern jagte an diesem Tag daher; aber es traf sich so günstig, dass gerade eine Pause zwischen den Schauern eingetreten war, als sich die Leute, zuerst die Männer und dann die Frauen, zum Leichenzug ordneten, um die beiden Alten nach dem Kirchhof zu geleiten.

Während sich die Leute aufstellten, drückten ihre Gesichter eine Art Verwunderung aus, weil sie überhaupt hier dabei waren; denn es war ja nicht gerade aus Schmerz über den Tod dieser beiden, warum sie gekommen waren, und sie hatten ihnen auch nicht eine besondere Ehre erweisen wollen. Nein, die Sache verhielt sich anders; als sich die Nachricht im Kirchspiel verbreitete, dass Jan von Skrolycka gerade zu rechter Zeit gefunden worden war, um mit seiner Frau in das gleiche Grab gelegt zu werden, da hatten alle gedacht, das sei doch sehr schön und sehr merkwürdig, und so wollten sie gerne dabei sein, wenn diese beiden alten Eheleute im Tode wieder vereint wurden.

Sie hatten sich ja nicht gedacht, dass so viele andere auf denselben Gedanken kommen würden. Jetzt hatten sie fast das Gefühl, als habe man aus dem Begräbnis dieser armen, geringen Menschen eine viel zu große Sache gemacht. Die Leute sahen einander an, ja, sie schämten sich fast ein wenig; aber da sie nun doch einmal da waren, konnten sie ja nicht anders, als sich dem Zuge nach dem Grabe anzuschließen.

Im Stillen konnten sie sich auch eines leisen Lächelns nicht erwehren, wenn sie bedachten, wie sehr dies alles nach dem Sinn des Kaisers von Portugallien war. Das hätte ihm gefallen! Zwei Trauerstäbe, denn man hatte ja auch einen von Askedalarna mitgebracht, wurden vor Jan und Katrinens Särgen hergetragen, und fast das ganze Kirchspiel ging mit im Leichenzuge. Es hätte nicht besser sein können, wenn der Kaiser selbst das Leichenbegängnis angeordnet hätte.

Und es war ja auch nicht sicher, ob nicht am Ende all dies sein Werk war. Der alte Kaiser war jetzt nach seinem Tode eine höchst merkwürdige Persönlichkeit geworden. Er hatte gewiss eine Absicht dabei gehabt, dass er die Tochter dort auf dem Landungssteg so lange vergeblich auf sich hatte warten lassen. Und soviel war auch sicher und gewiss: Wenn er jetzt ganz zur rechten Zeit wieder aus der Tiefe heraufgekommen war, so hatte er auch dabei eine bestimmte Absicht gehabt.

Als sich alle um das breite Grab versammelt hatten und die Särge hinabgesenkt worden waren, stimmte der Küster das Lied an: »Wer weiß, wie nahe mir mein Ende – – –«

Küster Svartling war nun ein alter Mann, und sein Gesang erinnerte Klara Gulla an den eines andern alten Mannes, den sie nicht hatte anhören wollen.

Diese Erinnerung war ihr überaus schmerzlich. Sie drückte die Hände aufs Herz und schloss die Augen, damit ihr Ausdruck nicht verraten sollte, welche Qual sie empfand.

Während sie so mit geschlossenen Augen an dem Grab stand, sah sie plötzlich ihres Vaters Gesicht vor sich, so wie es in ihrer Kindheit und ersten Jugend ausgesehen hatte, wo sie und er so überaus gute Freunde gewesen waren.

Sie sah es wieder vor sich, wie sie es an einem Morgen gesehen hatte, wo in der Nacht Schnee gefallen und die Wege so dicht verschneit waren, dass er sie hatte in die Kirche tragen müssen.

Und sie sah es wieder vor sich, wie sie es an jenem Sonntag gesehen hatte, wo sie in dem roten Kleid in die Kirche gewandert war. Sicher hatte kein Mensch je so froh und so glücklich ausgesehen wie Jan an jenem Sonntagmorgen.

Dann aber war es aus mit seinem Glück gewesen, und auch sie hatte sich später nie mehr so recht von Herzen froh und glücklich gefühlt.

Sie gab sich alle Mühe, dieses Gesicht ihres Vaters festzuhalten. Das tat ihr wohl. Als sie es sah, wallte eine heiße Woge von Zärtlichkeit in ihrem Herzen auf. Dieses Gesicht wollte ihr wohl, mehr als wohl. In diesem Gesicht war nichts, vor dem sie sich hätte fürchten müssen.

Das war ja nur das Gesicht des alten guten Jan in Skrolycka. Nein, er wollte sich nicht zum Richter über sie auswerfen, er wollte nicht Unglück und Strafe über sein einziges Kind herabziehen.

Nun kam Ruhe über Klara Gulla. Seit sie ihn so sehen konnte, wie er früher gewesen war, hatte sie eine Welt betreten, wo es nichts als Liebe gab. Wie hätte sie glauben können, dass er sie hasse? Er wollte nichts als vergeben.

Wo sie ging und stand, wollte er um sie sein und sie beschützen. Das war das Einzige, was er wollte.

Noch einmal fühlte sie die große Zärtlichkeit in ihrem Herzen aufwallen wie eine mächtige Woge, die ihr ganzes Wesen erfüllte. Und zugleich wusste sie, dass nun alles wieder gut war. Jetzt waren sie und der Vater wieder eins wie vorher. Jetzt, wo sie ihn liebte, brauchte nichts mehr versöhnt, nichts mehr gesühnt werden.

Klara Gulla erwachte wie aus einem Traum. Während sie hier

gestanden und das gute Gesicht ihres Vaters vor sich gesehen hatte, war das Begräbnis vor sich gegangen. Jetzt sprach der Pfarrer noch ein paar Worte an die Versammelten. Er dankte ihnen, dass sie so zahlreich zu diesem Begräbnis gekommen seien. Kein hoher, vornehmer Mann sei hier zur letzten Ruhe eingesegnet worden, sagte er, aber er sei der Mann gewesen, der das wärmste und reichste Herz im ganzen Dorfe gehabt habe.

Als der Pfarrer dies sagte, sahen sich die Leute, die das Grab umstanden, wieder an, und jetzt sahen sie freundlich und zufrieden aus. Der Pfarrer hatte recht. Und gerade aus diesem Grunde waren sie auch zu dem Begräbnis gekommen.

Darauf richtete er noch ein paar Worte an Klara Gulla. Sie habe von ihren Eltern mehr Liebe empfangen als irgend sonst jemand, den er kenne, und eine solche Liebe müsse sich in Segen verwandeln.

Als der Pfarrer das sagte, richteten sich aller Augen auf Klara Gulla, und alle verwunderten sich über das, was sie sahen.

Die Worte des Pfarrers schienen schon in Erfüllung gegangen zu sein. Da stand Klara Fina Gulleborg von Skrolycka, sie, die nach der Sonne selbst genannt worden war, am Grabe ihrer Eltern, und ihr Antlitz leuchtete wie das einer Verklärten.

Sie war jetzt ebenso schön wie an jenem Sonntag, wo sie in dem roten Kleid zur Kirche gewandert war, wenn nicht noch schöner.

Ende

Nachwort

Am 3. Dezember 1914, der Erste Weltkrieg war gerade ausgebrochen, erschien *Der Kaiser von Portugallien*. Bereits am 10., 18. und 22. Dezember musste nachgedruckt werden. Bis Weihnachten 1914 wurden 34 000 Exemplare des Buches verkauft. Es wurde einer der erfolgreichsten Titel Selma Lagerlöfs. Die Autorin befand sich damals auf dem Zenit ihres Ruhms, fünf Jahre zuvor, 1909, war ihr als erster Frau der Nobelpreis für Literatur verliehen worden.

Im Herbst 1913 hatte Selma Lagerlöf mit diesem dritten großen Värmland-Projekt ihrer Karriere – nach *Gösta Berling* und *Liljecronas Heimat* – begonnen, einem Roman, den sie in die Zeit ihrer Kindheit verlegt und in dem sie mit Jan ein Dorforiginal auftreten ließ, das sie noch selbst gekannt hatte: Jan Nilsson (1811–1898). Seine Geschichte und die seiner Frau Britta Jönsdotter (1898–1874) sowie ihrer Tochter Katarina (*1843) entsprach jedoch nicht ganz der des Kaisers. Der dänische Psychiater Jørgen Ravn ging ihr in seiner 1958 veröffentlichten Studie *Menneskekenderen Selma Lagerlöf* (Die Menschenkennerin Selma Lagerlöf) nach. Er hatte sich in Högberg, dem Skrolycka der Wirklichkeit, einige Kilometer von Selma Lagerlöfs Geburtsort Mårbacka entfernt, mit einer Frau Asker unterhalten, die Jan Nilsson noch selbst gekannt hatte. Katarina war in die Stadt gegangen und hatte später ihre Mutter zu sich genommen, Jan war allein, entmündigt und mit Vormund zurückgeblieben. Dem Wahn, Kaiser zu sein, war allerdings auch er verfallen.

Das Jahr 1914 war für Selma Lagerlöf ziemlich turbulent: Im Februar musste sie einen Besuch bei ihrer langjährigen Freundin und Kollegin Sophie Elkan in Göteborg abbrechen, weil es ihrer greisen Mutter schlecht ging. Zu Pfingsten wurde sie – erneut als erste Frau – in den erlauchten Kreis der Achtzehn der Schwedischen Akademie gewählt, die jedes Jahr den Nobelpreisträger für Literatur bestimmen. Am 28. Juli brach schließlich der Weltkrieg aus. Wie sehr das Selma Lagerlöf beschäftigte, zeigt ein Brief an ihre Freundin Sophie Elkan, den sie wenige Tage später, am 7. August, schrieb: »Stell Dir vor, wir würden einen Kampf in unserem eigenen Land erleben und vielleicht dessen Demütigung und Fall? Weißt Du, ich versuche an anderes zu denken, ich arbeite, aber der Kopf ist nicht recht dabei. Jetzt habe ich mir vorgenommen, ein paar Kapitel des Schlusses zu schreiben, die traurig und empörend sind, und das geht besser. Dieses Jahr braucht man vermutlich nicht daran zu denken, dass Bücher übersetzt werden, es ist schon genug, dass sie in Schweden erscheinen. Aber wer soll sie lesen? In der großen Wirklichkeit, die stattfindet, schweigen unsere armen kleinen Fantasieschöpfungen. Sie wirken nichtig.«

Am 11. August, Deutschland befand sich inzwischen im Krieg mit Russland, Frankreich und England, teilte Selma Lagerlöf ihrem Stockholmer Verleger Karl Otto Bonnier aus Mårbacka mit, dass der Roman vermutlich bis Weihnachten fertiggestellt sein würde:

»Ich frage mich gerade, ob Sie sich nicht darüber freuen werden, dass ich jetzt schreibe, um zu sagen, ich bin mit meinem neuen Buch so weit gekommen, dass es vor Weihnachten erscheinen kann. Vielleicht sind die Zeiten dann jedoch so schwer, dass Sie es lieber nicht haben wollen? Schließlich könnte es zu Vorfällen kommen, dass von Bücher-Verlegen nicht mehr die Rede sein kann, aber wenn alles ungefähr so weitergeht wie bislang, dann wird das Buch ja wohl erscheinen können.

Es geht um ein altes Dorforiginal, an das ich mich aus meiner Kindheit erinnere, aber ich will auf den Inhalt nicht näher eingehen, denn ich hoffe, dass ich Ihnen die erste Hälfte in etwa acht oder zehn Tagen schicken kann. Valborg Olander ist hier und hilft mir bei der Reinschrift, und diese schreitet rasch voran. Ich vermute, dass es etwa zwanzig Bögen werden.« Das gedruckte

Buch hat einen Umfang von 300 Seiten, was 19 Bögen à 16 Seiten entspricht. Selma Lagerlöf fuhr fort: »Es werden wohl kaum irgendwelche Übersetzungen infrage kommen, zumindest nicht in Deutschland, und dann können wir den Druck aufschieben, bis das ganze Buch fertig ist (Ende September). Ich will Ihnen trotzdem gerne den Anfang schicken, damit Sie über die Höhe der Auflage entscheiden können und etwas über den Inhalt erfahren. […] Hier in Värmland ist es wunderbar still und ruhig. Der Touristenstrom ist versiegt, die Ernte beinahe eingebracht, und Briefe aus dem Ausland treffen keine mehr ein. Aber ich stelle mir vor, dass in Stockholm alles andere als Stille und Ruhe herrscht. Ein baldiges Ende des großen Elends ist undenkbar.«

Mit leichter Verspätung, am 4. September, schickte Selma Lagerlöf Karl Otto Bonnier dann den Anfang des Romans und machte in ihrem Begleitschreiben einige Titelvorschläge: »Mit dem Titel bin ich wie gewöhnlich nicht recht fertig. Ich erwäge ›Ein schwedischer König Lear‹, ›Der Vater der Kaiserin‹, ›Kaiser-Jan‹, ›Johannes von Portugallien‹, ›Die Geschichte eines Herzens‹ usw. usf. Zu guter Letzt wird es vielleicht etwas ganz anderes.«

Das große Thema dieses Romans ist die Beziehung zwischen Eltern und Kindern. Darauf wies die Kritik bereits bei Erscheinen des Buches 1914 hin. Im zentralen Kapitel »Die Hauschristenlehre« im dritten Teil spricht der Pfarrer über das vierte Gebot. Kurz darauf, in »Sonntag nach Mittsommer«, erinnert der Netzstricker daran, dass es auch ein Gebot für die Eltern geben müsse. Der Konflikt wird weitgehend aus der Perspektive der Väter geschildert. Jan verliert über der Trennung von seiner Tochter den Verstand.

Die entgegengesetzte Perspektive in dem Konflikt zwischen Eltern und Kindern beschrieb Selma Lagerlöf in einem anderen, späteren Werk, und zwar in den ersten beiden Bänden ihrer autobiografischen Schriften *Mårbacka* (1922) und *Aus meinen Kindertagen* (1930), indem sie ihr eigenes, schwieriges Verhältnis zu ihrem Vater darstellte.

Um die Bedeutung des Themas zu unterstreichen, erzählt Selma Lagerlöf im *Kaiser von Portugallien* jedoch nicht nur von Jans Beziehung zu seiner Tochter Klara Gulla, sondern auch von der Beziehung Lars Gunnarssons zu seinem Schwiegervater. Lars Gunnarsson hat nicht nur Jans Unglück zu verantworten, sondern er hat auch seinen Schwiegervater im Schnee erfrieren lassen.

Bis kurz vor Drucklegung rang Selma Lagerlöf mit der Gestaltung des Romanschlusses, aber das entsprach durchaus ihrer Arbeitsweise. Am 19. November 1914 dankte sie schließlich ihrer Freundin Valborg Olander: »Den Schluss hatte ich mir immer ganz prächtig mit einem Zusammenstoß der beiden Dampfschiffe vorgestellt, aber als ich das niederschreiben wollte, war ich nicht zufrieden. Es fiel mir trotzdem sehr schwer, alles umzuwerfen, ich wusste nicht, was ich an seine Stelle setzen sollte, und es war ganz und gar dein Verdienst, dass der erste Schluss nicht gedruckt wurde. So wie er jetzt nach allen Änderungen geworden ist, finde ich ihn seltsam richtig. Ich finde, dass die Probleme die ihnen entsprechende Lösung gefunden haben. Es ist richtig, dass sie abreisen und dass sich Jan in den See wirft. Es ist richtig, dass die Tochter am Landungssteg sitzt und wartet, es ist richtig, dass Kattrina stirbt, und die Beerdigung als Krönung des Ganzen ist auch richtig.

Vielleicht hätten sich diese [Schluss-]Kapitel besser schreiben lassen, aber der Inhalt ist, wie er sein soll, und das ist recht erstaunlich, wenn man an die Sorgen, die Eile und die tastende Ungewissheit denkt, mit denen sie verfasst wurden. Ich bin Dir so unbeschreiblich dankbar dafür, dass das Resultat so gut ausgefallen ist.«